Decimus
et la veuve

DE LA MÊME AUTRICE AUX ÉDITIONS J'AI LU

Le secret de Mlle Chapple
L'imprudence d'Isabella
Le dilemme de lord Hargrave
La voleuse de Whitechapel

Les cousins Pryor

1 – *Octavius et la gouvernante*

Les cousins Garland

1 – *Le stratagème de Primrose*
2 – *Insaisissable Violet*

Sortilèges amoureux

1 – *Les aventures de Charlotte*
2 – *Les petits secrets de Letitia*
3 – *L'honneur d'Eleanor*

Emily
LARKIN

LES COUSINS PRYOR – 2

Decimus et la veuve

Traduit de l'anglais (Nouvelle-Zélande)
par Catherine Berthet

J'AI LU

J'AI LU POUR elle

Titre original
DECIMUS AND THE WARY WIDOW

Publié en accord avec l'autrice,
c/o Baror International, Inc.,
Armonk, New York, USA

Il est universellement admis
que les marraines bonnes fées n'existent pas.

1

Decimus Pryor – Dex pour la famille et les amis – aimait être au cœur de l'attention. Les ragots ne l'avaient jamais dérangé. Qu'y avait-il de déplaisant à être connu comme un débauché notoire ? L'homme qui avait séduit la ravissante lady Winslow sous le nez d'un rival, le fringant cavalier qui avait été le premier à conquérir lady Brereton lorsqu'elle était entrée dans le cercle des jeunes veuves disponibles, le don Juan à l'endurance légendaire qui avait diverti les sœurs Cleweston dans leur pavillon de chasse pendant une semaine aussi épuisante qu'exquise...

Un homme d'esprit l'avait un jour surnommé « le jouet des jeunes veuves ». Comme sobriquet, c'était parfait. Dex ne s'intéressait justement qu'aux jeunes veuves, et il était très heureux qu'elles s'amusent avec lui. Les rendez-vous galants avec les charmantes veuves de nobles défunts étaient sa raison d'être. Badinage, baisers volés et liaisons amoureuses avec des dames qui savaient exactement ce qu'elles voulaient, sans qu'il ait à craindre des maris outragés, car ces derniers étaient déjà morts. Donc, oui, Dex était content d'être le jouet des jeunes veuves.

Mais personne ne l'appelait plus ainsi depuis plusieurs mois. Le surnom qui l'accompagnait partout ces derniers temps était Vigueur et, bien que ce sobriquet puisse être interprété comme un compliment, ce n'en était pas un.

« Vigueur » n'est pas synonyme de « finesse ». C'était la remarque désobligeante que la belle et venimeuse lady Twyckham avait faite à son sujet.

Dex aimait faire rire. Plaisantin, bouffon, farceur, il acceptait toutes ces étiquettes. Mais s'il s'amusait volontiers avec les gens, il n'appréciait pas particulièrement d'être la cible des rires, et encore moins d'être tourné en ridicule.

C'était ce qui lui arrivait ce soir à Wimbledon House. Le bal battait son plein, les couples tournoyaient sur la piste de danse tandis que les matrones et les douairières bavardaient sur les côtés, les plumes d'autruche de leurs coiffes oscillant au rythme de leurs commérages. Un bon nombre de jeunes veuves étaient présentes mais, au lieu de lui adresser des regards aguicheurs et des sourires malicieux, elles chuchotaient derrière leurs éventails.

— Voici Vigueur, entendit-il l'une d'entre elles dire à une amie.

Celle-ci la fit taire, et toutes les deux se détournèrent en riant sous cape.

Sous son sourire, Dex serra les dents et se promit de ne jamais les courtiser. Elles ne savaient pas ce qu'elles perdaient. Son énergie... sa *vigueur*, en fait, était légendaire.

Trop légendaire, hélas.

Cela faisait quatre mois que la langue de vipère qu'était lady Twyckham avait émis cette fâcheuse remarque sur ses prouesses, mais les chuchotements et les rires le poursuivaient toujours. Certains de ces rires étaient amicaux, comme dans son club, où on le taquinait ouvertement, mais d'autres n'étaient pas bienveillants, comme ceux de ces dames.

Elles se retournèrent vers lui en baissant leurs éventails et en lui adressant un de ces sourires qu'il recevait d'habitude des jeunes veuves, des sourires enjoués, provocants, coquets. Mais Dex se méfiait d'elles. Si l'une d'elles – ou même les deux – l'invitait dans son lit, il craignait que ce soit pour mieux se moquer de lui ensuite avec ses amies.

Il leur offrit un regard empreint d'indifférence et gagna l'autre extrémité de la salle de bal, où un valet veillait sur un bol de punch au parfum puissant et épicé. Chaque fois que les railleries devenaient insupportables, ses pas le ramenaient là. Le punch était le seul point positif de cette réception, il calmait son irritation. Dex n'avait pas l'habitude d'être en colère. Il avait plutôt pour coutume de batifoler, de plaisanter, de faire rougir les dames et de les reconduire dans leur boudoir. Mais pas ce soir. Ce soir, il était piqué dans son amour-propre, et dans tous ses états.

Sa coupe de punch en main, Dex s'adossa à un mur tendu de soie en feignant la nonchalance, comme s'il ne se souciait pas du fait que la moitié des invités se moque de lui, secrètement ou non.

C'est un peu exagéré, s'admonesta-t-il en sirotant sa boisson. Il savoura le goût du rhum auquel se mêlaient du champagne, un zeste d'orange, du sucre et des épices. Ce n'était pas la moitié des invités qui se moquait de lui, ni même le quart. Il ne s'agissait que des jeunes veuves, c'est-à-dire celles pour qui il assistait au bal. Le diable emporte lady Twyckham.

Il aurait dû rester à la campagne. La petite saison lui avait paru attrayante du fin fond du Gloucestershire. Mais maintenant qu'il était à Londres, il aurait largement préféré être de retour dans le domaine de son grand-père, où il n'y avait certes pas de charmantes jeunes veuves mais où, au moins, il n'avait pas à affronter ces rires ironiques qui blessaient tant son orgueil.

Son regard balaya l'assemblée. Ce n'était pas la cohue, mais la salle était bien remplie en ce début septembre. Les bals à Wimbledon House étant rares et espacés, les invitations étaient très prisées.

Une contredanse enlevée battait son plein, les musiciens maniant leurs archets avec ferveur, tandis que les jeunes dames et les élégants dandys dansaient vigoureusement. *Vigoureusement.* Bah ! Dex esquissa malgré lui une moue de colère, qu'il cacha bien vite derrière son verre.

Il en rirait probablement un jour, mais ce jour était encore fort éloigné.

Il continua de siroter son punch en contemplant les danseurs. Pour lui, les débutantes n'avaient aucun intérêt, que ce soient les plus timides, qui n'osaient pas croiser son regard, ou les plus audacieuses, qui flirtaient avec lui en espérant prendre dans leurs filets le petit-fils d'un duc. Il n'éprouvait d'attrait ni pour les vierges ni pour le mariage, tout comme il n'en avait aucun pour les épouses délaissées. En revanche, les jeunes veuves charmantes et expérimentées, qui n'étaient plus encombrées par un mari...

Dex soupira en considérant son cinquième verre de punch. À moins qu'il ne s'agisse du sixième ?

S'il ne parvenait pas à se rappeler combien de verres il avait bus, il était sans doute grand temps de partir.

Il scruta la salle de bal, repérant très vite les jeunes veuves : un groupe dans le coin le plus reculé, plusieurs sur la piste de danse et les deux qui lui avaient adressé ces sourires coquins ne lui inspirant aucune confiance. Et près de l'entrée de la salle de jeux se tenait la délicieuse vicomtesse de Fortrose. Ou plus exactement la vicomtesse douairière, étant donné que le vicomte actuel, cousin de son défunt mari, avait une épouse qui était aussi vicomtesse de Fortrose.

Il était nécessaire d'employer le terme « douairière » quand les deux dames étaient en ville, pour les distinguer l'une de l'autre. Mais maintenant que l'automne était arrivé et que le vicomte et son épouse s'étaient retirés dans leur domaine campagnard, ce n'était plus utile. Le mot « douairière » était déroutant. Il faisait surgir dans son esprit l'image de matrones âgées et majestueuses, aux cheveux gris et à la poitrine imposante. Mince et élancée, Éloïse Fortrose ne pouvait pas passer inaperçue. Elle était jolie, et ses cheveux d'un blond très pâle, presque blanc, étaient inhabituels, mais c'étaient surtout ses vêtements qui attiraient l'attention. La vicomtesse douairière avait un penchant pour les couleurs vives : des jaunes éclatants et des rouges profonds, des vert émeraude et des bleu azur. Les matrones disaient d'un ton désapprobateur que ses tenues étaient vulgaires, mais elles se trompaient. Les tenues de lady Fortrose n'avaient rien de clinquant ni de tapageur – non qu'elle se soucie des commérages. Elle possédait une assurance distante, qui ressemblait presque à du dédain. Elle était glaciale avec les débauchés, avenante envers toutes les autres personnes, et avait la réputation d'être très exigeante dans le choix de ses amants. Un Casanova notoire avait dit d'elle : « Chaque fois qu'elle voit approcher un libertin, elle lève le pont-levis, fait abaisser la herse et envoie ses archers sur les remparts. » Cette remarque lui avait valu d'être surnommée lady Forteresse.

Dex trouvait fascinante cette association de couleurs vives et de froide réserve. Éloïse Fortrose était une énigme, un casse-tête, un défi. Il aurait aimé badiner avec elle, l'amadouer et s'infiltrer dans son boudoir pour faire fondre son cœur de glace.

Malheureusement, la vicomtesse avait repoussé toutes ses tentatives d'approche, qui avaient été nombreuses au fil des ans. Dex n'avait pas encore renoncé à tout espoir. Il continuerait de faire le siège de la Forteresse, mais pas maintenant, alors que sa fierté était aussi écornée.

À ce moment-là, la soirée prit pour Dex une tournure prometteuse car, à deux pas de la vicomtesse, lady Swansea venait de faire son entrée.

La comparaison entre les deux femmes n'était pas à l'avantage de cette dernière. Alors que la vicomtesse était resplendissante dans sa robe rouge grenat, lady Swansea portait une robe beige garnie de dentelle blonde. À côté de lady Fortrose, elle paraissait terne, voire mal fagotée. En dépit de ce regrettable choix vestimentaire, lady Swansea était d'une indéniable beauté. C'était une tentation exquise, n'attendant que d'être saisie – ou du moins avait-ce été le cas quatre mois plus tôt.

Lors du dernier séjour de Dex en ville, tous deux s'étaient très bien entendus et leur flirt avait rapidement évolué, laissant entrevoir une possible aventure. Ils avaient failli avoir une liaison et, si son cousin ne l'avait pas entraîné dans le Hampshire à la poursuite d'une gouvernante aux cheveux roux, Dex était certain que lady Swansea et lui fileraient en ce moment le parfait amour.

Après avoir posé son verre de punch, il se dirigea vers elle avec un sourire désinvolte, retrouvant sa démarche conquérante.

— Lady Swansea, quel plaisir. J'ignorais que vous vous trouviez en ville.

Dex se pencha sur la main de la veuve avec une allure théâtrale et baisa le bout de ses doigts gantés.

— Vous êtes d'une beauté éblouissante ce soir. Vous éclipsez le soleil, la lune et toutes les étoiles.

Autrefois, lady Swansea rougissait et riait doucement quand il lui faisait ce genre de compliment excessif. Ce soir, elle gloussa.

— Vous semblez très en forme, monsieur Pryor. Très... vigoureux.

Le sourire de Dex se crispa. Se moquait-elle de lui ?

Il regarda plus attentivement ses yeux bleus, y décela une petite étincelle et décida que, en effet, elle se moquait.

Mais peut-être se montrait-elle sympathique ? Ils avaient souvent ri ensemble, avant son départ pour le Hampshire. Peut-être voulait-elle simplement plaisanter ? Une sorte de taquinerie entre bons amis, en somme ?

— M'accorderez-vous cette danse, lady Swansea ?

Elle retira ses doigts.

— Oh non, ce quadrille est trop *vigoureux* à mon goût ce soir.

Dex comprit que la lueur dans ses prunelles n'était pas amicale. Au prix d'un effort certain, il continua de sourire.

— Une autre fois, dans ce cas.

Il inclina poliment la tête et s'éloigna, espérant que son visage ne devienne pas écarlate sous le coup de l'humiliation. Il avait envie de quitter la salle, mais il refusa de donner à lady Swansea la satisfaction de le voir partir tout de suite après son méchant trait d'esprit. Il but donc un sixième verre de punch, à moins que ce ne soit le septième, puis gagna le vestibule et demanda son carrosse. Il flânait, il ne fuyait pas. Mais il dut attendre pendant quinze interminables minutes que sa voiture soit conduite devant la porte. C'était le problème avec les bals à Wimbledon House. On ne pouvait pas rentrer chez soi à pied. Il fallait parcourir en voiture les sept kilomètres qui vous séparaient de Londres avant de pouvoir vous réfugier dans votre club avec une bonne bouteille de bordeaux et vous enivrer tout à votre aise.

Malheureusement, lady Fortrose et ses deux compagnons, la vieille comtesse française qui vivait avec elle et un imposant baron russe à la barbe grise, avaient aussi décidé de s'en aller tôt. Dex garda ses distances, ne tenant pas à subir une rebuffade de la ravissante vicomtesse ce soir.

Les voitures arrivaient, repartaient, et la sienne apparut enfin. Il s'avança vers elle tandis que les notes lointaines et entraînantes d'un quadrille résonnaient à l'intérieur de la demeure. La voiture était éclairée par des torches et par la lumière de la lune, masquée par intermittence par les sombres nuages qui encombraient le ciel étoilé.

Le carrosse arborait des armoiries et avait été amené par un cocher et un valet de pied. Ni les domestique ni les armoiries n'étaient les siens. Dex possédait un cabriolet et un phaéton, mais il n'avait pas besoin d'une voiture de ville, alors que son oncle, le marquis de Stanaway, et son grand-père, le duc de Linwood, avaient plusieurs voitures et quantités de domestiques.

Il grimpa à bord et se laissa tomber dans un coin, la tête rejetée en arrière, les yeux fermés. Puis, se redressant brusquement, il fouilla dans les rangements ménagés dans les portières. Y avait-il par hasard une flasque de whisky dissimulée quelque part ? Oui, il y en avait une. Parfait.

Dex ouvrit le flacon, se rencogna sur la banquette et s'installa confortablement, prêt à ruminer longuement, accompagné par l'alcool.

Cela dura environ cinq minutes, puis le carrosse s'immobilisa inopinément.

Dex ouvrit la fenêtre et jeta un coup d'œil à l'extérieur. Ils se trouvaient à Wimbledon Heath. Il aperçut les formes sombres des arbres, la lune argentée, ainsi que les silhouettes du cocher et du valet perchés sur leur siège.

— Un problème ? lança-t-il.

— Des bandits de grand chemin, répliqua le cocher à voix basse. Ils ont arrêté une voiture devant nous.

Une voiture ? Celle de la vicomtesse ?

Dex ouvrit brusquement la portière et sauta à terre.

— Combien sont-ils ?

— Il me semble qu'ils sont trois, monsieur.

— Vous avez un mousqueton ?

— Oui, monsieur.

Le valet brandit l'arme, dont le canon scintillait faiblement au clair de lune.

— Il est chargé ?

— Oui, monsieur.

— Bien. Restez sur vos gardes, tous les deux. J'appellerai si j'ai besoin d'aide.

— Mais, monsieur…, protesta le cocher.

— Vous ne prenez pas le mousqueton ? s'enquit en même temps le valet, ébahi.

Dex les ignora et s'éloigna en direction de la voiture attaquée. Les bandits ne faisaient généralement pas de mal à leurs victimes… mais cela ne signifiait pas que des gens n'étaient pas blessés, ou parfois même tués. Si lady Fortrose tentait de résister, ou si les brigands remarquaient sa beauté et décidaient d'abuser d'elle…

Il courut vers la forme sombre de la voiture arrêtée à une soixantaine de mètres plus loin. Ses chaussures de bal ne faisaient presque aucun bruit sur la terre battue. La lune pleine n'était pas dissimulée par les nuages et ses rayons illuminaient la route. Dex était donc bien visible, mais personne ne fit attention à lui. Un homme masqué juché sur un cheval tenait le cocher et le valet en joue. Les deux autres ruffians avaient mis pied à terre afin d'aider leurs victimes à se délester de leurs objets de valeur. Toutefois, il ne vit pas de bijoux changer de mains. La comtesse française, en proie à une crise d'hystérie plutôt bruyante, s'était effondrée sur le sol et poussait des cris stridents et incohérents. Penchée sur elle, lady Fortrose essayait de la calmer. Le baron, visiblement hors de lui, fustigeait les scélérats dans un russe enflammé en agitant les bras. Ses paroles empreintes d'indignation et de fureur couvraient les vaines tentatives des vauriens d'imposer l'ordre. L'un d'eux réclamait en vain le silence tandis qu'un autre répétait d'un ton las : « La bourse ou la vie ! »

Les cris de la Française et les gesticulations du Russe dissimulèrent à la perfection le bruit étouffé des pas de Dex. Il ralentit, passant d'une course précipitée à une marche furtive sur la pointe des pieds. Se glissant silencieusement dans l'ombre des buissons, il contourna la voiture en concentrant son attention sur le brigand à cheval. Des trois, c'était celui qui paraissait le moins perturbé par la situation, et il valait mieux qu'il ne fasse pas usage de son arme.

Dex n'avait pas de mousqueton, mais il n'était pas pour autant sans défense, loin de là. Il faisait partie des dix personnes en Angleterre possédant des pouvoirs magiques – les neuf autres étant son père, son grand-père, trois de ses oncles et quatre cousins. Il aurait pu mettre en déroute un trio de bandits même s'il avait eu les mains liées dans le dos.

Toutefois, il devait faire déguerpir ceux-ci sans que personne soupçonne son recours à la magie.

Par un heureux hasard, un nuage passa devant la lune, plongeant la route dans l'obscurité.

Dex possédait le pouvoir de lévitation, et il l'utilisa pour soulever le bandit de sa selle. L'homme s'éleva dans les airs avant d'être violemment projeté contre l'un des arbres au bord de la route. Dex fit s'envoler l'arme que le misérable tenait à la main et l'envoya quelque part dans les ténèbres.

L'homme poussa un glapissement, qui fut aussitôt étouffé par les hurlements aigus de la comtesse et les rugissements du baron.

Et un brigand en moins.

Les silhouettes du cocher et du valet de pied étaient à peine discernables sur leur siège. Paralysés par la peur, ils gardaient les yeux fixés droit devant eux. Dex se précipita et attrapa fermement la cheville du cocher. Ce dernier émit un cri semblable à celui du brigand.

— Silence ! ordonna rudement Dex. Maintenez les chevaux en place et laissez-moi faire.

Le cheval du bandit, privé de son cavalier, ne bougeait pas. Dex ramassa une pierre qu'il fit léviter jusqu'à ce qu'elle percute la croupe de l'animal, utilisant son pouvoir de manière judicieuse. Le cheval détala au galop sur la route.

Dex contourna la voiture.

La lune réapparut, inondant la scène de ses rayons argentés. Les cris de la comtesse s'éteignirent et le baron se tut. Tout le monde, les voleurs comme leurs victimes, avait le regard rivé sur le cheval qui disparaissait dans un nuage de poussière, sans son cavalier.

— Joe ? Tu vas bien ? hurla l'un des deux brigands.

— À l'aide ! gémit Joe depuis la cime de l'arbre dans lequel Dex l'avait projeté.

Les deux bandits échangèrent un coup d'œil. Un foulard dissimulait le bas de leur visage. L'un d'eux dirigea le canon de son pistolet vers lady Fortrose et ses amis. L'autre glissa son arme à sa ceinture, agrippa les rênes de son cheval et se remit en selle. Dex l'aida un peu et, par un tour de magie, le fit retomber de l'autre côté de l'animal. L'homme atterrit dans la boue avec un bruit sourd.

Un silence étonné s'ensuivit. Dex ricana, puis usa de son pouvoir pour débarrasser le bandit de son pistolet. Il fit léviter l'arme hors de son étui avant de la faire disparaître discrètement dans les buissons de l'autre côté de la route. La lune éclairait toute la scène à présent, mais personne n'aurait pu remarquer un pareil tour de passe-passe.

— Harry ? s'exclama le seul brigand encore debout. Que fais-tu ?

Harry se releva à la hâte et se mit à courir dans tous les sens, à la fois belliqueux et stupéfait. Dex se dirigea vers lui et lui donna un solide coup de poing au menton. Une touche de magie, et le misérable fit un vol plané au-dessus de la route avant de s'écraser dans le fossé. C'était assez impressionnant.

— Héhé..., fit Dex, assez content de lui.

Il secoua le poing, se retourna et constata que tout le monde l'observait. La comtesse, le baron, la vicomtesse et le dernier brigand, qui pointait son pistolet vers lui.

Dex prit conscience du danger un instant avant que l'homme tire. Il y eut un claquement sec, mais sa magie dévia la balle, qui se perdit dans le ciel sombre où elle ne ferait de mal à personne.

En deux enjambées, Dex se trouva devant le bandit, s'empara du canon de son pistolet, le lui arracha des mains et l'envoya dans les buissons.

L'homme émit un son semblable à un aboiement étonné et leva les poings.

Dex le frappa. Le coup n'atteignit pas vraiment sa cible puisque ses doigts lui effleurèrent à peine la joue, mais seuls l'homme et lui-même s'en rendirent compte. La magie fit le reste, soulevant le bandit pour le jeter contre la voiture dans un fracas retentissant. Il glissa contre la portière et s'affaissa sur la route, tel un pantin désarticulé.

— Héhé, répéta Dex, très content de lui.

C'était très drôle de jouer le héros. Pour plus de vraisemblance, il secoua son poing et se tourna vers les rescapés de l'attaque.

Tous le dévisageaient avec stupeur. La comtesse était allongée sur la route, en appui sur un coude, lady Fortrose agenouillée à côté d'elle. Quant au baron, il se tenait debout, la bouche ouverte, les bras encore levés.

— Tout le monde va bien ? s'enquit Dex.

Ils demeurèrent bouche bée.

Pendant ce temps, Harry, le deuxième brigand, était parvenu à sortir du fossé et tentait de remonter à cheval. Une fois de plus, Dex lui prêta assistance. Après avoir été soulevé comme par magie, l'homme retomba dans la boue de l'autre côté du fossé. Il ne put réprimer un caquètement que Dex trouva très amusant. Souriant au petit groupe frappé de stupeur, il répéta sa question :

— Tout le monde va bien ?

Il y eut encore un instant de silence, puis lady Fortrose recouvra l'usage de la parole.

— Oui. Merci.

— Tout le plaisir est pour moi, madame, répondit-il en saluant très bas.

Harry essaya encore une fois de monter sur son cheval. Il bascula par-dessus l'animal et atterrit de nouveau dans la boue. Dex décida que c'était suffisant. Il se dirigea vers le cheval affolé et lui assena une grande claque sur la croupe. L'animal partit au galop et disparut dans la nuit.

Affalé dans la boue, Harry redressa la tête. Le foulard avait glissé sous son nez et ses yeux étaient écarquillés.

— À ta place, je prendrais mes jambes à mon cou, déclara Dex.

Harry ne se le fit pas dire deux fois. Il se releva avec peine et détala.

Dex attendit que le bruit de ses pas se soit éteint, puis il se retourna vers le carrosse. Lady Fortrose et le baron aidaient la comtesse à se redresser et balayaient la poussière de sa robe. Le valet de pied était descendu de son perchoir et brandissait maladroitement un mousqueton en direction du troisième brigand. Demeuré sur son siège, les rênes à la main, le cocher maîtrisait solidement les chevaux.

— Garde ce misérable en joue ! Ne le laisse pas s'enfuir, cria-t-il au valet.

Le valet semblait avoir envie de remonter sur le siège. Il recula d'un pas en apercevant le bandit se relever en chancelant. Le ruffian s'appuya un instant contre la voiture, puis fit mine de se diriger vers son cheval.

— Je ne crois pas, non, lança Dex.

Un claquement de doigts, et une pierre s'éleva du sol et frappa le cheval. L'animal s'enfuit sur la route. Le brigand le suivit des yeux, désemparé.

Le valet brandit de nouveau le mousqueton. Dex le lui prit des mains. Vu la façon dont il le tenait, le laquais risquait de tirer dans le pied de quelqu'un.

— File, ordonna-t-il au bandit. À moins que tu ne préfères finir au bout d'une corde ?

Le bandit tituba avant de disparaître précipitamment dans l'obscurité.

Dex ricana tout bas, décidément très content de lui. Il se retourna vers la voiture. La vicomtesse et ses deux compagnons le fixaient.

Soudain, il se sentit un peu moins satisfait. Pourquoi le contemplaient-ils ainsi ? Personne ne pouvait avoir vu qu'il s'était servi de ses pouvoirs magiques. Après tout, il faisait nuit. Ils devaient imaginer qu'il avait lui-même jeté cette pierre sur le cheval.

— Eh bien, quelle aventure ! s'exclama-t-il plutôt sottement.

La comtesse et le baron échangèrent un regard. Lady Fortrose le scrutait d'un air pensif, les yeux plissés.

Le valet se précipita vers la comtesse pour épousseter sa robe, le cocher resta concentré sur ses chevaux, mais la vicomtesse et ses amis le dévisageaient comme s'ils avaient remarqué son usage de la magie. Pourtant, c'était impossible, puisque la lune, bien que pleine, ne projetait pas de rayons assez brillants pour éclairer suffisamment la scène.

Dex toussota et se détourna pour éviter ces regards perturbants. Il émit un sifflement perçant, puis cria :

— Vous pouvez avancer, maintenant !

Le carrosse de son grand-père arriva.

— Ces gredins sont loin à présent, dit-il d'un ton rassurant à lady Fortrose et ses compagnons. Je vous assure que vous n'avez plus rien à craindre.

Le petit groupe n'avait pas l'air complètement convaincu. À vrai dire, ils semblaient assez dubitatifs. Et ils continuaient de le fixer.

Dex mit cela sur le compte de la frayeur. Ils devaient avoir peur pour leur sécurité. Après tout, ils venaient de vivre un événement assez effrayant.

— Vous savez quoi ? Je vais grimper à côté du cocher et je garderai ce mousqueton à la main. Personne n'osera nous attaquer.

Cette affirmation ne parut pas les rassurer. Ils continuaient de l'observer de façon inquiétante. Toutefois, ils remontèrent en voiture sans se faire prier. Dex ferma la portière et grimpa sur le siège du cocher, imité par le valet de pied.

Le carrosse reprit la route en cahotant, accompagné du claquement des sabots des chevaux. Celui de son grand-père les suivit.

Dex cala le mousqueton sur ses genoux. De chaque côté du chemin s'étendait Wimbledon Heath : une enfilade d'arbustes, de buissons touffus et d'arbres. La lune brillait haut dans le ciel, tel un disque d'argent éclatant et froid.

Tout allait pour le mieux dans ce monde. La vicomtesse avait été secourue, et les brigands mis en fuite. Pourtant, il ne pouvait se défaire tout à fait de l'impression que quelque chose n'allait pas.

2

— Avez-vous vu cela, *mes amis**[1] ? demanda Minette dans l'habitacle sombre du carrosse qui avançait en brinquebalant.

— J'ai vu un certain nombre de choses, répondit Ella. À laquelle faites-vous allusion ?

— C'est la question, grommela Arthur, assis dans le coin opposé.

Ella acquiesça d'un signe de tête, bien qu'il fasse trop obscur pour que ses compagnons discernent son geste.

Minette et Arthur avaient été aussi maîtres d'eux-mêmes qu'à l'accoutumée, créant volontairement un tapage tel que les bandits de grand chemin avaient été sur le point de les abandonner pour chercher une proie plus facile... et c'est alors que cela s'était produit. Néanmoins, Ella n'aurait su dire exactement ce qui s'était produit.

— Son coup de poing a projeté le gars de l'autre côté de la route, commenta Arthur. Sur une distance de cinq ou six mètres. Je ne suis pas sûr que ce soit possible sans une corde et une poulie.

Ella était de cet avis, elle ne pensait pas non plus que ce soit possible. Le brigand avait survolé la route,

1. Tous les mots en italique et suivis d'un astérisque sont en français dans le texte. *(N.d.T.)*

comme si une main géante et invisible avait attrapé le dos de sa veste et l'avait envoyé valser.

Elle avait également aperçu le même brigand basculer par-dessus son cheval et se retrouver de l'autre côté, le nez dans la boue. Cela pouvait se concevoir si un homme était en proie à la panique, mais… trois fois de suite ?

Cela aussi faisait penser à des mains géantes et invisibles.

Et il y avait eu cette pierre. Elle aurait juré que M. Pryor n'avait rien lancé, mais elle avait bel et bien vu une pierre frapper la croupe du cheval.

Ce qui la ramenait à l'hypothèse des mains invisibles.

— Qu'est-il arrivé au troisième brigand ? s'enquit Minette.

— Qui sait…, répondit Ella.

Mais il était de toute évidence arrivé quelque chose à cet homme, car ils avaient entendu son appel à l'aide plaintif, qui provenait du haut des arbres. Qu'est-ce que Pryor avait bien pu lui faire ? Et comment s'y était-il pris ?

Elle se rembrunit. Decimus Pryor avait vaincu, à lui seul, trois bandits de grand chemin, sans même faire usage d'une arme. Cela paraissait invraisemblable. Pryor n'était pas un soldat. Il excellait dans l'art de la séduction, pas dans celui du combat.

Mais l'hypothèse selon laquelle il aurait pu bénéficier de l'aide d'une personne invisible, tel un géant ou un fantôme, était encore plus improbable.

— Je crois… que je l'inviterai à prendre le thé avec nous demain après-midi.

— Pour un interrogatoire ? s'enquit Arthur.

— Exactement, rétorqua Ella.

Minette frappa joyeusement dans ses mains.

— Nous lui extorquerons tous ses petits secrets, comme pour faire sortir un ver de sa coquille !

Il y eut un bref silence, puis Arthur rectifia :

— Un escargot.

3

À l'âge de quinze ans, Ella avait à peine quitté la salle de classe qu'elle s'était mariée avec un homme de quarante ans son aîné, un homme qui avait régi tous les aspects de sa vie.

Son mari choisissait ce qu'elle devait porter, ses robes et ses chapeaux, ses chaussures et même ses sous-vêtements – ses bas, ses jupons, ses chemises. Il décidait de sa coiffure, de son parfum et de ses bijoux – uniquement des perles et des diamants. Il contrôlait aussi quand elle pouvait sortir et quand elle devait rester à la maison, quelles boutiques elle pouvait fréquenter, quelles invitations elle pouvait accepter, quels livres elle pouvait lire et également ce qu'elle devait manger.

C'était presque un prolongement de son enfance, puisqu'elle devait continuer à obéir à un parent très strict, si ce n'est que Francis avait mis un zèle certain à exercer ses droits conjugaux – non que cette assiduité ait été fructueuse. Ella s'était révélée stérile, son flux mensuel étant si rare et irrégulier qu'on aurait pu le qualifier d'annuel.

Francis avait toujours eu une préférence pour les tons froids tels que le gris et le blanc, relevés à l'occasion par un bleu glacé ou un délicat vert céladon. Après sa mort, quand elle avait commencé à penser par elle-même, Ella avait compris qu'il l'avait épousée à cause de son teint, de ses cheveux clairs et de ses yeux d'un bleu pâle comme un ciel d'hiver.

En six ans de mariage, elle n'avait jamais été autorisée à faire le moindre choix. Au tout début, il ne lui était pas venu à l'esprit qu'elle le pouvait. Plus tard, elle n'avait pas osé. Le veuvage avait été pour elle une libération. Elle avait échappé à la prison exiguë dans laquelle elle était recluse. Avec l'aide de Minette et d'Arthur, elle avait pu éviter de retourner vivre sous le toit et l'autorité de son père, tout comme elle avait réussi à ne pas se faire absorber dans le foyer du nouveau vicomte, qui lui destinait le rôle d'une veuve reconnaissante et effacée, aussi discrète qu'une petite souris.

Ella avait été la plus douce et la plus obéissante des femmes mais, une fois veuve, elle avait appris à être rayonnante, libre et audacieuse. Personne ne lui disait ce qu'elle pouvait ou ne pouvait pas faire, ce qu'il ne fallait pas qu'elle mange, porte, pense ou dise. Personne ne lui lançait « On ne peut pas avoir du jaune, de l'ambre *et* de l'or dans la même pièce » ou encore « Je ne veux pas que vous mettiez du rouge ».

Au contraire, Minette et Arthur l'encourageaient à vivre aussi intensément que possible. Sa garde-robe et sa maison étaient colorées. Il n'y avait plus de perles et de diamants dans son coffret à bijoux, pas la moindre trace de pastel dans son armoire. Et aucune pièce de la maison n'était décorée dans des tons pâles et froids – pas de blanc, de gris souris, de gris tourterelle, de bleu glacé ni de vert céladon. Tout était une fête pour les yeux. Elle avait des vêtements chatoyants qui la rendaient heureuse, des pièces éclatantes et accueillantes, un mobilier aussi singulier que confortable.

Francis aurait détesté cette maison et ces tenues. Ella les adorait. *Ma vie, mon choix*, chuchotait-elle parfois pour elle-même, quand personne ne pouvait l'entendre et qu'elle passait les doigts sur un somptueux rideau de soie, un coussin couleur safran ou une horloge dorée flamboyante.

C'était une horloge similaire, ornée de nymphes et de satyres batifolant, qui était posée sur la cheminée du petit salon d'Ella et qui semblait actuellement regarder de haut Minette, Arthur, Decimus Pryor et Ella elle-même. Les nymphes et les satyres avaient des sourires rayonnants, ce qui n'était pas le cas d'Ella, car un homme qu'elle avait juré de ne jamais encourager à lui faire des avances était en train de siroter le thé qu'elle lui avait servi en s'efforçant de la séduire.

Pryor était loin d'être répugnant. Il était charmant, avec ses cheveux de jais, ses yeux sombres, son menton volontaire... mais il était creux, sans réelle consistance. C'était un être d'apparences, qui n'avait rien de mieux à faire que d'être beau, de lancer des plaisanteries et de s'introduire dans le lit des dames.

Avant son mariage, Ella n'avait pas eu d'opinion bien arrêtée sur les hommes. Comme toutes les écolières, elle rêvait d'être enlevée par un héros audacieux ou un prince charmant. Elle n'avait pas beaucoup songé à la personnalité de ce héros ou de ce prince, si ce n'est qu'il devait être noble et vertueux et, d'une façon un peu vague, parfait pour elle. Après son mariage, elle n'avait plus rien voulu avoir à faire avec les hommes. Elle ne voulait plus qu'ils la contrôlent ni même qu'ils la touchent.

Puis Minette et Arthur avaient fait irruption dans son existence, apportant dans leur sillage la couleur, la chaleur, le rire, la joie. À son grand étonnement, elle avait découvert que la vie pouvait être agréable. Et elle s'était demandé si les relations sexuelles pouvaient l'être aussi. Elle ne souhaitait plus jamais avoir de mari... Mais des amants, pourquoi pas ?

Les libertins ne l'avaient jamais tentée. Qui avait envie de n'être qu'une encoche parmi d'autres sur le montant d'un lit ? Mais des dandys à l'élégance éblouissante l'avaient brièvement intéressée. Elle avait vite compris que l'apparence n'était pas aussi importante que le caractère. Elle avait une préférence pour les hommes dotés d'un peu de profondeur, plutôt que pour les freluquets frivoles, comme le spécimen assis en ce moment dans son petit salon. Elle aimait ceux qui ne cherchaient pas du regard le miroir quand ils entraient dans une pièce, et qui ne lissaient pas subrepticement leur habit quand ils ne se croyaient pas observés. Non que Pryor ait encore fait une de ces deux choses. Il était trop occupé à répondre aux compliments exubérants d'Arthur et aux louanges plus mesurées de Minette tout en buvant son thé et en faisant quelques tentatives pour courtiser Ella.

Celle-ci l'étudia par-dessus le bord de sa tasse. Decimus Pryor. Un beau visage, une langue bien pendue et un caractère inconsistant. Un débauché, un dandy, un libertin dont le seul objectif dans la vie était de se faufiler habilement dans le lit de jolies jeunes veuves.

Un homme qui avait mis en déroute trois bandits de grand chemin. Ou, plus vraisemblablement, dont le complice invisible avait mis en déroute trois brigands.

Arthur lui offrait une formidable démonstration de sa personnalité russe. Jovial, ventru et moustachu, il occupait presque tout le canapé trois places. Minette, petite et élégante, était perchée sur une magnifique bergère Louis XV. Pryor avait choisi le fauteuil préféré d'Ella, un chippendale à dossier ailé et tapissé de rouge, avec des pieds en forme de pattes de lion. Elle était vaguement irritée, de manière quelque peu irrationnelle, que parmi tous les sièges et sofas du salon, il ait choisi précisément celui-là.

Arthur était en train de vanter le courage de Pryor, dans un anglais à l'accent marqué et parsemé de mots russes, qui s'échappait de ses lèvres aussi facilement que s'il était né à Saint-Pétersbourg et non à Bristol.

Pryor semblait un peu déconcerté devant ce déluge de louanges mais, malgré cela, il tentait également d'attirer Ella dans ses filets par des coups d'œil malicieux, de petits sourires amusés, des compliments habilement détournés et des invitations au badinage qu'elle ignorait impitoyablement. En dépit de sa beauté et de leurs goûts communs concernant les fauteuils, elle n'avait pas la moindre intention d'encourager Pryor en ce sens. Il ne correspondait à aucun des critères qu'elle exigeait d'un amant. Il n'avait pas de consistance, il n'était pas sérieux. Jusqu'à présent, Ella avait eu quatre amants : le fils d'un comte qui écrivait des sonnets émouvants, un sculpteur aristocrate fasciné par les formes féminines, un baronet discret qui aimait l'aquarelle et un gentleman cultivé qui rédigeait des essais sur l'émancipation et la société civile. Tous étaient des hommes sincères, érudits, qui tenaient les femmes en haute estime et ne les considéraient pas comme des jouets ou des conquêtes.

Contrairement à Decimus Pryor.

— Mais vous n'étiez pas seul, n'est-ce pas ? s'enquit Minette. Qui vous accompagnait ?

Pryor cessa de contempler Ella et reporta son attention sur Minette.

— Qui m'accompagnait ? Vous voulez parler de mon cocher et du valet ? Ils étaient derrière...

— Non, non, je veux parler de la personne qui vous a aidé à combattre les brigands.

M. Pryor changea d'expression, et son sourire se fit plus circonspect.

— Je vous assure, madame, que j'étais seul.

— Mais non, quelqu'un vous a aidé.

— Ce fut un incident épouvantable, madame, reprit Pryor avec une légère arrogance. Vous étiez à bout de nerfs...

— Allons donc ! Je vois tout. Et j'ai vu un homme voler au-dessus de la route comme s'il avait été emporté par un géant invisible.

Quelque chose ressemblant presque à de la panique passa dans les yeux de Pryor. Cela ne dura qu'une seconde, et il afficha de nouveau un sourire charmeur.

— Madame, continua-t-il d'un ton léger où planait toujours une note de condescendance, je peux vous assurer qu'il n'y avait aucun géant invisible...

— J'ai vu la même chose, renchérit Arthur. J'ai pensé que ce devait être un fantôme, n'est-ce pas ?

Pryor gloussa, l'air plus mal à l'aise qu'amusé.

— Je vous certifie, monsieur, que je n'étais accompagné ni d'un fantôme ni d'un homme invisible.

— Mais alors, qui a lancé cette pierre ? demanda Ella.

Il se tourna vers elle et elle le toisa avec froideur.

— La pierre qui a atteint le dernier cheval sur la croupe... Qui l'a lancée, monsieur Pryor ?

Pryor posa sa tasse en émettant un autre gloussement embarrassé.

— Moi, bien entendu.

— Non, ce n'était pas vous, rétorqua Ella en secouant la tête.

— Quelqu'un d'autre l'a lancée.

Arthur se pencha en avant, lourd et imposant, mais empreint de dignité. Dardant sur Pryor un regard impérieux, il se mit dans la peau d'un des nombreux rois qu'il avait incarnés sur scène.

— On aurait dit que quelqu'un avait projeté ce brigand de l'autre côté de la route.

— Une personne invisible, déclara Minette.

— Ou un fantôme, suggéra Ella, qui n'était pourtant pas certaine de croire à ces phénomènes surnaturels.

— Il n'y avait pas de fantôme ! affirma fermement Pryor. Ni de personne invisible.

— Dans ce cas, ce devait être... de la *magie** ?

— Non, bien sûr que non, protesta Pryor d'un ton catégorique.

Toutefois, sa voix était un peu plus aiguë qu'auparavant, légèrement hachée.

Arthur avait passé des années sur les planches, à se faire passer pour quelqu'un qu'il n'était pas, entouré d'acteurs qui jouaient également un rôle. Quand quelque chose sonnait faux, il le percevait aussitôt. Ella n'avait pas cette aptitude, aussi pivota-t-elle vers lui pour voir ce qu'il pensait du changement dans la voix de Pryor.

Arthur semblait médusé, ce qui signifiait...

Que Pryor leur mentait ?

Qu'ils avaient été témoins hier soir d'une... démonstration de magie ?

Ella jeta un coup d'œil à Minette pour lui témoigner son incrédulité, mais cette dernière scrutait songeusement Pryor en fronçant les sourcils.

Arthur recouvra l'usage de la parole.

— Ah ah ! s'écria-t-il. C'était donc de la magie !

Dans l'exaltation du moment, il avait oublié son accent russe, mais Pryor ne s'en rendit pas compte.

— C'est ridicule. La magie n'existe pas, déclara celui-ci en sortant sa montre de sa poche pour la consulter. Oh, comme le temps passe vite ! Il faut vraiment que je...

— Nous l'avons vu tous les trois, *monsieur**, insista Minette.

M. Pryor remit la montre dans sa poche et se leva.

— Il faisait nuit, vous étiez éprouvés et...

— J'avais endossé le rôle de la dame hystérique, et Arthur celui de l'homme dépassé par les événements, mais nous n'étions pas éprouvés et nous ne sommes pas aveugles, répliqua Minette d'un ton sec.

— Ce n'était pas de la magie !

Pryor avait perdu son arrogance de petits-fils de duc et sa désinvolture de séducteur. Disparus son élégance, son entrain et son air fanfaron !

— Votre grand-père est-il au courant ? demanda Ella.

Minette s'empara aussitôt de l'idée.

— Mais bien sûr ! Nous devons aller rendre visite au duc et lui poser la question.

— Excellente suggestion, renchérit Arthur dont l'accent russe venait de réapparaître. Où pouvons-nous trouver le duc ? Vit-il ici, à Londres ?

— Non, dans le Gloucestershire, répondit Ella. À Linwood Castle. Si nous prenons la route demain matin à l'aube, nous y serons vers...

— Non ! s'écria M. Pryor en levant les mains. Ne faites pas cela.

— Il ne sait pas, pour votre magie ? s'enquit Minette.

Pryor entrouvrit les lèvres et les referma sans avoir prononcé un mot. Il avait l'air inquiet, traqué, tourmenté.

Ella éprouva une pointe de culpabilité. Le presser ainsi n'était pas bienveillant. En fait, c'était presque de l'intimidation.

Si Pryor possédait vraiment des pouvoirs magiques, c'était un secret extrêmement important et potentiellement dangereux. Un secret qu'il ne devait vouloir révéler à quiconque.

— Nous sommes très doués pour garder les secrets, lui assura-t-elle.

Le regard que lui lança Pryor était à la fois sarcastique, méfiant et empreint d'une bonne dose d'amertume. Ella nota dans un coin de son cerveau qu'il était étonnamment séduisant quand il l'observait ainsi. Voilà ce qu'elle aimait chez les hommes, l'authenticité, l'absence de faux-semblants et de calcul.

Elle ignora cette réflexion, tout comme le fait qu'ils avaient les mêmes goûts en matière de fauteuils.

— Et si nous faisions un marché, monsieur Pryor ? Nous vous confierons un de nos secrets en échange du vôtre.

Tout le monde la scruta en fronçant les sourcils. Arthur, Minette et Pryor.

— Nous lui demandons de nous faire confiance, expliqua Ella à ses amis. Par conséquent, nous devons lui prouver que nous sommes bien dignes de cette confiance.

Minette et Arthur échangèrent un regard sceptique. Ella comprenait leurs craintes. Les secrets qu'ils partageaient concernaient essentiellement Arthur et Minette, et non elle-même.

Visiblement mal à l'aise, Arthur s'agita sur le canapé. Minette fit tourner les bagues autour de ses doigts fins. Pryor les observa l'un et l'autre, se demandant quels secrets une comtesse française et un baron russe pouvaient bien cacher. Puis il reporta son attention sur Ella. Il n'y avait plus de trace de badinage dans ses yeux. Il la dévisagea avec suspicion.

À nouveau, Ella remarqua qu'il était très séduisant quand il n'était pas dans son rôle de débauché.

Arthur inspira profondément et ouvrit la bouche avec une évidente réticence.

— Je ne suis pas *comtesse**, déclara Minette tout à trac.

Pryor battit des paupières et fronça les sourcils.

— Ah non ?

Ella comprenait son incrédulité. Minette occupait la bergère Louis XV aussi royalement que si c'était un trône. Ses cheveux noirs parsemés de gris étaient impeccablement coiffés, son attitude était altière, la ligne de ses sourcils et son nez aristocratique lui donnaient une allure hautaine. Elle était élégante, et tout en elle, depuis le sommet de son crâne jusqu'à la pointe de ses luxueuses chaussures, incarnait la noblesse.

— Non. J'étais danseuse d'opéra.

Pryor se rembrunit davantage, comme convaincu qu'on se moquait de lui.

Minette lui sourit, distante et arrogante, comtesse jusqu'au bout des ongles. Puis elle inclina légèrement la tête de côté, et son sourire se fit effronté et carrément espiègle. La comtesse avait disparu. À sa place, assise dans le petit salon d'Ella, apparut une ancienne danseuse d'opéra.

Pryor laissa échapper un rire de surprise.

— Seigneur… Vous voulez dire que… c'est vrai ?

Il se tourna vers Ella, comme s'il attendait une confirmation.

Elle hocha la tête.

Le regard sidéré de Pryor se posa de nouveau sur Minette. Le sourire de celle-ci devint malicieux, presque vulgaire. Elle lui adressa un clin d'œil.

Pryor se balança sur ses talons et eut de nouveau un rire hésitant. Il paraissait interloqué.

Ella attendit que la surprise laisse place à l'indignation. Après tout, Pryor était le petit-fils d'un duc. Il ne devait pas apprécier qu'une danseuse d'opéra française infiltre la bonne société londonienne.

Mais il s'esclaffa si fort qu'Ella tressaillit.

— Bravo, madame ! s'exclama-t-il en applaudissant. Vous avez dû enflammer la scène !

— J'étais vraiment *magnifique**, concéda Minette sans la moindre modestie.

— Je n'en doute pas. Je regrette de ne jamais vous avoir vue sur scène.

Et il semblait sincèrement désolé d'avoir raté ce spectacle.

Ella le dévisagea. Decimus Pryor était décidément plus profond qu'elle ne l'avait cru, mais cela ne signifiait pas pour autant qu'il lui plaisait.

— Un secret contre un secret, monsieur Pryor ? lui rappela-t-elle.

Pryor perdit le sourire.

— Comme vous pouvez le constater, nous savons garder les secrets.

Il observa Arthur, se demandant si le baron russe était bien celui qu'il prétendait.

Arthur lui offrit un sourire impénétrable.

— *La magie** ? souffla Minette.

Pryor se balança d'un pied sur l'autre. De toute évidence, il ne tenait pas à leur révéler son secret. Quand il posa les yeux sur Ella, il n'y avait rien d'enjôleur dans son regard. Il était simplement... inquiet.

Flûte, voilà qu'il devenait de nouveau profond, ce qui le rendait presque attendrissant. Elle avait envie de le rassurer, de lui certifier que, quoi qu'il leur dise, cela ne sortirait pas de cette pièce, qu'il n'avait rien à craindre.

— Je ne révélerai votre secret à personne, dit-elle. Je vous donne ma parole d'honneur.

Si elle avait deviné le mensonge dans la voix de Pryor un peu plus tôt, elle espérait qu'il percevait à présent sa propre sincérité.

Il la fixa pendant quelques secondes, puis s'assit en pinçant les lèvres. Il prit sa tasse, la considéra d'un air sombre et finit son thé.

Personne n'insista pour qu'il divulgue son secret. Ils savaient tous reconnaître les signes de la capitulation.

Il y eut un tintement de porcelaine quand Pryor reposa la tasse dans la soucoupe. Il leva la tête et son regard grave passa d'Arthur à Minette.

— Je dois aussi avoir votre parole.

— *Je donne ma parole d'honneur**, dit Minette, une main sur le cœur.

Arthur fit le même geste.

— Vous avez ma parole, déclara-t-il avec un fort accent russe.

L'expression de Pryor ne s'adoucit pas. Ella le préférait ainsi plutôt qu'avec son sourire enjôleur. C'était l'homme qu'il était réellement, tourmenté, incertain. Il ne se montrait ni désinvolte ni arrogant, et encore moins fanfaron.

Il poussa un soupir et se massa le front, comme s'il sentait poindre un mal de tête.

— Vous n'étiez pas censés remarquer quoi que ce soit, dit-il d'un ton accusateur. La comtesse avait une crise d'hystérie, et le baron se frappait la poitrine en hurlant. Et vous, madame... vous étiez un ange secourable...

— Les apparences sont parfois trompeuses, lui rappela Arthur.

Pryor haussa les épaules en grognant et se frotta encore le front.

— Étiez-vous seul hier soir ? s'enquit Ella.

Il répondit d'un signe de tête affirmatif.

— Donc... c'était de la magie ?

Il fit la grimace et acquiesça une nouvelle fois.

— Mais comment avez-vous fait ?

— Oui, comment ? demanda Minette en se penchant en avant, l'air attentive.

— Vous n'allez pas me croire.

— N'ayez pas d'*a priori*, jeune homme, grommela Arthur.

Pryor soupira, se massa de nouveau le front et déclara :

— Ma marraine est une fée.

Ella plaqua une paume devant sa bouche, sans parvenir à étouffer un rire incrédule.

Pryor haussa les sourcils, sarcastique. « Je savais que vous ne me croiriez pas », semblait-il penser.

Il plut encore davantage à Ella, qui laissa retomber sa main.

— Comment est-ce possible ? Une fée ?

Il haussa les épaules.

— Personne ne le sait. Ses origines sont obscures.

— À quoi ressemble-t-elle ? demanda Arthur.

— Vous a-t-elle accordé trois vœux ? l'interrogea Minette en même temps.

Pryor les regarda tour à tour.

— Elle vous ressemble un peu, madame, sauf que ses yeux sont d'un noir profond et ses dents, pointues comme celles d'un renard. Elle nous accorde un vœu chacun, lors de notre vingt-cinquième anniversaire. J'ai opté pour la lévitation.

Il se tourna vers Ella en prononçant ces derniers mots, comme pour la défier de se moquer de son choix.

— Vous pouvez voler ? l'interrogea Arthur.

— D'une certaine façon. Je peux aussi envoyer dans les airs des objets ou des personnes.

— Les brigands ! s'exclama joyeusement Minette en tapant des mains.

— Et cette pierre, enchaîna Arthur.

Pryor acquiesça d'un hochement de tête.

— Donc, quand ce bandit a basculé trois fois de suite par-dessus son cheval... ? demanda Ella.

Pryor sourit, soudain amusé.

— C'était moi, avoua-t-il avec un brin d'arrogance en inclinant la tête.

— Qui d'autre a des pouvoirs magiques dans votre famille ? le questionna Arthur.

— Nous sommes quelques-uns, répondit Pryor en recouvrant sa gravité. Pas tous.

— Le duc ? suggéra Ella.

Pryor hésita, ce qui équivalait à un acquiescement.

— Quels sont ses pouvoirs ? souhaita savoir Minette, surexcitée.

— Ce n'est pas que je n'aie pas confiance en vous, madame... mais le secret lui appartient. Je n'ai pas le droit de vous le dévoiler.

Minette accepta volontiers cette réponse et se pencha pour lui tapoter la main.

— Bien sûr, vous devez protéger votre famille. Vous êtes un bon garçon.

Les joues de Pryor se colorèrent légèrement.

— Vous étiez donc seul hier soir quand vous avez mis les brigands en fuite ? Bravo ! Vous êtes *un héros**. Racontez-nous tout depuis le début.

Pryor s'empourpra, baissa la tête et lança un regard à Ella. Il avait l'air d'un petit garçon timide plutôt que d'un séducteur effronté. Ella dut faire un effort pour se rappeler qu'elle ne l'appréciait pas. Decimus Pryor était un dandy, un charmeur, et dès qu'il aurait oublié cet accès de modestie momentané, il reviendrait à ses anciennes manières enjôleuses pour s'introduire dans son lit. Ou bien il chercherait un miroir pour y contempler son reflet.

Toutefois, son histoire était captivante. Ella se pencha en avant, comme Minette, pour ne pas en perdre une miette. Fascinée, elle l'écouta raconter les événements de la veille, depuis l'instant où son équipage s'était arrêté jusqu'au moment où il avait projeté la pierre pour faire fuir le dernier cheval des brigands.

Au milieu de son récit, Pryor fit allusion à la balle qu'il avait détournée.

Ella avait oublié ce coup de feu. La magie n'aurait pas pu protéger Pryor si la balle l'avait atteint en plein cœur. Ou dans le visage. Ou dans n'importe quelle partie du corps.

Il aurait pu être blessé ou, pire encore, tué.

Cette pensée était horrible. Bien que Pryor soit un bellâtre libertin, il s'était porté à leur secours hier soir, avait affronté trois brigands armés et les avait sauvés.

Elle l'avait peut-être mal jugé, songea-t-elle, en proie au remords. Pryor n'était pas l'écervelé qu'elle avait cru, d'autant qu'il avait dissimulé pendant des années un secret de cette importance et qu'il était prêt à risquer sa vie pour des gens qu'il connaissait à peine. Elle avait été trompée par son arrogance, ses fanfaronnades et son besoin incessant de séduire. Sous une apparente frivolité se cachait un homme discret, ingénieux et courageux.

Elle leur resservit du thé, écouta les questions passionnées de Minette et d'Arthur, et s'efforça d'ignorer les manières ensorcelantes de Pryor – son sourire, la malice dans ses prunelles, ses mains élégantes.

Les mains faisaient partie des choses qu'Ella remarquait toujours chez un homme, et celles de Pryor étaient parfaites. Des paumes larges, de longs doigts, des ongles nets et carrés. Des mains d'homme solides et fortes. Ses mollets et ses épaules étaient également bien taillés ; il ne portait pas de rembourrage. Par chance, sa nuque était cachée par sa chemise, sa cravate, son gilet et sa redingote.

Les nuques masculines étaient le talon d'Achille d'Ella. Il y avait quelque chose dans la nuque dénudée d'un homme, une vulnérabilité qui touchait sa corde sensible. Ella n'avait découvert cette faiblesse que récemment, et elle était bien décidée à ne pas y céder. Les hommes étaient tout sauf vulnérables, que l'on voie leur nuque ou non. Imaginer chez eux de la faiblesse était une erreur qui faisait tomber les femmes dans le piège du mariage.

Sa devise concernant le mariage était simple : plus jamais.

— Pourriez-vous me soulever jusqu'au plafond ? demanda Arthur.

Pryor haussa les épaules.

— Si vous voulez.

Arthur se leva avec empressement.

Pryor jeta un coup d'œil à la porte, qui n'était pas pourvue de verrou. Il était rare que les portes soient verrouillées à l'intérieur d'une maison.

— Ah… Et si jamais les domestiques… ?

— Aucun domestique n'entrera sans avoir été appelé, l'informa Ella. Je les ai prévenus que nous ne voulions pas être dérangés.

Pryor fit un signe de tête approbateur.

— Êtes-vous prêt, monsieur ?

— *Da !* s'exclama Arthur en souriant.

Le baron trépignait, aussi surexcité qu'un enfant.

Pryor leva la main en tournant la paume vers le haut.

Arthur s'éleva au-dessus du sol. Il monta doucement, lentement, jusqu'à ce que ses cheveux grisonnants effleurent presque le plafond. Le bout de ses chaussures vernies flottait au-dessus du canapé sur lequel il était installé une seconde auparavant.

Médusée, Ella le suivit des yeux, la bouche entrouverte.

— Faites-le voler ! s'exclama Minette.

Pryor attendit qu'Arthur ait donné son assentiment, puis obéit. Arthur se balança dans les airs, ses jambes s'élevant jusqu'à ce qu'il soit presque allongé, son ventre généreux tombant vers le bas, la gravité livrant bataille à son corset. Au bout d'un moment, il étendit les bras sur les côtés, comme des ailes.

— Vous êtes prêt, monsieur ? s'enquit Pryor.

— Prêt ! déclara Arthur, ravi.

Il commença à faire lentement le tour de la salle.

Le souffle court, Ella pressa les mains contre sa poitrine.

— Plus vite ! cria Arthur.

Pryor obéit encore. Ella demeura bouche bée alors qu'Arthur volait autour de son salon, tel un gros oiseau gris et ventru.

Elle espéra qu'il avait bien fixé sa perruque, sans quoi il deviendrait un gros oiseau gris, ventru et chauve.

Arthur hurlait de rire. Ella s'aperçut qu'elle riait aussi. C'était absurde, impossible, ahurissant, et cela se passait dans son salon !

C'était magique.

Elle voulait voler comme lui.

— Faites-moi décrire un 8 ! s'exclama Arthur, si enthousiaste qu'il en oublia de nouveau son accent russe.

Pryor lui fit ce plaisir, une fois, puis deux. Après quoi, il le fit doucement descendre au-dessus de la table. Tout le monde, y compris Arthur, poussa des cris de panique, puis ils éclatèrent de rire ensemble.

Ella se rendit compte qu'ils faisaient du bruit. Elle n'avait jamais entendu un tel vacarme chez elle, et elle avait du mal à croire qu'elle riait elle-même aussi fort. Était-ce vraiment elle ? Était-elle cette personne qui riait de manière hystérique ? Cela ne lui paraissait pas possible.

Les domestiques devaient imaginer qu'ils étaient devenus fous.

Pryor fit faire encore un tour du salon à Arthur, plus tranquillement cette fois, puis le redressa et le déposa debout sur le sol.

Le visage d'Arthur était congestionné par le rire. Ses favoris et sa perruque étaient miraculeusement toujours en place. Il saisit la main de Pryor et la serra vigoureusement.

— *Blagodaryu vas !* dit-il.

Ella supposa qu'il s'agissait d'un remerciement. Elle pressa une paume contre son cœur. Elle était hors d'haleine, ses côtes étaient douloureuses et des larmes de rire coulaient sur ses joues. Elle ne se rappelait pas avoir autant ri au cours de son existence.

Arthur relâcha la main de Pryor et se laissa tomber dans le canapé.

— Jamais de ma vie..., bredouilla-t-il en cherchant son mouchoir. Jamais je n'aurais cru...

Il agita le mouchoir, visiblement à court de mots, et s'épongea le front.

Pryor avait un sourire en coin, et son arrogance naturelle était de retour. Pour une fois, Ella ne trouva pas cette suffisance irritante. Pryor avait toutes les raisons d'être content de lui. Il l'avait fait rire plus qu'elle ne l'aurait cru possible.

Elle s'empara de la théière chinoise en porcelaine rouge et or, puis décida qu'il fallait fêter cet événement avec un breuvage plus fort que du thé.

— Attention, plus de magie, dit-elle à ses invités en actionnant le cordon pour appeler un valet.

Cinq minutes plus tard, chacun tenait en main une coupe de son meilleur champagne, qui était plus adapté que le thé à une séance de magie aussi divertissante.

Elle leva son verre.

— À votre santé, monsieur Pryor, qui avez vaincu les brigands de grand chemin.

À sa grande surprise, les joues de Pryor se teintèrent légèrement de rose.

— À notre sauveur ! déclara Arthur en brandissant sa coupe d'un geste théâtral.

— Notre héros ! renchérit Minette.

Pryor devint complètement écarlate.

— À ma Marraine la Fée, dit-il en levant son verre à son tour, détournant l'objet du toast.

Les quatre coupes s'entrechoquèrent délicatement. Arthur vida la sienne d'un seul trait en renversant la tête en arrière. Minette l'imita avec une lueur espiègle dans les yeux. Pryor fit de même en riant.

Ella tenta de suivre leur exemple, mais n'y parvint pas tout à fait. Elle toussa, se mit à rire et entreprit de remplir les coupes vides. Elle se sentait aussi légère et pétillante que les bulles de champagne.

Cette fois, Arthur but plus lentement et s'installa confortablement pour discuter avec M. Pryor tout en faisant de grands gestes avec sa coupe à la main.

Loin de chercher à flirter avec Ella, M. Pryor concentra son attention sur Arthur. Ils semblaient bien partis pour devenir les meilleurs amis du monde. Ils paraissaient étrangement similaires pour deux hommes aussi différents, un trait commun indéfinissable les reliait, dont Ella avait conscience sans pouvoir vraiment l'expliquer.

— *Ma chère**, murmura Minette. Voulez-vous sortir un instant avec moi ?

L'entrain d'Ella disparut aussitôt.

— Bien sûr, dit-elle en posant son verre.

Elle suivit Minette dans le couloir, puis dans la salle à manger.

— Quelque chose ne va pas ? demanda-t-elle en refermant la porte derrière elle.

— Non, non, pas du tout, c'est simplement que...

Minette pinça les lèvres et sembla chercher ses mots.

— Simplement quoi ? s'enquit Ella.

Son amie haussa les épaules, dans une attitude bien française.

— Je crois que vous devriez offrir une récompense à M. Pryor.

4

— Une récompense ?

Il fallut un moment à Ella pour comprendre ce que Minette sous-entendait.

— Vous voulez dire... *moi* ? Je ne suis pas une prostituée ! s'exclama-t-elle, offensée, en reculant d'un pas.

Minette eut un petit reniflement hautain.

— Vous dites cela comme si c'était mal.

— Je vous demande pardon, s'empressa de dire Ella.

Elle n'avait pas voulu blesser Minette, qui avait été fille de joie en plus de danseuse à l'Opéra, et qui n'avait honte d'aucune de ces deux professions.

— Je voulais dire que... je ne souhaite pas avoir une aventure avec M. Pryor.

— Ah non ? Pourtant, il vous plaît, *c'est évident**. Et pourquoi pas, après tout ? C'est un beau garçon.

Ella ignora sa première remarque.

— Ce n'est pas un garçon. Il a au moins mon âge.

Minette balaya cette objection.

— Un garçon, un homme, quelle importance ? Il nous a rendu service, aussi vous pourriez lui faire une faveur et lui enseigner la finesse.

Ella ouvrit la bouche pour répondre que, si quelqu'un devait enseigner la finesse à M. Pryor, ce ne serait pas elle... mais elle la referma sans prononcer un mot.

À vrai dire, elle prendrait un certain plaisir à faire un pied de nez à Venetia Twyckham. Cette femme adorait rabaisser les gens avec des remarques en apparence innocentes, mais qui étaient en réalité délibérément blessantes.

Il était possible que Decimus Pryor ait plus de vigueur que de finesse, mais ce n'était pas une raison pour ne pas l'inviter dans son lit. Ella ne pouvait plus prétendre qu'il ne lui plaisait pas, qu'elle n'appréciait pas cet homme qui l'avait fait rire aux éclats et qui avait risqué sa vie pour sauver la sienne.

Mais...

— Il est du genre à se pavaner.

Minette arqua ses sourcils délicatement dessinés.

— Et alors ?

— Je déteste les hommes arrogants.

Minette continua d'afficher la même expression, et Ella se sentit obligée d'ajouter :

— Une attitude arrogante est une preuve de prétention et de vanité.

— La plupart du temps, en effet, comme chez cet affreux baron de Rumpole. Bah ! ajouta-t-elle avec un frémissement exagéré. Mais votre M. Pryor ? Non. Il est comme Arthur. Il aime être au centre de l'attention et faire rire. Il aurait dû être acteur plutôt qu'aristocrate.

Ella fronça les sourcils, intriguée. Pryor était très différent d'Arthur... non ?

— Il est trop sûr de ses attributs.

Minette eut un sourire qui la fit plus ressembler à une danseuse d'opéra qu'à une comtesse.

— Moi, ce que j'aime chez un homme, c'est qu'il ait un *gros pénis**.

— Ce n'est pas ce que je sous-entendais.

— Bah ! fit de nouveau Minette avec un geste de la main très français. Il y a différentes façons d'être prétentieux, ou fanfaron. Votre M. Pryor, c'est *un comédien**. C'est pour cette raison qu'il se pavane. Il devrait monter sur scène pour faire rire les gens.

— Ce n'est pas *mon* M. Pryor.

— Il pourrait l'être. Il le serait si vous l'encouragiez un peu.

Ella ne tenait pas à l'encourager. Pryor était déjà bien assez conscient de son charme.

Elle aussi en était trop consciente d'ailleurs, et elle n'y était pas tout à fait insensible, tout comme la lueur amusée dans ses yeux ne la laissait pas indifférente.

— Je crois que vous devriez batifoler avec lui, déclara Minette. Ce serait *très agréable** pour vous, de folâtrer un peu avec lui, de lui enseigner quelques finesses, puis vous pourrez lui dire *adieu**.

Évidemment, vue sous cet angle... la suggestion n'était pas inintéressante.

— Moi, si j'avais trente ans de moins, c'est ce que je ferais.

— J'y réfléchirai, répliqua Ella de manière évasive.

— Bien.

Minette quitta la salle à manger d'un pas majestueux malgré sa silhouette menue.

Ella la suivit. Quand elles entrèrent dans le salon, les deux hommes se tournèrent vers elles. La similitude entre eux sauta aux yeux de la jeune femme, tellement évidente qu'elle fut stupéfaite de ne pas l'avoir perçue plus tôt. Bien sûr, ils ne se ressemblaient en rien. La forme des yeux, le nez, le front, les mâchoires... leurs traits étaient totalement différents. Cependant, ils auraient pu être père et fils. La ressemblance se trouvait dans la façon dont ils se tenaient, sûrs d'eux et détendus, chacun ayant conscience d'occuper la place qui lui revenait. Ils inclinaient la tête de la même manière en haussant les sourcils. Leurs regards étaient pétillants, comme s'ils venaient d'échanger quelques plaisanteries, ce qui était certainement le cas. Arthur adorait faire rire. Et si Minette ne se trompait pas, Decimus Pryor également.

Déconcertée, Ella s'assit et saisit sa coupe.

Arthur était bruyant, exubérant et irrévérencieux, mais il était aussi le meilleur des hommes, bienveillant, généreux et d'une loyauté inébranlable. Il était l'une des deux seules personnes au monde en qui elle avait aveuglément confiance. Certes, il était fanfaron, mais comme peut l'être un homme de spectacle. Cela ne l'avait jamais agacée. Cela faisait partie de sa personnalité, tout comme son sens de l'humour extravagant.

Ella sirota son champagne et sentit les bulles pétiller sur sa langue, tandis qu'Arthur et Pryor échangeaient des traits d'esprit et des plaisanteries. Elle finit par vider son verre, et elle décida alors que Minette avait raison au sujet de Pryor. Sous son allure de dandy débauché se cachait un homme qui prenait plaisir à faire rire les autres. Cela signifiait qu'elle l'avait jugé trop durement, et qu'il méritait probablement qu'on lui laisse une chance.

Ella renonça à remplir sa coupe une fois de plus. Elle se sentait déjà assez désorientée et troublée comme cela. Elle opta donc pour une tasse de thé. Le breuvage était à peine tiède, trop infusé et âcre, mais il l'aida à se ressaisir. La conversation continuait de suivre son cours autour d'elle. Minette avait renoncé à la réserve froide qu'elle adoptait en public, donnant libre cours à sa vraie nature, à la fois vive et un brin terre à terre. Ses yeux sombres pétillaient, et elle ponctuait ses remarques de petits gestes de la main. Arthur jouait toujours son rôle de baron russe, mais Ella était sûre qu'il révélerait bientôt son secret à Pryor. Quant à ce dernier, il était aussi prétentieux qu'un paon faisant la roue, mais il était… terriblement séduisant.

Il flirtait de nouveau avec elle, essayant de l'inclure dans la discussion, mais Ella ignora ses regards aguicheurs et n'intervint pas. Elle se contenta d'observer, ce qui lui donna le temps de réfléchir et de prendre une décision.

Tout au long de son mariage, elle avait tenu un journal intime dans sa tête. Elle n'osait pas coucher ses pensées sur le papier. Francis lisait toutes les lettres qu'elle recevait et qu'elle écrivait. Elle ne pouvait rien garder secret... à part ses propres pensées. À présent, pour la première fois depuis des années, Ella rouvrit ce journal intime. Elle tourna une nouvelle page, prit sa plume imaginaire et dressa la liste de ce qu'elle aimait chez Pryor.

Ses mains.

Son physique.

Son sourire.

Son rire spontané.

Son irrépressible joie de vivre.

Ella reposa la plume et referma le journal. Une liste n'était pas la meilleure façon de décider si on voulait d'un homme dans son lit. Les listes étaient impersonnelles, froides, à l'opposé de la sensualité. Le sexe était intime, charnel, fait de passion et de sensations.

Il n'y avait qu'une seule bonne raison de se lancer dans une liaison avec Decimus Pryor : avoir envie de l'embrasser, de le toucher, de sentir sa bouche et ses doigts sur sa peau, d'accueillir son « gros pénis », comme disait Minette.

Ella scruta Pryor, assis dans son fauteuil préféré, effronté et sûr de lui, riant de ce qu'Arthur venait de lui raconter. Serait-il aussi arrogant dans un lit ? Rirait-il aussi volontiers ?

Elle imaginait que oui.

Pryor remarqua qu'elle l'observait et leva son verre vers elle avec élégance, portant un toast en silence. Son sourire et son regard rieurs étaient comme une invitation. Une heure plus tôt, elle aurait trouvé cela irritant, mais à présent elle voyait l'homme derrière le débauché, l'humour sous l'expression enjôleuse.

Ella n'avait jamais pensé à rire lorsqu'elle était au lit avec un amant. Le sexe avait toujours été sérieux pour elle, un devoir quand elle était une épouse, un nouveau talent à maîtriser une fois devenue veuve. Avec Pryor, elle anticipait que le rire serait inévitable.

Cette idée entraîna dans son sillage une pointe de curiosité et de désir.

Elle posa les yeux sur ses mains. Elles n'étaient pas douces et potelées, comme celles de la plupart des hommes appartenant à la haute société. Elle aimait la forme affirmée de ses pouces, ses doigts longs et forts, les tendons saillants au dos de ses mains, ses ongles soigneusement coupés.

Si la nuque des hommes était son talon d'Achille, les mains étaient son deuxième point faible. Elle aimait les mains comme celles de M. Pryor, larges, robustes, masculines.

Qu'éprouverait-elle s'il la touchait ? Si elle était embrassée par ces lèvres agaçantes, à l'expression amusée ? Apprécierait-elle d'entendre Pryor rire doucement et la taquiner ? De sentir ses mains explorer son corps ?

Son attirance pour lui s'intensifia. Un frisson parcourut la peau d'Ella et son sang s'échauffa. Ses parties intimes se contractèrent légèrement, se préparant au plaisir. C'était un réflexe viscéral aussi inattendu qu'indéniable, et cela signifiait qu'elle avait pris sa décision, sans avoir besoin de recourir à une liste.

Ella reposa son thé froid et riche en tanin, et versa le reste du champagne dans les quatre coupes. Il n'y en avait pas beaucoup, ils n'auraient qu'une gorgée chacun, mais cela leur suffirait.

— À nous ! déclara-t-elle.

— À nous ! répétèrent Arthur et Minette en écho.

— À nous, dit Pryor en insistant sur le « nous » et en lui glissant un regard en coin suggestif.

Au lieu de contrarier Ella, son assurance perpétuelle la fit rire. Elle leva sa coupe et avala une gorgée de bulles et de joie, puis reposa fermement son verre. Quand elle jeta un coup d'œil à Minette, elle constata que celle-ci l'observait d'un air interrogateur.

Ella lui répondit d'un hochement de tête.

Minette sourit, radieuse. Posant son verre à son tour, elle se redressa.

— *Mon cher baron**, puis-je vous dire un mot ?

Arthur parut surpris, mais il acquiesça, se releva et suivit Minette jusqu'à la porte. Ils sortirent dans le couloir, et la porte se referma sur eux avec un *clic* discret.

Ella se retrouva seule dans son boudoir avec le débauché qu'elle avait juré de ne jamais encourager et auquel elle s'apprêtait à proposer d'avoir une liaison avec elle.

Le regard de Pryor se posa tour à tour sur la porte close et sur elle. Son sourire se fit guilleret.

Ella se jeta à l'eau sans lui laisser le temps de flirter inutilement.

— Oui.

— Oui ? répéta-t-il, visiblement intrigué.

— Oui, j'accepte d'avoir une liaison avec vous.

Il demeura un instant sans voix. Ella n'aurait jamais cru cela possible, mais son assurance habituelle ne tarda pas à refaire surface. Bien qu'il soit assis, sa posture montrait un soupçon d'arrogance. Il eut une moue narquoise.

— J'avoue que je vous imaginais insensible à mon charme.

Ella était devenue assez familière avec lui au cours de l'heure écoulée pour déceler l'humour qui se cachait derrière cet air effronté.

— J'y suis insensible, confirma-t-elle sèchement, ne se montrant pas tout à fait honnête. Que diriez-vous d'un mois ? Jusqu'à la fin du mois de septembre.

Son sourire suffisant s'évanouit, et il haussa les sourcils.

— Fixez-vous toujours une date limite à vos liaisons ?

— Oui.

Il continua d'arquer les sourcils, puis finit par déclarer :

— Très bien, alors, jusqu'à la fin du mois de septembre. Vous ne le regretterez pas, ajouta-t-il avec son ironie coutumière.

Cette pointe de vanité fit rire Ella.

— Vous non plus. Je répandrai en ville le bruit que vous ne manquez ni de vigueur ni de finesse.

Son air narquois s'estompa. Il l'observa en plissant les yeux.

— Vous ne faites pas cela à cause de ce qui s'est passé hier soir, n'est-ce pas ? Ce n'est pas un remerciement pour vous avoir secourue ?

— Non, monsieur Pryor, je vous garantis que non. J'éprouve un profond dégoût pour la méchanceté de Venetia Twyckham, aussi je me ferai un plaisir de dire à tout le monde qu'elle se trompe.

Il ne parut pas totalement convaincu.

— Nous allons nous amuser, dit Ella. Vous me montrerez vos talents, et j'apprendrai peut-être à rire davantage. Quand ce sera fini, je proclamerai haut et fort que vous êtes un virtuose parmi les libertins, et non parce que vous nous avez sauvés hier soir, mais parce que c'est vrai !

— C'est vrai, en effet, affirma Pryor. C'est ce que vous aimeriez ? Rire davantage ?

Elle haussa les épaules à la façon de Minette.

— C'est possible, mais il n'est peut-être pas dans ma nature de rire beaucoup.

Tout comme il n'était pas dans sa nature de tomber amoureuse. Son cœur était comme atrophié, trop froid et trop éteint pour cela. Elle avait appris à éprouver du plaisir, mais elle doutait fort qu'un homme puisse lui apprendre à tomber amoureuse. Et si un tel homme existait, ce n'était sûrement pas M. Pryor.

— Je peux vous apprendre à rire, déclara ce dernier avec son effronterie habituelle. Entre autres choses.

Sa moue moqueuse réapparut. Le regard qu'il lui lança était plus audacieux que les précédents. Il contenait une flamme qui promettait du plaisir.

Le cœur d'Ella tressauta, et son rythme s'accéléra. Elle fut parcourue d'un frisson en pensant à ses caresses, et ses parties intimes se contractèrent de nouveau. Elle se sentait tout à la fois intimidée, excitée et troublée. C'était ridicule pour quelqu'un qui avait perdu sa virginité depuis douze ans. Elle se leva d'un bond.

— Donc, c'est entendu ? Un mois.

Pryor se leva à son tour.

— Un mois, confirma-t-il.

Ils se serrèrent la main au-dessus de la table sur laquelle se trouvaient encore les verres et les tasses vides. La paume de Pryor était chaude, ferme et solide. Ella se sentit rougir et ses muscles les plus secrets se contractèrent une nouvelle fois. C'était déconcertant, troublant et érotique. Elle retira sa main, ne sachant trop quoi dire. C'était la première fois qu'elle se lançait dans une liaison aussi vite et avec si peu de cérémonie. En dépit de ce qu'elle venait de dire, elle n'avait jamais fixé de date limite avec une telle brusquerie. Mais Pryor était très différent des autres hommes qu'elle avait conviés dans son lit et elle ne voulait pas qu'il se fasse des idées.

S'attendait-il à ce que leur aventure débute dès maintenant ?

En théorie, Ella avait envie d'embrasser Decimus Pryor, mais elle n'était pas tout à fait prête à passer à la pratique, pas encore, et surtout pas dans une pièce qui ne possédait pas de verrou.

Bien que l'assurance naturelle de Pryor ait refait surface, elle avait l'impression qu'il était lui aussi un peu mal à l'aise. Il avait l'habitude de prendre son temps pour séduire une femme et non de plonger dans son intimité de but en blanc. Se demandait-il ce qu'elle attendait de lui ?

Ella lissa les plis de sa jupe.

— J'espère que vous pourrez dîner avec nous demain, dit-elle en se dirigeant vers la porte.

— J'en serai enchanté, je vous remercie.

Il lui emboîta le pas. Tout semblait un peu étrange. Allaient-ils poliment prendre congé ? Peut-être aurait-elle dû l'embrasser ?

Ella leva les yeux vers lui... et ne put les détourner. Ses iris étaient d'un brun chaud. Son regard était rieur. Et en ce moment, celui-ci contenait une flamme prometteuse. De toute évidence, il ne pensait pas au dîner du lendemain, mais à des sujets plus charnels.

La gêne d'Ella se transforma en quelque chose de différent, qui ressemblait à de l'impatience. Son rythme cardiaque s'affola et une nouvelle vague de chaleur envahit ses joues.

Pryor le remarqua. Son sourire se fit un brin narquois.

— Bonne journée, madame.

Il s'empara de sa main gauche et, d'un geste théâtral digne d'un débauché, se pencha pour l'embrasser. Il la contempla avec malice et espièglerie à travers la frange épaisse de ses cils noirs, de façon très séduisante.

Le cœur d'Ella tressauta.

Pryor lui retourna la main pour en embrasser la paume. Ses lèvres étaient douces, son souffle chaud.

Le cœur d'Ella se mit à battre la chamade, et elle réprima un léger frisson.

Pryor lui baisa la paume une deuxième fois. Elle sentit d'abord ses lèvres, puis tout à coup le bout de sa langue passa furtivement sur sa peau.

Il lui fut impossible de ne pas tressaillir et de ne pas émettre un petit gloussement choqué. En un instant, le désir surgit en elle. Ses muscles du plaisir se contractèrent de plus belle. L'endroit que sa langue avait touché était brûlant. Son cœur battait à tout rompre, mais elle ignorait exactement ce qu'elle espérait.

Pryor afficha un sourire satisfait, puis s'inclina et goûta de nouveau sa peau avec audace, de manière indéniablement érotique.

Ella frissonna de nouveau et gloussa, aussi troublée qu'une débutante rencontrant un libertin pour la première fois. Mais ce débauché-là ne s'intéressait pas aux débutantes. Toute la bonne société savait qu'il ne cherchait à séduire que les veuves. Ella fut soudain enchantée d'avoir attiré son regard.

Pryor se redressa, sans lui lâcher la main. L'espace d'un instant, ils se dévisagèrent, le souffle court. Puis il haussa les sourcils et afficha un demi-sourire.

Elle avait ignoré ses précédentes invitations, mais cette fois la réponse était un « oui » sans équivoque. Elle voulait plus qu'un baiser sur la main, plus que le frôlement de sa langue sur sa paume. Elle entrouvrit la bouche, mais demeura muette. Sa gorge était nouée, son pouls battait très fort.

Pryor ne s'y trompa pas et interpréta sa réaction comme un acquiescement. Son sourire s'élargit et devint effronté. Comment pouvait-il être à la fois aussi agaçant et aussi séduisant ? Ella n'eut pas le temps de résoudre cette énigme, car il inclina de nouveau la tête et posa les lèvres sur les siennes.

Son baiser ne fut ni brutal ni possessif. C'était une invitation, douce, chaude et légère. Et ce fut beaucoup trop bref.

Pryor fit mine de s'écarter, mais Ella l'en empêcha. Il lui tenait toujours la main gauche, mais sa main droite était libre. Elle agrippa le revers de sa veste et le ramena vers elle. Se haussant sur la pointe des pieds, elle l'embrassa.

Ce baiser fut intense, possessif, exigeant. Pryor lui lâcha la main et noua les bras autour d'elle. Sa bouche était chaude, sa langue habile. Ella s'abandonna à cette étreinte, s'y perdit totalement, jusqu'à ce que le manque d'air l'oblige à reculer.

Ils inspirèrent tous deux profondément. Ella était un peu étourdie, presque fiévreuse. Les joues de Pryor étaient enflammées, ses pupilles dilatées. Il inspira de nouveau, puis sourit, triomphant et toujours arrogant.

Comment pouvait-elle être séduite par une telle attitude ?

C'était un mystère.

S'ils avaient été troublés et mal à l'aise plus tôt, ce n'était plus le cas. Ella n'avait qu'une envie, l'embrasser de nouveau, mais Minette et Arthur pouvaient entrer d'un instant à l'autre. Au prix d'un grand effort de volonté, elle lui tourna le dos, ouvrit la porte et sortit dans le couloir.

Dans le vestibule, Pryor prit son chapeau et ses gants que le majordome lui tendit.

— À demain, lady Fortrose.

— À demain, monsieur Pryor.

Il s'inclina avec autant de panache qu'un acteur et s'éloigna dans le crépuscule naissant.

Il descendit les marches qui menaient à la rue en se pavanant, avec une moue narquoise, ce qui aurait dû être irritant. De fait, Ella fut agacée par son attitude. Cependant, elle était aussi impatiente de le retrouver qu'aurait pu l'être une écolière frivole.

5

Dex était fort dans certains domaines, et mauvais dans d'autres. C'était un cavalier intrépide, mais un boxeur médiocre. C'était un escrimeur compétent, alors que son adresse au tir n'avait rien de remarquable. Il n'avait jamais eu de goût pour la lecture, en revanche il aimait dessiner. Il ne se lançait pas dans des croquis minutieux et pittoresques, mais il excellait dans les caricatures réalisées à la va-vite – des nez trop grands, des jambes trop maigres –, le genre d'esquisses qui faisaient rire.

Ses lettres à sa sœur Phoebe contenaient toujours plus de dessins que de mots. Et sa dernière missive ne faisait pas exception à la règle. *Très chère Phoebe*, avait-il écrit en haut d'une feuille de papier pour aquarelle, *voici le récit de la bataille épique que j'ai livrée à Wimbledon Heath.* Le reste était une représentation illustrée de sa rencontre avec les bandits de grand chemin, chaque scène encadrée dans une petite case. Il s'était dessiné avec une poitrine en forme de tonneau et des poings gros comme des jambons. « Prends ça ! » criait son personnage en donnant un coup de poing au brigand. Dans la case suivante, un bandit faisait un vol plané au-dessus de la route.

Cette manœuvre n'avait pas été très maligne. Il aurait dû laisser le brigand retomber où il était. Maintenant, trois personnes connaissaient l'existence de sa Marraine la Fée, qui n'était pas spécialement bienveillante.

Même son cousin Ned, qui était le benêt de la famille, n'avait jamais fait une telle gaffe.

Dex soupira bruyamment. Il allait devoir tout avouer à son père, et surtout à son grand-père. Son père ne se mettrait pas en colère, les sermons n'étant pas le fort de Secundus Pryor. Comme il le reconnaissait en riant, il avait commis les mêmes erreurs que Dex, et il avait d'ailleurs fait bien pire que lui. Grand-père ne le réprimanderait pas non plus, mais il serait déçu. Il adopterait une mine grave et anxieuse. Et, bon sang, Dex aimait le faire rire, et non lui donner des raisons de s'inquiéter.

Il aurait pu leur écrire tout de suite, à tous les deux, mais il aurait été lâche de se confesser sur le papier. En réalité, il devait le faire de vive voix, afin d'atténuer la déception de son grand-père en lui affirmant qu'il n'y avait pas lieu d'être préoccupé, que lady Fortrose, le baron et la comtesse – qui n'était pas comtesse – savaient garder un secret.

Il émit un petit grognement amusé en songeant à la comtesse de Villiers, qui avait avoué avoir été danseuse d'opéra dans sa jeunesse. Ça, c'était de l'audace.

Il était presque impossible de croire à une telle imposture. Son port de tête était si majestueux, son expression si noble. Tout en elle respirait l'aristocratie, le raffinement d'une vraie sang bleu. Il avait beau savoir la vérité, il ne pourrait jamais la considérer autrement que comme une comtesse.

Son amusement et son admiration s'estompèrent. Dex soupira de nouveau et son souffle souleva la lettre posée sur son bureau. Il venait d'immortaliser son erreur sur le papier.

Dex fut tenté de froisser la page et de la jeter au feu, mais les dessins amuseraient Phoebe, et il aimait la faire rire. Il reprit donc sa plume et griffonna au bas de la lettre : *Affectueusement, ton frère Dex au courage prodigieux !* Puis il plia la feuille, la cacheta et la poussa sur le côté avant d'appeler son valet.

— Hicks !

Son logement de Clarges Street se composait de trois pièces au deuxième étage, aussi il n'avait pas à crier trop fort pour que Hicks l'entende. Le valet sortit de la chambre, une botte dans une main, une brosse à reluire dans l'autre.

— Monsieur ?

Hicks avait un visage grêlé, des doigts épais et des manières bourrues. Il semblait plus fait pour transporter des briques que pour habiller des gentlemen, mais il avait un don pour choisir les vêtements. Son goût pour les couleurs était bien supérieur à celui de Dex, et ce dernier ne lui arrivait pas à la cheville pour constituer un ensemble et l'assortir avec des accessoires.

— Je vais dîner avec une dame, annonça Dex. Je veux un costume moins fantaisiste que d'habitude, quelque chose de sobre.

Éloïse Fortrose ne semblait pas apprécier les hommes facétieux. Elle les préférait intelligents, sérieux et capables de soutenir une conversation sur des sujets graves, mais elle disait aussi qu'elle voulait rire davantage.

— Avec toutefois un soupçon de joie de vivre, vous voyez ? ajouta-t-il.

Hicks hocha la tête comme s'il voyait très bien, ce qui constituait un exploit, puisque Dex ne savait pas lui-même ce qu'il souhaitait. Mais une heure plus tard, quand, après avoir pris son bain, Dex s'habilla et contempla son reflet dans le miroir, il lui apparut clairement que Hicks l'avait parfaitement compris.

Le valet avait choisi un costume marron souligné de rouge prune et relevé par une pointe de doré. Le marron était sombre et masculin, presque austère, mais le rouge était éclatant et chaleureux, et le doré scintillait discrètement. C'était le genre de tenue que Dex portait à Linwood Castle, lorsqu'il n'y avait pas de dames à impressionner.

Ses poignets de dentelle étaient moins mousseux que d'habitude, sa cravate moins voyante et, pour tous bijoux, il n'avait qu'une épingle à cravate, sa chevalière et les boucles de ses chaussures. Toutefois, les boucles étaient ornées de rubis, ainsi que l'épingle à cravate. Ces petites pointes lumineuses de rouge apportaient la « joie de vivre » qu'il avait demandée.

L'abondance de dentelle lui manquait, ainsi que les couleurs chatoyantes, mais il fallait bien admettre qu'il avait l'air moins extravagant que d'ordinaire, moins libertin. Il semblait plus fiable que fringant, et davantage capable de réflexions profondes, ce qui ne le tentait pas particulièrement.

— Vous valez largement chaque guinée de votre salaire exorbitant, déclara-t-il en lissant son gilet rouge et doré de la main.

Il pouvait presque passer pour un intellectuel, ce qui était décidément un exploit.

Hicks répondit d'un simple grognement. Si le valet avait un talent exceptionnel pour habiller un gentleman, il ignorait les bonnes manières. Ses critiques étaient brusques, il était avare de compliments et ne flattait jamais la vanité de son maître. Dex avait eu du mal à s'y accoutumer, car il aimait être flatté. Il avait envisagé de le congédier, jusqu'au jour où Hicks lui avait dit :

— Vous êtes ridicule dans ce costume, monsieur.

Dex s'était regardé dans le miroir et avait constaté qu'il était en effet ridicule.

Il avait doublé le salaire de Hicks sur-le-champ. Cela s'était déroulé cinq ans plus tôt, et Dex avait la ferme intention de le garder à son service jusqu'à ce qu'ils meurent tous deux de vieillesse. Un valet honnête était infiniment plus précieux qu'un valet obséquieux.

Dex s'admira une dernière fois dans la glace, mit son chapeau et ses gants et se rendit à son club. Il feuilletterait les journaux et se tiendrait au courant des derniers potins avant son dîner avec lady Fortrose.

Son logement était à l'angle de Piccadilly, à cinq minutes à pied de son club dans St James's Street.

— Bonsoir, Vigueur, l'interpella quelqu'un qui quittait l'établissement alors qu'il y entrait.

Dex réussit à esquisser un sourire en coin plutôt qu'un grognement rageur. Accentuant son allure fanfaronne, il pénétra dans le salon d'un pas nonchalant et observa autour de lui. La salle était presque déserte. Quelques hommes lisaient les journaux près de la cheminée, d'autres se prélassaient dans des fauteuils devant la baie vitrée.

L'un de ceux devant la fenêtre lui adressa un signe de la main.

— Vigueur !

Dex plaqua une moue ironique sur ses lèvres et le rejoignit.

— J'ignorais que tu étais en ville, dit l'homme qui était un ancien camarade d'école. Cela faisait une éternité que je ne t'avais pas vu. Que deviens-tu ?

C'était le moment idéal pour se vanter d'avoir mis trois brigands hors d'état de nuire, mais Dex éprouva une réticence à mentionner cet incident. C'était aussi le moment de faire savoir qu'il allait dîner avec une certaine ravissante jeune veuve, mais curieusement il n'eut pas envie d'en parler non plus.

— J'étais par là, je n'ai pas fait grand-chose, répondit-il vaguement. Et toi ?

Ils discutèrent une heure devant le meilleur vin de Bordeaux du club. Dex s'efforça de ne pas remarquer toutes les fois où on l'appelait Vigueur, mais c'était difficile étant donné que chaque personne qui entrait se sentait obligée d'utiliser ce sobriquet.

« Ça par exemple, c'est Vigueur ! »

« Vous seriez tenté par une partie de piquet, Vigueur ? »

« Essayez ce cigare, Vigueur. C'est un nouveau mélange. Dites-moi ce que vous en pensez. »

« Une partie de billard, Vigueur ? »

Il essaya le cigare, déclina les propositions de jouer aux cartes ou au billard, sourit et rit aimablement, et ne grinça pas des dents avant de ressortir pour se rendre chez lady Fortrose dans Old Burlington Street. Il n'avait pas besoin de finesse, bon sang ! Il avait emmené Venetia Twyckham au septième ciel chaque fois qu'il s'était retrouvé dans son lit.

Il parcourut St James's Street d'un pas lourd, tourna à droite dans Piccadilly, puis à gauche vers Old Bond. Toutefois, il n'était pas dans sa nature de se mettre en colère, et son irritation se dissipa ; il sifflotait gaiement en atteignant l'allée qui longeait les vastes jardins de Burlington House.

Old Burlington Street était une courte et élégante avenue. Chaque maison possédait un jardin, mais ils étaient loin d'être aussi étendus que ceux de Burlington House, avec leurs larges pelouses et leurs allées ombragées. Dex s'arrêta devant la résidence de la vicomtesse afin d'admirer les hautes fenêtres et le décor raffiné de la façade de briques. Enfin il avait conquis la veuve londonienne la plus attirante, celle qu'il convoitait depuis des années et qui avait ignoré toutes ses tentatives d'approche.

La bouche d'Éloïse Fortrose était plus douce et plus chaude qu'il ne l'avait imaginé. Leur baiser d'hier avait été brûlant, exaltant… et ce n'était qu'un avant-goût. Ce soir, il irait beaucoup plus loin qu'un simple baiser.

Il ne pouvait regretter d'avoir révélé le secret de sa famille, puisque cette bévue l'avait conduit à ce moment.

Dex lissa les revers de sa veste, tira sur ses poignets et inclina son chapeau sur le côté, ce qui lui donna une allure audacieuse et élégante. Son cœur tressauta légèrement. S'il n'avait pas été un libertin avec une réputation à tenir, il aurait peut-être même sautillé sur place. Il se décida à gravir le perron avec la démarche conquérante d'un débauché sûr de son charme.

Il actionna le heurtoir avec assurance et frappa trois coups sur le battant, puis se rappela qu'il devait s'efforcer d'être plus sérieux que fougueux. Il redressa donc son chapeau sur sa tête.

Le hall de lady Fortrose était une oasis accueillante de couleurs chatoyantes et de lumières tamisées. Les murs étaient jaunes, le tapis d'un rouge éclatant. Des marguerites de la Saint-Michel roses, pourpres et bleues formaient un énorme bouquet dans un vase posé sur une console. Des cupidons et des oiseaux dansaient au plafond dans un ciel peint en trompe-l'œil.

Dex donna son chapeau et ses gants au majordome.

— Madame est au salon, monsieur, dit celui-ci. Si vous voulez bien me suivre.

Dex lui emboîta le pas d'une allure enjouée, avec une pointe de suffisance. Puis il se souvint que la fanfaronnade risquait de déplaire à la vicomtesse. Il essaya de marcher plus calmement et d'imiter la solennité du majordome. Mais ses jambes n'étaient pas faites pour cela et il atteignit le salon avant d'avoir appris à avancer avec dignité.

Le salon n'était pas moins coloré que le hall, mais il n'avait pas de plafond peint en trompe-l'œil. En revanche, il s'y trouvait une danseuse d'opéra française transformée en comtesse et un baron russe. Le dîner ne serait pas un tête-à-tête.

Dex tenta de ne pas montrer sa déception. La comtesse de Villiers résidait dans cette maison afin de préserver la réputation de lady Fortrose. Sans elle, la vicomtesse n'aurait pu inviter un baron russe à vivre sous son toit, ou un libertin à dîner à sa table.

Éloïse Fortrose était resplendissante dans sa robe de satin bleu pervenche. Des saphirs scintillaient dans ses cheveux blond pâle et sur la peau crémeuse de sa gorge. Elle ressemblait à une fille de Poséidon agile et gracieuse, tout juste sortie de la mer. Elle était de ces femmes à la beauté éthérée pour lesquelles des rois livraient bataille.

Dex avait l'intention de déposer des baisers brûlants sous ces saphirs, de lui ôter cette robe spectaculaire et d'explorer ses secrets les plus intimes. Il prendrait son temps pour découvrir tous les points sensibles qui faisaient chanter son corps. Ce serait un jeu délicieux, la plus divertissante des chasses au trésor.

Il pénétra dans le salon avec sa démarche la plus assurée, fit un baisemain appuyé à lady Fortrose, puis à la comtesse de Villiers, en leur adressant des compliments extravagants, avant de s'incliner devant le baron Zhivot, à qui il fit aussi une louange.

Le baron éclata d'un grand rire tonitruant, tandis que la comtesse lui adressait un regard pétillant de malice. Éloïse Fortrose ne savait pas si elle devait rire ou lever les yeux au ciel. Elle plissa les lèvres, ce qui fit apparaître des fossettes sur ses joues, et la néréide céda la place à une simple mortelle.

Dex s'assit en se rappelant qu'il avait décidé d'être sérieux plutôt que charmeur, mais la vicomtesse avait presque ri, alors... peut-être n'avait-il pas commis d'erreur ? Selon son expérience, faire rire une dame était la première étape pour la faire entrer dans son lit.

Le dîner fut annoncé. Ce n'était pas le tête-à-tête que Dex avait espéré, néanmoins il fut agréablement surpris. La comtesse et le baron, tous deux des bons vivants, étaient d'excellents compagnons. L'atmosphère autour de la table était très joyeuse.

Dex fut presque désolé quand la comtesse posa sa serviette et les informa que « le très cher baron » et elle devaient partir s'ils ne voulaient pas rater le premier acte de la nouvelle pièce donnée à Drury Lane.

Il fut encore plus désolé quand le baron Zhivot lui dit adieu en annonçant qu'il quittait Londres le lendemain.

— Ce fut un plaisir de vous rencontrer, monsieur, déclara Dex avec sincérité en s'inclinant.

Mais ce salut était beaucoup trop formel pour le vieux gentleman, qui serra vigoureusement la main de Dex et l'embrassa sur les joues avec un enthousiasme débordant – et très russe.

Le départ des compagnons de la vicomtesse signifiait qu'il allait enfin se retrouver seul avec Éloïse Fortrose.

— Retirons-nous au salon, suggéra-t-elle. À moins que vous ne désiriez un verre de porto ou de brandy ? Je peux demander au valet de vous apporter les carafes.

Dex déclina son offre. Il lui serait impossible de déployer toute sa finesse s'il était aviné.

Le feu avait été allumé dans le salon et un plateau de thé était disposé sur le guéridon. Dex allait enfin avoir le tête-à-tête tant espéré.

Après une hésitation, lady Fortrose se dirigea vers un canapé à trois places près de la cheminée.

Dex décida que c'était une invitation et il la rejoignit. Il s'assit ni trop près ni trop loin d'elle, laissant un espace de la largeur d'un coussin entre leurs deux cuisses. Sous le satin céruléen et les couches de jupons de dentelle et de chemises de lin se cachait une peau tiède et crémeuse.

Le pouls de Dex battit plus vite, mais ce mélange d'excitation et d'impatience était tempéré par une pointe inaccoutumée de nervosité.

Il pensait qu'Éloïse Fortrose devait être un peu nerveuse, elle aussi. Elle ne semblait pas tout à fait sereine en maniant la jolie théière en porcelaine chinoise.

Dex eut recours à sa méthode habituelle pour mettre les dames à l'aise et prononça quelques mots idiots. Il voulait la faire rire et voir des fossettes se creuser sur ses joues.

Une plaisanterie en amenant une autre, quand ils eurent fini leur thé, les fossettes étaient bien visibles sur le visage de la vicomtesse.

Elle posa sa tasse.

Dex en fit autant.

Leurs regards se croisèrent. Il eut l'impression qu'une onde électrique soulevait les poils sur sa peau. Il s'aperçut qu'il retenait son souffle. L'anticipation faisait battre le sang à ses tempes. Les joues de la vicomtesse se colorèrent délicatement de rose. Était-ce de la timidité ? Du désir ? Les deux ?

Dex tendit le bras et lui effleura le dos de la main du bout du doigt.

Elle frissonna, inspira, sans le lâcher des yeux.

Le salon était plongé dans le silence. Aucun mouvement, en dehors des flammes dans l'âtre et du doigt de Dex qui glissait légèrement sur la main d'Éloïse. Celle-ci tressaillit de nouveau et rougit davantage. Les saphirs scintillaient, captant la lueur des bougies chaque fois que sa poitrine se soulevait.

Dex sourit, posa la paume sur une joue rose et caressa sa peau douce comme de la soie.

Il vit ses pupilles se dilater, sentit sa chaleur. Elle ne s'écarta pas, mais se contenta de le regarder en attendant sa prochaine initiative. L'atmosphère était tendue.

Dex traça une ligne sur sa joue, ce qui la fit frissonner de nouveau. Il suivit la courbe de sa mâchoire, lui souleva le menton et patienta un moment, lui laissant le temps de refuser, de lui dire qu'il allait trop vite.

Elle battit des cils. Ses lèvres s'entrouvrirent en une invitation silencieuse.

Dex se pencha et l'embrassa.

La bouche d'Éloïse Fortrose était aussi passionnée que dans son souvenir. Elle lui rendit son baiser sans hésitation. Plusieurs minutes s'écoulèrent, des minutes brûlantes, délicieuses, enivrantes, mais pendant lesquelles Dex ne cessa de tendre l'oreille, craignant d'entendre des pas approcher, une porte s'entrebâiller. Certes, ils étaient seuls, mais dans une maison pleine de domestiques.

Il ne retira pas les épingles de l'élégant chignon de la vicomtesse, bien qu'il ait envie de glisser les doigts dans ses mèches soyeuses. Il ne pencha pas la tête pour déposer des baisers sous les saphirs qui ornaient son cou, car des baisers marqueraient sa peau délicate. Et il renonça complètement à s'agenouiller pour retrousser ses jupes de satin et lui montrer ce qu'il savait faire avec sa langue.

Il avait prévu de faire toutes ces choses, mais pas alors qu'un valet risquait de les découvrir.

Enfin, ils se séparèrent. Éloïse Fortrose était rouge et hors d'haleine, ses lèvres gonflées par les baisers, ses yeux assombris par la passion. Dex avait conscience d'être exactement dans le même état qu'elle.

— Et si nous montions ? suggéra-t-elle.

6

Ella avait deux chambres, celle dans laquelle elle dormait et celle dans laquelle elle recevait ses amants. Un vaste cabinet de toilette séparait les deux pièces. Les plaisirs de la chair d'un côté, le réconfort d'une calme nuit de sommeil de l'autre.

Sa chambre, celle que ses amants ne voyaient jamais, était un sanctuaire, un lieu d'intimité et de repos. Sa gamme de couleurs était très différente des rouges sensuels et des ors de son boudoir. Un rose vif y dominait, avec des notes d'ambre, de pêche et d'abricot, les teintes douces d'un lever de soleil et de paisibles matinées d'été.

Toutefois, ce n'était pas l'été en ce moment, mais l'automne, et un automne froid. Un feu brûlait dans la cheminée du cabinet de toilette, dissipant la fraîcheur de la nuit. Les bougies du miroir girandole accroché au-dessus de la cheminée étaient allumées, et leur lueur reflétée dans la glace illuminait la pièce. La baignoire dans laquelle elle s'était plongée après ses ébats avec M. Pryor n'était plus devant la cheminée. Elle avait été repoussée dans le coin qui était sa place habituelle quand elle ne s'en servait pas. Ella sourit au souvenir de ces ébats – un mot qui n'était pas vraiment approprié. Leur étreinte avait été enjouée plutôt que vigoureusement athlétique, avec un long interlude à la lueur des chandelles dans lequel s'étaient mêlés murmures, rires et caresses. Pryor avait exploré son corps sans hâte, faisant des découvertes que personne avant lui n'avait faites, apprenant des choses qu'Ella elle-même ignorait sur elle. Par exemple, que de doux baisers derrière les genoux la faisaient soupirer, qu'elle riait de façon irrépressible quand on léchait la peau entre ses doigts, et que de légères morsures autour de la taille étaient incroyablement excitantes. Elle s'était cambrée malgré elle, exigeant qu'il se hisse sur elle sur-le-champ, ce qu'elle n'avait jamais requis de quiconque, et qu'elle n'avait même jamais imaginé pouvoir demander.

Ella contempla son reflet dans le miroir. Ce matin, elle avait choisi du cachemire rouge framboise, profond, chaleureux et plein de gaieté. Elle posa la main sur sa taille, là où Pryor l'avait mordue. La peau, cachée sous la robe, les jupons, le corset et sa chemise, n'était pas marquée.

La nuit précédente avait largement dépassé ses attentes. Par son rire et sa légèreté, Pryor avait créé une atmosphère d'intimité, balayant la gêne avec quelques plaisanteries. Tout avait été amusant et facile. Il lui avait été impossible de se sentir embarrassée en se déshabillant, ou lorsqu'elle lui avait pris le bras pour l'attirer sur elle.

— Ce sera tout, madame ? l'interrogea Hedgepeth, sa femme de chambre.

Ella retira la main de sa taille.

— Oui, merci.

Hedgepeth se précipita vers la commode et commença à tout remettre en ordre, à aligner les brosses, à ranger les épingles à cheveux. Tout en s'affairant, elle fredonnait d'une voix douce et mélodieuse.

Ella s'attarda devant le miroir. Le long du cadre doré batifolaient des silhouettes de bronze, des sirènes et des dauphins dont les couleurs étaient assorties à celles de la chambre. Après tout, c'était la pièce dans laquelle elle prenait ses bains. Quel thème aurait été plus adapté que celui de l'océan ?

Les teintes du cabinet de toilette étaient le bleu et le vert marin. Elle était elle-même vêtue de rouge framboise, mais…

De quelle couleur est mon cœur, aujourd'hui ? se demanda-t-elle silencieusement.

La nuit avait été si délicieuse, balayant toutes ses expériences précédentes en matière de sexe, qu'elle avait presque été tentée de croire que, ce matin, la réponse à cette question aurait changé. Mais non, c'était toujours la même : incolore.

La vivacité et l'éclat n'appartenaient qu'à son environnement. En son for intérieur, elle était aussi incolore que du verre. Deux heures de rire et de plaisir avec Decimus Pryor ne pouvaient rien changer à cela.

Ella soupira. Elle aurait voulu que son cœur soit assorti à sa chambre privée, avec des tons de rose et d'abricot. Mais peut-être que certaines personnes ne pouvaient jamais avoir de couleurs dans le cœur, tout comme certaines personnes ne tombaient jamais amoureuses.

Ella tourna le dos au miroir et descendit prendre le petit déjeuner.

Si sa chambre ressemblait à une paisible matinée d'été, la salle du petit déjeuner était un après-midi d'été teinté d'or. Elle était jaune comme les jonquilles, les boutons d'or et les tournesols, joyeuse, gaie et exaltante. Exposée sur le buffet, une série de dessins lumineux et enfantins témoignait du talent de Phillip, le petit-neveu d'Arthur, un orphelin qui résidait avec sa tante célibataire à Bristol.

Déjà installée, Minette grignotait une brioche tiède en sirotant son chocolat chaud. Elle posa sa tasse, les yeux brillants de curiosité, en arquant les sourcils.

— Eh bien, *ma chère** ?

— Bonjour, dit Ella en se dirigeant vers le buffet chargé de plats.

Minette balaya ce salut d'un geste de la main.

— Comment *le beau monsieur** s'est-il comporté ? Est-il vrai qu'il est dénué de finesse ?

C'était totalement faux. Pryor avait incontestablement fait preuve de finesse. Puis il avait fait une indéniable démonstration de vigueur, mais les événements qui se déroulaient dans une chambre étaient strictement privés. Ce n'étaient pas des sujets à évoquer à la table du petit déjeuner.

— Qui peut croire un mot de ce que raconte Venetia Twyckham ? Sûrement pas moi.

Ella attrapa une assiette et examina les plats à sa disposition. Elle mit dans son assiette un peu de riz et hésita avant de prendre un œuf poché. Quand elle se retourna, Minette la contemplait toujours avec des yeux aussi perçants que ceux d'un aigle.

— Je ne vous donnerai aucun détail ! s'exclama Ella.

— Non, pas les détails, mais vous pouvez probablement me donner quelques miettes pour satisfaire ma curiosité ?

Ella posa son assiette sur la table et s'assit.

— Très bien. Il est d'une grande finesse.

— Et ?

Ella s'empara de la théière en réfléchissant à ce qu'elle pouvait révéler à Minette. Sûrement pas que Pryor avait un « gros pénis », ni le fait qu'il se soit retiré au dernier moment, bien qu'elle l'ait informé qu'elle était stérile. Il restait un parfait gentleman, même au plus fort de la passion.

Finalement, elle avoua :

— Il a aussi une grande endurance.

Minette laissa fuser un gloussement.

— C'est donc un étalon ?

Ella se servit son thé d'un air digne et s'abstint de répondre, décidant qu'il valait mieux manger son œuf en silence.

— Reverrons-nous M. Pryor, *ma chère** ? l'interrogea Minette quand Ella eut fini son œuf.

— Je l'ai invité à dîner avec nous demain.

C'était un rendez-vous qu'elle attendait avec une impatience qu'elle n'avait encore jamais éprouvée.

— Bien.

Ella se concentra sur son riz tandis que Minette grignotait sa brioche. Plusieurs minutes s'écoulèrent en silence, puis la comtesse demanda :

— Avez-vous appris quelque chose, la nuit dernière ?

— Je ne vous donnerai aucun détail.

Ella choisit dans le panier posé au milieu de la table une brioche à l'odeur alléchante et la rompit. Un morceau de pomme chaude sucrée et parfumée de cannelle se trouvait à l'intérieur.

— Je ne pensais pas à des détails intimes.

Ella fronça les sourcils.

— Que voulez-vous dire ?

Minette haussa les épaules d'une manière bien française.

— Avez-vous ri avec lui ?

— Oui.

— Bien, fit Minette d'un air satisfait. C'est une bonne chose. Au lit, il ne faut pas être sérieux.

Ella scruta sa brioche, puis Minette.

— Pourtant, ce qui se passe dans un lit est généralement sérieux. C'est un devoir conjugal, ou... ou une façon de gagner sa vie.

Minette la dévisagea de ses yeux graves et sombres.

— Nous donnons notre corps en échange de beaucoup de choses, *ma chère**, l'argent, la nourriture, la sécurité, mais parfois nous avons la chance de trouver aussi du bonheur.

Elle afficha un sourire tendre, son regard se perdit dans le vague et, l'espace d'un instant, une lueur de chagrin apparut dans ses pupilles.

Ella contempla la brioche ouverte dans son assiette.

— Tout le monde ne connaît pas le grand amour.

Tout le monde n'était même pas capable d'aimer.

— Et même si je devais avoir un grand amour, reprit-elle, ce ne serait pas M. Pryor. Cet homme est un séducteur, un dandy et... et un clown !

— Votre tante était un clown.

Ella redressa la tête. Le sourire de Minette était encore plus doux, et ses prunelles emplies de chagrin et de souvenirs. Puis l'ancienne danseuse cligna ses yeux embués de larmes et souleva la chocolatière.

— Ne méprisez pas les clowns, *ma chère**. Les meilleurs amants sont ceux qui vous font rire.

Ella ouvrit la bouche pour protester... et choisit de manger sa brioche en silence. Elle mordit dans la pâte tendre qui enveloppait la pomme à la cannelle.

— Comment était la pièce de théâtre, hier soir ? s'enquit-elle après avoir avalé une bouchée de la délicieuse pâtisserie. Arthur a-t-il décidé qui il voulait incarner, après le baron russe ?

7

Un nouveau majordome reçut Dex dans la maison d'Old Burlington Street. L'homme qu'il avait vu la fois précédente était d'âge moyen, mais celui-ci devait avoir la soixantaine. Il avait des jambes maigres comme des baguettes, les épaules voûtées et une démarche hésitante, avec une frange de cheveux d'un roux grisonnant sur un crâne chauve.

Il lui parut étrangement familier, même si Dex était certain de ne l'avoir jamais vu auparavant.

Le majordome se dirigea d'un pas chancelant vers le salon, où il annonça l'arrivée de Dex. Il n'y avait pas de baron russe ce soir, seulement une ravissante vicomtesse douairière et une comtesse française. Lady Fortrose portait une robe vert tendre brodée de fils d'or, pareils à des rayons de soleil filtrant à travers un feuillage. Des péridots scintillaient à ses oreilles et dans son cou, et se nichaient dans ses boucles.

Elle semblait éclatante et vive, à la fois posée et sûre d'elle, avec une légère pointe de timidité.

Elle l'avait embrassé à pleine bouche l'avant-veille, quand ils s'étaient ébattus dans ce lit au matelas en plumes doux comme un nuage. Mais, en présence de la comtesse de Villiers et du majordome, Dex s'inclina sobrement et ne lui embrassa que le bout des doigts. Elle l'avait également invité à l'appeler Éloïse, mais il n'était pas convenable de faire usage des prénoms en public.

— Votre beauté est éblouissante, lady Fortrose. Vous brillez plus que vos bijoux.

Ce compliment la fit rire, puis rougir. Dex aurait voulu pouvoir reprendre là où ils s'étaient arrêtés, mais il fallait d'abord dîner. Il se tourna vers la comtesse de Villiers, lui embrassa le bout des doigts et lui adressa aussi un compliment en français.

— *Vous êtes magnifique, madame**.

Les yeux de la vieille dame pétillèrent.

— *Merci. Vous êtes magnifique aussi, monsieur**.

— Merci, madame.

Dex parvint à ne pas se rengorger, même s'il était conscient d'avoir plutôt fière allure. Hicks s'était une fois de plus surpassé en assortissant son costume bleu nuit avec un gilet ivoire et rose fuchsia aux notes dorées. Le bleu était sobre, banal, sans imagination, le genre de couleur que portaient les hommes d'État et les intellectuels, mais le gilet de soie incarnait la « joie de vivre ».

Le dîner fut servi peu après. Sans le baron Zhivot, la conversation fut moins animée que les jours précédents. Dex regrettait que le vieux gentleman ne soit plus là pour leur tenir compagnie. Le baron et lui étaient faits du même bois.

Peut-être était-ce dû à l'absence du baron, ou peut-être pas, mais Dex fut plus conscient que d'ordinaire de la présence du majordome. L'homme faisait tout avec une parfaite discrétion. Il retirait les couverts sans en faire tomber un seul, servait le vin sans en renverser, donnait ses instructions au valet d'un claquement de doigts ou simplement en haussant ses sourcils d'un roux délavé. Mais Dex ne put s'empêcher de penser qu'il aurait dû rester assis près du feu dans la cuisine, chaussé de pantoufles et coiffé d'un bonnet de nuit.

Le majordome demeura campé près de la desserte tandis qu'ils mangeaient le premier plat, prêt à s'avancer de son pas chancelant s'ils avaient besoin de quoi que ce soit. Dex dégusta un potage à la Reine, une caille farcie et des artichauts à l'italienne. Il aperçut le majordome fermer les paupières et se mettre à dodeliner de la tête. Les yeux presque clos, il baissa la tête et son menton s'enfonça sous son col.

Dex se figea en portant une bouchée à ses lèvres. Le majordome s'était-il endormi ?

Il fallait qu'il réveille le pauvre homme avant que les autres s'en rendent compte. Peut-être en toussant très fort ou en laissant ses couverts tomber bruyamment dans l'assiette ?

Avant qu'il ait pu agir, la comtesse remarqua qu'il tenait sa fourchette à mi-chemin entre l'assiette et sa bouche. Elle regarda derrière elle et émit un ricanement très peu distingué.

— Monsieur Pettislaw, dit-elle d'une voix forte, vous êtes-vous encore endormi ?

Le majordome tressaillit.

— Je vous demande pardon, monsieur ?

Il y eut un silence, puis la comtesse éclata de rire. Dex eut le plus grand mal à ne pas rire avec elle. Il se mordit l'intérieur de la joue pour ne pas pouffer.

Le majordome redressa dignement les épaules.

— Désirez-vous quelque chose, madame ? s'enquit-il avec solennité.

— Non, non, répondit-elle. Vous pouvez vous rendormir, mon vieil ami.

Pettislaw eut le reniflement hautain d'un homme injustement accusé. Il s'empara d'une carafe de vin et fit le tour de la table en titubant pour remplir les verres. Puis il retourna à son poste près de la desserte... et s'assoupit aussitôt.

Dex n'osait pas se remettre à manger. Il avait trop envie de rire et, s'il essayait d'avaler quoi que ce soit, il risquait de s'étouffer. Il regarda lady Fortrose. Ses joues étaient roses et elle pinçait les lèvres. La gaieté faisait scintiller ses prunelles, tel le soleil jouant sur l'eau.

Avec cette robe verte brodée d'or, elle était superbe. C'était une nymphe de la forêt, une déesse du printemps. Si Dex avait été plus attentif à l'école, il aurait su nommer cette nymphe ou cette déesse. Mais tout ce qu'il pouvait faire à présent, c'était la contempler et se dire qu'elle était l'une des plus belles femmes qu'il ait eu le bonheur de voir dans sa vie.

Comme si elle avait senti son regard sur elle, lady Fortrose leva les yeux. Des fossettes creusèrent ses joues. Ils se dévisagèrent, tous deux débordant de joie. Quelque chose d'insaisissable passa entre eux, un lien qui ne concernait pas le sexe, une intimité qui ressemblait... au début d'une amitié ?

Le majordome émit un léger ronflement.

Lady Fortrose se tourna vivement vers lui. Ses joues rosirent sous l'effet d'un rire contenu. Ses fossettes s'accentuèrent. Elle mordit ses lèvres et Dex aperçut ses petites dents blanches.

Il ne savait plus où donner de la tête. D'un côté se trouvait le majordome somnolent, semblable à une cigogne décharnée aux jambes maigres et aux épaules voûtées, et de l'autre la vicomtesse à la beauté extraordinaire, tellement *pleine de vie*.

— Il a recommencé, n'est-ce pas ? s'enquit la comtesse en continuant de picorer avec élégance des morceaux de homard dans son assiette.

Comme en réponse, le majordome émit un nouveau ronflement. Celui-ci se prolongea assez longtemps et se termina par une sorte de couinement comique.

Ce couinement eut raison de la maîtrise de Dex. Il ne put retenir un énorme éclat de rire. Lady Fortrose explosa de rire à son tour, et la comtesse en fit autant. Ils s'esclaffèrent tous trois pendant quelques secondes.

Le majordome ne se réveilla pas.

Dex savait qu'il aurait dû avoir honte de se moquer d'un vieil homme qui s'était endormi. De fait, il avait honte, mais ce rire n'était pas cruel. La comtesse avait appelé Pettislaw « mon vieil ami », donc le majordome ne serait ni réprimandé ni jeté à la rue.

Malgré tout, il n'aurait pas dû rire.

Dex recouvra son sang-froid, calma sa respiration et s'éclaircit bruyamment la voix.

— Vraiment, Pettislaw !

Le majordome s'éveilla de nouveau en tressaillant.

— Oui, madame ?

Ne ris pas, s'ordonna intérieurement Dex en crispant les mâchoires. *Ne ris pas.* Cependant, pendant un moment, il ne fut pas sûr de parvenir à garder son sérieux. Il desserra les dents, déglutit et demanda d'une voix presque normale :

— Auriez-vous du champagne sur cette desserte ?

— Naturellement, monsieur.

Pettislaw apporta la bouteille et le servit. Dex s'attendait à ce que les yeux du majordome soient vitreux et fatigués, voilés par l'âge, mais ils étaient clairs et attentifs, d'un brun noisette étonnamment vif.

L'homme ne se rendormit pas. Dex but son vin, goûta un peu de homard et de crème vénitienne, puis dévora un dessert savoureux. Étant donné ses projets pour la soirée, il préférait se contenter d'un repas léger.

Lady Fortrose mangea peu également, et ils n'eurent pas à patienter longtemps pour que la table soit débarrassée. Quand les dames se retirèrent au salon, Dex les accompagna. Il n'avait aucune envie de demeurer seul dans la somptueuse salle à manger, à siroter du porto ou du brandy.

Ils jouèrent aux cartes en misant des jetons en nacre au lieu de guinées. La comtesse de Villiers remporta les deux premières manches, jusqu'à ce que Dex se rende compte qu'elle trichait sans vergogne. Il l'imita donc, ce qui donna lieu à plusieurs parties rapides et animées, au cours desquelles tous trois rivalisèrent d'ingéniosité pour se surpasser en sournoiserie.

Quand 22 heures sonnèrent, la comtesse posa ses cartes et se leva, majestueuse en dépit de sa petite taille.

— Bonne nuit, *mes poulets**, soyez aussi sages que je le serais moi-même.

Elle tapota la joue de lady Fortrose, fit un clin d'œil à Dex et sortit.

Dex la suivit des yeux, puis reporta son attention sur lady Fortrose.

— Si ce n'est pas indiscret... comment se fait-il que la comtesse de Villiers soit votre dame de compagnie ?

La vicomtesse ramassa les cartes éparpillées sur la table et les mélangea en plissant les lèvres d'un air pensif. Dex crut qu'elle cherchait une justification plausible et s'empressa d'ajouter :

— Vous n'êtes pas obligée de répondre.

Lady Fortrose haussa gracieusement les épaules, comme l'aurait fait la comtesse.

— Vous m'avez confié l'un de vos secrets, aussi il n'y a pas de raison que je ne vous confie pas le mien.

Elle plaça les cartes de côté et se cala dans son fauteuil en croisant les doigts.

— Vous savez que Minette était danseuse d'opéra... Eh bien, mon oncle, lord Cameron, était l'un de ses mécènes. Ce n'était pas quelqu'un de bien, et il aimait se vanter de ses infidélités devant ma tante, son épouse. Mais dès l'instant où celle-ci a fait la connaissance de Minette, elles sont devenues les meilleures amies du monde. À la mort de mon oncle, elles ont décidé de vivre sous le même toit. C'est ainsi qu'est née la comtesse de Villiers.

Dex écarquilla les yeux en haussant les sourcils.

— C'est audacieux.

— Oui, très audacieux. Minette a prétendu être la cousine de ma mère, qu'elle avait perdue de vue depuis longtemps, et tout le monde l'a crue, y compris mon père, qui était pourtant très à cheval sur les règles. Toute mon enfance, je les ai appelées tante Minette et tante Clara. Elles ont habité ensemble jusqu'à la mort de cette dernière.

Dex fut sur le point de répéter que c'était « audacieux », mais le mot était trop faible. C'était impressionnant, une supercherie magnifique, comme dans les contes et les légendes.

— Quand avez-vous appris la vérité ?

— Après le décès de mon mari. Mon père insistait pour que je retourne vivre sous son toit, et le nouveau vicomte aurait voulu que j'occupe la maison de douaire.

Son expression changea, la peau autour de ses yeux se plissa presque imperceptiblement, et elle pinça légèrement les lèvres.

— Est-ce un manoir lugubre ?

— Très lugubre, en effet. Et la demeure de mon père ne vaut guère mieux. Par chance, Minette m'a offert une alternative. Elle m'a proposé de devenir ma très respectable dame de compagnie. Du moins est-elle respectable en apparence, précisa-t-elle en riant. J'ai choisi Minette, bien entendu. Je voulais être libre.

Lady Fortrose était indéniablement libre à présent. Débarrassée de son mari, de son père, du petit manoir de douaire, elle était libre de faire ce qu'elle voulait, libre d'entretenir des liaisons discrètes sous son propre toit.

Inclinant légèrement la tête, Dex l'observa, les paupières mi-closes. Il esquissa ce qu'il nommait intérieurement son « sourire de séducteur ».

Les joues d'Éloïse Fortrose se colorèrent. Elle détourna les yeux, puis les ramena vers lui et devint encore plus rouge.

Le sourire de Dex s'accentua et se fit enjôleur.

La vicomtesse rit.

— Vous le faites exprès, n'est-ce pas ?

— Est-ce que ça marche ?

Cédant à une impulsion, il battit des cils. Même s'il savait qu'un gentleman portant un sobre costume bleu n'aurait jamais été aussi stupide.

Éloïse Fortrose rit encore.

— Monsieur, vous êtes un clown.

Il pressa une main sur sa poitrine.

— Je suis offensé.

— Non, ce n'est pas vrai.

Des fossettes creusèrent ses joues et elle le regarda à travers ses cils avec un sourire langoureux.

— Et si nous montions, monsieur Pryor ?

8

De quelle couleur est mon cœur, aujourd'hui ? se demanda Ella le lendemain matin en contemplant son reflet dans le miroir.

Elle était vêtue d'une robe gaie et jaune comme une jonquille, une couleur qu'elle avait choisie pour lutter contre la grisaille du jour et le bruit léger et régulier de la pluie. Mais à l'intérieur, la réponse était toujours la même : incolore.

Ella descendit. Aujourd'hui, elle était la première arrivée dans la salle du petit déjeuner. Elle n'avait avalé que quelques bouchées quand Minette la rejoignit.

— Quelqu'un a dépensé beaucoup d'énergie pendant la nuit, commenta Minette en voyant le contenu de l'assiette d'Ella.

Ella essaya de ne pas rougir, sans succès. Elle découpa ses saucisses en petits morceaux.

— Alors ? dit Minette en se servant une tasse de chocolat chaud.

Ella ne leva pas la tête.

— Je ne vous donnerai pas de détails.

— Non, vous ne m'avez pas comprise.

Ella l'observa. Minette prit une gorgée de chocolat fumant, les yeux brillants de curiosité.

— Avez-vous appris encore quelque chose ?

— Quelque chose ?

— Sur lui. Sur vous.

Ella contempla ses saucisses, puis Minette. Decimus Pryor était un bon amant, et il était amusant. Qu'y avait-il de plus à savoir sur lui ?

De la vapeur s'élevait au-dessus de la tasse de Minette. L'arôme riche du chocolat se répandait autour de la table. Minette inclina la tête et arqua les sourcils, attendant la réponse d'Ella.

Celle-ci songea aux deux nuits passées avec Pryor.

— Je crois... qu'il pense devoir tenir le rôle le plus actif, c'est-à-dire qu'il prend les initiatives et que je dois le suivre.

— C'est une erreur très courante chez les hommes.

Minette posa sa tasse et choisit une brioche dans la corbeille.

— C'est regrettable. Je l'imaginais plus *égalitariste**. Et qu'avez-vous appris sur vous-même ?

— Rien. Qu'aurais-je pu apprendre ?

Minette s'absorba dans la découpe de sa brioche. Aujourd'hui, le trésor caché à l'intérieur se composait de baies rouges.

— Quoi ? reprit Ella. Que pensez-vous que je doive apprendre ?

— À rire davantage ?

— Mais je sais rire.

En fait, elle avait beaucoup ri la veille.

— Et à ouvrir votre cœur.

— À lui ? s'exclama Ella, effarée.

Elle posa ses couverts, qui tintèrent contre la porcelaine.

— D'une manière générale. Vous êtes sur vos gardes, *ma chère**, et je comprends pourquoi mais, au lieu de fermer votre cœur, laissez-le s'épanouir.

— Mais je vous aime, Arthur et vous, riposta Ella.

— Et nous vous aimons aussi, mais je fais allusion à une autre sorte d'amour, quelque chose que vous n'avez jamais expérimenté. Et si vous gardez votre cœur fermé, cela n'arrivera jamais.

Ella fronça le nez.

— Je ne veux pas aimer Decimus Pryor. Il est amusant, mais rien de plus. Ce n'est pas quelqu'un pour qui je veux éprouver des sentiments. Il est trop... léger.

— Savez-vous ce que j'appréciais le plus chez votre tante ? Son sens de l'humour, sa fantaisie. Elle me faisait rire tous les jours. Si vous pouvez trouver l'amour et l'humour chez la même personne, vous serez très heureuse.

— Mais je suis heureuse, rétorqua Ella, toujours sur la défensive.

— Oui, mais si quelqu'un qui pouvait vous rendre encore plus heureuse venait à... se présenter, ne lui fermez pas votre cœur.

— Bien sûr que non, mais ce ne sera pas Decimus Pryor.

— Si vous le dites, *ma chère**.

— Je le pense.

Minette avait peut-être raison à propos du cœur d'Ella, mais elle se trompait complètement sur Pryor.

Ella dégusta ses œufs accompagnés de saucisses. Quand elle eut fini, elle prit une brioche dans le panier et l'ouvrit. Les baies avaient répandu un jus si rouge dans la pâte que celle-ci était presque pourpre.

Les cœurs qui aimaient profondément devaient avoir cette couleur intense.

Le cœur de Minette devait être ainsi, et celui d'Arthur aussi.

Son propre cœur demeurait-il incolore à cause d'une imperfection innée ? Avait-elle hérité ce défaut de son père, qui était incapable d'aimer qui que ce soit ? Était-elle incapable de tomber amoureuse ?

Pour la millième fois, Ella se demanda quel genre de femme était celle qui était décédée en lui donnant la vie. Son cœur était-il aussi incolore que celui d'Ella ? Ou bien était-elle comme tante Clara, capable d'éprouver un amour profond ?

— Bonjour, mesdames ! lança Arthur, radieux, en entrant dans la salle à manger.

— *Mon ami**, vous avez été terrible hier soir, absolument épouvantable ! J'ai cru que j'allais mourir de rire !

Arthur traversa la salle en se pavanant.

— J'ai été très bon, n'est-ce pas ?

— Superbe ! déclara Ella. Ce ronflement !

Elle posa sa brioche pour applaudir. Minette l'imita.

Arthur bomba le torse et se rengorgea, visiblement aux anges.

— Merci, dit-il en saluant tel un acteur face à son public. Merci, merci.

Ella rit en secouant la tête. Il était encore plus cabotin que Decimus Pryor.

Arthur tressaillit et mit une main en visière sur son front, tel un marin scrutant l'océan.

— Que vois-je ? Une lettre pour moi ?

Une lettre était effectivement posée à côté de son assiette. Elle portait le cachet postal de Bristol, ce qui indiquait qu'elle provenait sans doute de sa nièce.

Il contourna la table et s'en empara.

— C'est Sarah ! s'exclama-t-il en brisant le cachet pour déplier la missive.

En un clin d'œil, l'acteur gonflé de prétention se transforma en grand-oncle affectueux.

— Encore un dessin de Phillip ! Regardez !

Ella et Minette s'extasièrent devant le croquis représentant un oiseau au plumage rayé comme une abeille. À moins que ce ne soit une abeille ressemblant à un oiseau ?

Arthur ajouta fièrement le dessin à la collection exposée sur la desserte. Puis il emplit une assiette et s'assit à table.

— Quand Pryor reviendra-t-il dîner avec nous ?

— Demain, précisa Ella.

— Quel personnage vais-je interpréter ? se demanda-t-il à haute voix en découpant sa viande avec une expression de conspirateur.

— Le colonel Withers, déclara Minette. Ainsi, vous pourrez dîner avec nous, puis m'accompagner au théâtre pour que ces jeunes gens restent en tête à tête.

— Va pour le colonel !

La posture d'Arthur sur sa chaise changea, il se redressa et rejeta les épaules en arrière. Son regard s'assombrit et il serra les mâchoires comme un bouledogue.

— Il finira par comprendre, commenta Ella.

Arthur redevint lui-même.

— J'y compte bien, répondit-il joyeusement. J'ai hâte de voir sa tête.

Pryor ne devina rien quand il dîna avec eux et il se réjouit du départ de Minette pour le théâtre avec le vieux militaire, qui était un de ses admirateurs. Ella et Pryor se retirèrent tôt pour la nuit et passèrent plusieurs heures à batifoler en riant dans les draps froissés.

Le lendemain matin, Ella se sentait de bonne humeur. Hedgepeth n'était pas la seule à fredonner dans le cabinet de toilette. La jeune femme alla se camper devant le miroir pour se regarder. Elle portait une robe bleu barbeau, une couleur qui rendait ses yeux plus lumineux et moins froids.

De quelle couleur est mon cœur ? s'interrogea-t-elle. La réponse la surprit… car son cœur n'était plus complètement incolore.

Il était légèrement teinté d'une pincée d'or rose, comme le ciel juste avant que le soleil apparaisse à l'horizon. Une couleur qui dénotait… la satisfaction ?

Ella se contempla, déconcertée. Elle avait tout de même vingt-sept ans ! Et, après toutes ces années, son cœur prenait enfin un peu de couleur ?

Le phénomène était aussi inédit qu'inattendu, mais la cause n'était pas un mystère. C'était Decimus Pryor.

Elle avait déjà ri et éprouvé du plaisir physique avant lui, mais jamais les deux en même temps, jamais de manière si intense et spontanée.

Ella tourna le dos au miroir. Elle ne descendit pas l'escalier en sautillant, mais elle en avait bien envie. Elle fredonnait toujours en entrant dans la salle à manger.

— Une certaine personne est joyeuse ce matin, déclara Minette d'un air entendu.

Son expression coquine n'était pas celle de la comtesse, mais celle de la danseuse d'opéra.

Ella ne rougit pas. Souriante, elle se dirigea vers la desserte du pas assuré d'une veuve audacieuse et se remplit une assiette.

Minette attendit qu'elle soit assise pour demander :

— Vous avez appris quelque chose hier soir, n'est-ce pas ?

— J'ai appris que le rire était plus important que je ne le croyais, répondit Ella en se servant une tasse de thé. Vous aviez raison.

La prochaine fois qu'elle prendrait un amant, ce serait quelqu'un comme Pryor, quelqu'un qui aimait rire.

Minette se renversa dans son fauteuil, l'air satisfaite.

— Toutefois, ce n'est pas l'amour de ma vie, alors ne vous faites pas d'idées, ajouta Ella avant que Minette commence à bâtir des châteaux en Espagne.

Mais peut-être existait-il un homme, quelque part, capable d'éveiller son cœur, quelqu'un qui appréciait rire mais qui n'était pas un débauché.

Ella concentra son attention sur ses œufs pochés. Quand elle eut apaisé sa faim, elle leva les yeux.

— Minette ?

— Oui ?

— Y a-t-il un terme pour désigner la position quand... quand une femme est à califourchon sur un homme ?

Elle avait fait cela avec deux de ses amants, mais aucun n'avait donné un nom à cette position.

— En Angleterre, on dit « monter saint Georges ». Mais en France, nous l'appelons « la diligence de Lyon ».

Ella classa cette information dans sa tête, puis demanda :

— Est-ce que certains hommes n'aiment pas cela ?

Minette cessa un instant de boire son chocolat pour réfléchir.

— Je n'ai jamais connu d'homme à qui cela déplaisait. Pourquoi ?

— J'ai l'impression que M. Pryor n'apprécie pas cela. Il n'a pas voulu le faire.

Ella rougit un peu en prononçant ces paroles. Minette sembla très étonnée.

— Mais pourquoi ?

— Je l'ignore.

— Comme c'est étrange. Vous devriez peut-être lui poser la question.

— Je ne pourrai jamais faire cela !

Minette haussa les épaules avec son élégance habituelle.

— Sinon, comment le saurez-vous, *ma chère** ?

Arthur choisit ce moment pour entrer dans la salle à manger.

— Bonjour, mesdames ! Quels sont vos projets pour aujourd'hui ? Quand verrons-nous votre soupirant, ma chère ?

— Demain soir. Je l'ai invité à m'accompagner au théâtre. Nous allons assister à une représentation des *Joyeuses Commères de Windsor*.

— Oh oh ! Une sortie en public ?

— Oui.

Ella rougit de plus belle, mais leva crânement le menton.

— Nous nous montrerons à la haute société, à condition que vous vous joigniez à nous, Minette.

Veuve audacieuse ou non, elle avait besoin d'un chaperon pour apparaître en public avec Decimus Pryor, sans quoi elle perdrait sa place dans le beau monde.

— Mais bien sûr ! Je ne manquerais cela pour rien au monde.

— Je viendrai avec vous, déclara Arthur. Nous allons bien nous amuser !

9

Dex écrivait à sa sœur toutes les semaines, emplissant une ou plusieurs feuilles de papier de dessins et d'anecdotes. Comme il ne pouvait pas lui parler de ses activités avec la ravissante Éloïse Fortrose, il écrivit simplement : *Très chère Phoebe, cette semaine, il a beaucoup plu.*

Sous cette phrase, il dessina un dandy déambulant dans Piccadilly. Il donna au personnage une silhouette d'une minceur invraisemblable, des épaules rembourrées et un chapeau très haut. Derrière lui, il dessina les larges vitrines de la librairie Hatchards. Devant le dandy, il traça les contours d'une flaque en apparence insignifiante. Tout cela remplissait une page.

Au verso, il laissa suffisamment d'espace pour inscrire l'adresse de Phoebe. Au-dessous, il esquissa de nouveau Piccadilly et la devanture de Hatchards. On ne voyait plus du dandy que la tête émergeant de la flaque. Dex lui fit des cheveux trempés, des yeux exorbités et une bouche grande ouverte dans une expression horrifiée. Le chapeau penchait dangereusement de côté. Et quoi d'autre ? Ah oui, un minuscule poisson sortait de la bouche du personnage.

Il lui restait juste assez de place au bas de la page pour écrire : *Je vais au théâtre ce soir. Je te raconterai tout dans ma prochaine lettre. Ton frère spectaculaire et d'une incroyable beauté, Dex.*

Il plia soigneusement le feuillet, inscrivit l'adresse dans l'espace qu'il avait laissé libre à cet effet et cacheta la missive avant de regagner sa chambre. Quel costume sobre pimenté d'une pincée de « joie de vivre » Hicks lui avait-il préparé pour ce soir ? Du vert foncé, découvrit-il, avec un gilet ivoire parsemé de doré et de touches d'un vert tendre et lumineux.

Dex s'habilla en sifflotant. Il noua une cravate simple autour de son cou. L'épingle à cravate que lui présenta Hicks n'était pas une émeraude, mais une citrine jaune et scintillante qui mettait en valeur le doré du gilet – un peu plus de « joie de vivre ». Les boucles de ses chaussures étaient également ornées de citrines, tels de petits rayons de soleil à ses pieds.

Hicks n'avait peut-être pas de marraine fée, mais il avait des dons de magicien.

— C'est parfait, Hicks. Encore une fois, vous vous êtes surpassé. Je ne sais pas comment je ferais sans vous.

Hicks accepta le compliment avec un grognement sourd et lui tendit son chapeau. Dex le posa sur son crâne, l'inclina sur le côté et partit pour St James's Street. La pluie tombait avec un petit bruit régulier, mais il avait depuis longtemps appris à retenir les gouttes au-dessus de sa tête grâce à son pouvoir. Il ne les éloignait pas toutes, car il fallait un peu d'humidité pour garder une certaine vraisemblance, mais il n'y en avait que très peu sur son costume quand il arriva à son club.

— Vigueur ! s'écria quelqu'un quand il entra dans le salon. Quelle est cette histoire de bandits de grand chemin ? Est-il vrai que vous en avez mis cinq hors d'état de nuire ?

Les conversations s'interrompirent, les têtes se tournèrent et plusieurs paires d'yeux le transpercèrent.

Dex se sentit inexplicablement gêné. Ce n'était pas un sentiment auquel il était habitué.

— Ils n'étaient que trois, en réalité.

C'était le moment ou jamais de fanfaronner, de se pavaner et de broder toute une histoire le montrant sous un jour plus héroïque qu'il ne l'avait été en réalité. Mais l'incident de Wimbledon Heath lui semblait devoir rester un événement privé, un secret connu seulement de quelques personnes. Il était étrangement réticent à le partager.

Toutefois, comme tout le monde était suspendu à ses lèvres, il fit de son mieux et finit par se laisser emporter par son récit.

— Je l'ai alors projeté dans les buissons, expliqua-t-il. Mon coup de poing l'a envoyé de l'autre côté de la route.

Puis il raconta encore :

— La balle m'a manqué de peu. Ensuite, j'ai escorté les victimes jusque chez elles.

Tout était vrai, sans être rigoureusement exact. Il y eut des applaudissements et des félicitations. Il lui fut impossible de ne pas se gonfler d'orgueil. Quelqu'un lui offrit un verre de brandy. Les hommes se groupèrent autour de lui en posant des questions. Pendant une demi-heure, il fut la coqueluche du club. Dex se délecta de cette admiration mais, même s'il aimait être traité en héros, il n'oubliait pas qu'il était attendu ailleurs.

— Veuillez m'excuser, messieurs, mais je suis invité à dîner.

Il ne put réprimer un petit sourire suffisant en prononçant ces mots.

— Oh, vraiment ? intervint quelqu'un. Qui est l'heureuse élue ?

— Je ne peux révéler son nom, répondit-il avec un air supérieur.

En réalité, il était inutile de le cacher. Sitôt qu'il aurait mis un pied au théâtre avec Éloïse Fortrose, les rumeurs iraient bon train en ville. Dès le lendemain, tout Londres saurait que lui, Decimus Pryor, extraordinaire séducteur, avait fait la conquête de l'imprenable Forteresse. Quel triomphe ! Mais il n'avait pas l'impression d'avoir fait sa conquête, et ce n'était pas une chose dont il avait envie de se vanter. C'était plutôt un secret qu'il voulait garder pour lui, sans en informer tout un chacun.

D'ordinaire, Dex aimait bien faire l'objet de commérages plus ou moins croustillants. Mais, alors qu'il parcourait les cinq cents mètres qui le séparaient d'Old Burlington Street, il en vint à regretter de ne pas être un simple inconnu que la haute société ne remarquerait même pas quand il accompagnerait Éloïse au théâtre ce soir.

Un autre vieil admirateur de la comtesse dîna avec eux. Il s'appelait Entwhistle et était aussi différent du colonel Withers que le jour l'est de la nuit. Le colonel avait un grand front dégarni et une couronne de cheveux gris à l'arrière de la tête. En revanche, Entwhistle avait une masse de boucles blanches qui retombait sur son front. Alors que le colonel possédait d'énormes favoris, Entwhistle n'avait qu'un chaume de barbe entourant ses mâchoires, ce qui lui faisait un visage aussi rond que celui d'une chouette. Le colonel était mince et se tenait droit comme un piquet, lançant ses remarques péremptoires comme s'il donnait des ordres sur un terrain de parade. Entwhistle avait une silhouette ronde et voûtée, et un peu de bedaine. Il était également légèrement sourd. Jusqu'ici, en guise de conversation, il s'était contenté de répéter : « Quoi ? Que dites-vous ? Hein ? » Il contemplait le monde à travers un face-à-main en or ciselé, avec un sourire jovial. Il avait l'allure d'une vieille chouette blanche aux plumes froissées qui se réveillait d'une sieste. Ou qui était peut-être sur le point de faire un somme. Dex ne serait pas surpris si le vieil homme s'endormait pendant le spectacle.

En revanche, il n'y avait aucune chance que Dex s'assoupisse. Leur arrivée causa quelques remous dans les loges. Les têtes se tournèrent vers eux, les gens se donnèrent des coups de coude et des murmures s'élevèrent, dont quelques bribes étaient perceptibles dans le tumulte qui montait du parterre. Par chance, ils étaient entrés dans la loge de lady Fortrose un instant avant le début de la représentation. Une fois que les acteurs furent sur scène, il fut plus facile d'ignorer l'attention dont ils faisaient l'objet.

Les Joyeuses Commères de Windsor était une pièce amusante. Comme toujours, les facéties de Falstaff firent rire Dex. Et comme toujours, elles renforcèrent sa décision de ne jamais chercher à séduire des femmes mariées. C'était tout juste bon pour les imbéciles ! Devoir ramper, se faufiler et risquer la colère d'un époux jaloux...

Ce n'était pas le seul message de la pièce. Falstaff donnait un avertissement à tous les débauchés. Dex n'avait pas l'intention de devenir un vieux roué, un personnage ridicule dont on se moque, un sujet de plaisanteries. Il cesserait de se comporter en libertin bien avant d'être victime de ce sort peu enviable. Après tout, quand on était un Pryor, on avait une certaine fierté.

Sur la scène, les deux commères parvinrent à convaincre Falstaff de se cacher dans un panier à linge sale. La stupidité du personnage fit rire Dex, qui jeta un coup d'œil à lady Fortrose... et croisa son regard. Elle semblait amusée, mais aussi... un brin pensive.

Dex reporta son attention sur la scène. Un léger malaise vint gâcher le plaisir du spectacle.

Éloïse Fortrose comparait-elle le séducteur assis à côté d'elle à celui qui, sur la scène, grimpait dans le panier à linge ? Elle l'avait traité de clown quelques jours plus tôt, et elle n'avait pas tort.

Était-il, à ses yeux, aussi idiot que Falstaff ?

Un soupçon s'insinua dans son esprit et accentua son embarras. Cette pièce n'était sans doute pas pour eux le spectacle idéal. Il aurait dû suggérer une œuvre plus sérieuse, montrant des gens vertueux qui accomplissaient des exploits héroïques, ou encore un spectacle déprimant dans lequel tous les personnages mouraient, le genre de pièce qui vous faisait regretter la légèreté et les folies.

Le quatrième acte se termina. Il y eut quelques échanges dans la loge.

— C'est très amusant, commenta lady Fortrose.

— Oui, très drôle, renchérit la comtesse de Villiers.

— Hein ? Que dites-vous ? demanda M. Entwhistle.

En dépit de sa remarque, Éloïse Fortrose arborait une expression rêveuse qu'il trouva déconcertante, comme si elle était plongée dans de profondes réflexions.

Dex attendit que la comtesse et son vieil admirateur soient occupés par une discussion à voix basse pour se pencher vers la vicomtesse et lui murmurer :

— Vous semblez pensive. La pièce ne vous plaît pas ?

— Oh si ! C'est très drôle !

— Mais ?

Elle se mordilla les lèvres, ce qui confirma ses soupçons. Elle avait bien autre chose en tête que les frasques d'un vieux roué bedonnant et de deux épouses pleines d'esprit.

Pensait-elle qu'il était comme Falstaff ?

Dex préférait ne pas le savoir… mais, d'un autre côté, il voulait en avoir le cœur net. Il lui adressa son sourire le plus enjôleur.

— Vous pouvez tout me dire. Je vous promets de ne pas vous mordre. À moins que vous ne me le demandiez, ajouta-t-il en arquant les sourcils d'un air malicieux.

Éloïse rit en secouant la tête. Elle regarda la scène, puis Dex, et hésita avant de prendre une inspiration.

Dex se prépara à entendre le pire. Si elle disait : « Falstaff me fait penser à vous », il abandonnerait sur-le-champ sa carrière de séducteur et deviendrait ermite.

— Votre costume.

Dex baissa les yeux sur sa tenue puis dévisagea de nouveau Éloïse, mystifié.

— Mon costume ?

— Autrefois, vous portiez des costumes beaucoup plus voyants.

C'était donc cela qui avait capté son attention, l'accoutrement tape-à-l'œil de Falstaff.

— C'est vrai, reconnut-il. Mais je me suis dit que vous préféreriez une tenue un peu plus sobre.

Ce fut au tour d'Ella d'être perplexe.

— J'aime la couleur, protesta-t-elle en désignant sa robe, dont le ton chaud rappelait celui des abricots mûris au soleil.

— Sur vous, oui, mais vos amis ont toujours été plus... raisonnables dans le choix de leurs vêtements.

— Oui, vous êtes une exception par rapport à mes habitudes.

Elle sourit brièvement, comme si elle pensait à une plaisanterie qu'elle seule pouvait comprendre, puis ajouta avec plus de gravité :

— Ne changez rien pour moi, monsieur Pryor. Portez les vêtements que vous aimez.

— Mais... vous n'aimez ni les dandys ni les libertins.

— Je n'aime pas les hommes vaniteux, qui ne voient rien d'autre que leur reflet dans un miroir, lui dit-elle sans détour. La plupart des dandys et des séducteurs appartiennent à cette catégorie.

Dex voulut protester et affirmer qu'il n'était pas comme eux, mais cela n'était pas vrai.

— Je suis un peu vaniteux, admit-il.

Et, se rengorgeant légèrement, il hocha la tête et conclut sur le ton de la plaisanterie :

— Difficile de ne pas l'être, quand on est aussi beau que moi.

Éloïse se mit à rire, et une fossette creusa sa joue. Puis elle se tourna vers la scène, où le cinquième acte venait de commencer. Falstaff se pavanait, orgueilleux, ridicule et insensé, habillé de couleurs aussi éclatantes que les plumes d'un paon.

Était-ce ainsi qu'Éloïse le voyait ?

— Falstaff vous fait-il penser à moi ? s'enquit-il de but en blanc.

— Quoi ? Non, bien sûr que non.

Sa surprise et la spontanéité de sa réponse le rassurèrent. Il était peut-être un séducteur et un dandy, mais il n'était pas un Falstaff. Après tout, il l'avait défendue contre les trois brigands. Pour certaines personnes, cela faisait de lui un héros.

À propos des bandits de grand chemin…

— L'histoire commence à être connue, chuchota-t-il tandis que Falstaff discutait avec M. Brook. Au sujet de notre aventure de Wimbledon Heath. En avez-vous parlé à quelqu'un ?

Éloïse secoua la tête.

— Non, et je suis certaine que Minette n'en a pas parlé non plus.

Le baron Zhivot n'était plus à Londres, ce n'était par conséquent pas lui qui avait répandu ces ragots. Cela ne pouvait donc venir que des domestiques. Le valet et le cocher de son grand-père, ou ceux de lady Fortrose. Pourquoi pas, après tout ? L'histoire valait d'être racontée. Il s'était montré plutôt vaillant.

Sur la scène, des actrices déguisées en fées harcelaient le pauvre Falstaff en courant dans tous les sens. Un lutin s'approcha trop près de la fosse des musiciens et chancela. Dex fit usage de son don et lui évita la chute d'un cheveu.

L'acteur recouvra son équilibre et continua de bondir sur les planches. La pièce se conclut rapidement, et la scène finale s'acheva avec les rires des personnages, la vertu récompensée et l'amour triomphant de tous les obstacles. Les comédiens saluèrent. Quand les applaudissements cessèrent, Éloïse demanda :

— L'un de vous souhaite-t-il rester pour voir la farce qui suit le spectacle ?

— Pas moi, cette comédie m'a suffi, déclara la comtesse en se tournant vers son admirateur. Souhaitez-vous rester pour la farce, monsieur Entwhistle ?

— Hein ? dit le vieux gentleman en la regardant à travers ses lorgnons. Que dites-vous ? Hein ?

Une demi-heure plus tard, Dex escorta Éloïse Fortrose dans son boudoir, luxueusement décoré de rouge et d'or. Les bougies projetaient une lumière douce, et des flammes dansaient dans l'âtre. La pièce était douillette, chaleureuse et voluptueuse.

C'était la quatrième fois que Dex pénétrait dans ce lieu de plaisir, la quatrième fois que la comtesse et lui se déshabillaient mutuellement. Elle était si sensuelle dans cette robe ravissante qu'il avait envie de la croquer. Il lui enleva ses habits un à un, exposant ses trésors secrets.

Toute formalité s'évanouit en même temps qu'ils se débarrassaient de leurs vêtements. Ils s'appelaient par leurs prénoms, Éloïse et Decimus. Dex ôta les épingles de ses cheveux et ceux-ci tombèrent en cascade sur ses épaules, aussi brillants que les rayons de lune, aussi doux que de la soie.

Ils se laissèrent tomber ensemble sur le grand lit en s'embrassant et en se caressant. Après trois nuits passées ensemble, Dex savait ce qui la faisait frissonner, ce qui la faisait rire. Il savait comment la faire soupirer et l'amener jusqu'au plaisir suprême. Elle apprenait également à le connaître peu à peu. Dans cette chambre, le rôle de Dex était de lui donner du plaisir, le sien était d'en recevoir. Il était le virtuose, jouant de son corps comme d'un instrument de musique, pinçant une corde pour faire surgir le désir et l'emmenant jusqu'à l'orgasme avec ses mains, sa bouche, son sexe.

Mais ce soir, avant qu'il ait pu accomplir cette merveilleuse mission, elle s'écarta de ses bras et déclara :

— Je veux monter à califourchon sur vous.

Dex se figea.

— À califourchon ?

— Comme saint Georges.

En d'autres termes, comme s'il était un dragon mort.

Dex était un champion au lit. Il ne comptait pas rester allongé sur le dos comme un vieillard et laisser sa maîtresse faire tout le travail. Il aurait l'impression d'être un chapon destiné à la casserole.

Éloïse était splendide à la lueur des bougies, avec ses lèvres roses, ses paupières mi-closes, sa peau enflammée. Ses cheveux brillaient comme des filaments argentés. Dex n'avait peut-être pas bien appris ses leçons à l'école, mais il savait désormais quelle déesse elle incarnait. C'était Vénus.

Il le lui murmura, ce qui la fit rougir et rire, mais ne la détourna pas de son idée, car elle répéta :

— Je peux ? Monter sur vous à califourchon ?

Seul le pire des fainéants aurait permis à une femme de faire cela, mais il ne souhaitait pas refroidir son ardeur.

— Avez-vous déjà fait l'amour dans les airs ? demanda-t-il.

Et très lentement, grâce à sa magie, il souleva leurs corps enlacés au-dessus des draps.

Éloïse étouffa un cri et se cramponna à lui en riant.

Dex la tint serrée contre lui et les fit monter jusqu'au baldaquin rouge et or.

— Je ne vous laisserai pas tomber. C'est promis.

Il l'embrassa passionnément en explorant sa bouche. Quand ils retombèrent sur le lit, plusieurs minutes plus tard, il la pénétra avec tant d'énergie qu'elle poussa des cris en enfonçant les ongles dans son dos. La lévitation avait fait son effet.

Éloïse avait tout oublié de saint Georges et du dragon.

10

Ella examina attentivement son reflet, mais elle n'y décela aucun changement. Aurait-il dû y avoir une différence ? Quelque chose dans les yeux, peut-être ? Un signe qu'elle se transformait à l'intérieur ?

Mais non, la Ella qui la regardait dans le miroir était identique à celle du mois dernier, et du mois précédent.

Pourtant, elle n'était plus la même.

De quelle couleur est mon cœur ? se demanda-t-elle pour la deuxième fois de la matinée. La réponse était toujours la même : ensoleillé.

Elle observa de nouveau son reflet en essayant de trouver un indice de ce cœur ensoleillé, mais elle avait exactement la même apparence que d'habitude. Il n'y avait pas plus de rose sur ses joues, pas d'éclat spécial dans ses yeux. La lumière qui habitait son cœur était indécelable.

Pourtant, Ella savait qu'elle était là. Elle sentait cette présence chaude et dorée en elle.

Son cœur souriait, il était joyeux.

Elle savait pourquoi : c'était grâce au rire. Le rire et le sexe. Elle avait énormément apprécié la soirée de la veille et la nuit : l'exubérance ridicule de la pièce, la performance d'acteur d'Arthur déguisé en M. Entwhistle, mais surtout elle avait aimé les heures passées avec Decimus Pryor. Il était idiot et irrévérencieux, divertissant et drôle. On s'amusait bien avec lui, sans oublier qu'il était extrêmement doué au lit.

Le rire et le sexe étaient les ingrédients indispensables pour avoir du soleil dans le cœur.

Ella descendit en fredonnant. Si la légèreté de Pryor était l'élément déclencheur dont son cœur avait besoin pour commencer enfin à fondre, elle devrait peut-être prolonger leur liaison assez longtemps pour devenir comme Arthur et Minette, capable de tomber amoureuse. Encore un mois ou deux, puis elle pourrait le renvoyer à son monde de libertinage. Il se lancerait à la poursuite d'une autre jeune veuve, et elle pourrait chercher un homme pour lequel elle éprouverait des sentiments.

Le mariage était un piège dans lequel elle ne tomberait plus, mais elle n'avait rien contre une liaison à long terme, un peu comme ce qu'avaient connu Minette et tante Clara, un mélange d'amour et d'amitié, une relation capable de résister au temps.

Quand elle entra dans la salle du petit déjeuner, Ella prit conscience de deux choses. La première était qu'elle ne voyait pas du tout de quel homme elle pourrait tomber amoureuse. La seconde était qu'elle n'avait pas monté saint Georges hier soir avec Pryor. Non que cela ait une quelconque importance ; ils avaient de nouveau rendez-vous le lendemain et elle aurait alors l'occasion de le faire.

Dix jours plus tard, alors qu'ils s'étaient retrouvés au moins une demi-douzaine de fois au lit, Ella n'avait toujours pas monté saint Georges. Pryor avait un don exceptionnel pour la distraire. Mais ce soir, elle ne se laisserait pas détourner de son but. Minette et le comte von Klöppel, c'est-à-dire Arthur dans son rôle d'Allemand, devaient se rendre à Vauxhall Gardens pour voir les feux d'artifice.

Pryor et elle resteraient à la maison pour monter saint Georges. Il ne parviendrait pas à dévier ses intentions en plaisantant, en la mordillant ni en s'aidant de ses dons magiques.

Elle se dirigea vers son cabinet de toilette d'un pas décidé.

— Monter saint Georges ou mourir ! s'enjoignit-elle en ouvrant la porte donnant sur le couloir.

— Je vous demande pardon, madame ? l'interrogea Hedgepeth.

Les joues d'Ella s'enflammèrent.

— Non, rien ! dit-elle en ramassant ses jupes pour descendre l'escalier dans un tourbillon de soie rose.

Arthur se trouvait déjà dans le salon. Son tour de taille était considérablement élargi par un corset. Minette pénétra dans la pièce peu après. Ils attendirent ensemble l'arrivée de M. Pryor. *Monter saint Georges ou mourir*, se promit intérieurement Ella. Elle ne se laisserait pas distraire de sa mission. Elle ne tolérerait pas qu'il la détourne de cet objectif.

Le majordome annonça M. Pryor.

Ella oublia les dragons et les chevaliers. Pryor entra de son pas assuré, avec un sourire narquois et une lueur malicieuse dans les prunelles. Il portait des couleurs voyantes ce soir. Bleu indigo, bleu azur, rouge écarlate, vert émeraude et doré se mêlaient dans son costume. Il avait l'allure d'un dandy, d'un débauché, d'un séducteur de jeunes veuves, d'un jeune coq, d'un freluquet prétentieux, mais il paradait aussi comme un acteur sur scène, prêt à divertir son public et à l'enchanter.

Le cœur d'Ella, qui avait été ensoleillé et souriant toute la semaine, sembla s'emplir encore davantage de soleil.

— Monsieur Pryor, dit-elle en se levant pour l'accueillir. Bonsoir.

Il lui embrassa le bout des doigts. Ses yeux étaient rieurs et son sourire en coin prometteur.

Le cœur d'Ella se gonfla.

— Puis-je vous présenter le comte von Klöppel ?

Arthur tint son rôle avec aplomb. Il se montra pointilleux, pédant, précis et verbeux. La salière le lança dans une ennuyeuse anecdote sur le sel. Sa fourchette suscita un long monologue sur l'usage des couverts. Quand il attaqua le sujet des carottes, Minette intervint pour couper court à ses digressions.

Pryor comprit immédiatement la ruse. Pendant tout le reste du dîner, chaque fois qu'Arthur inspirait et déclarait : « Cela me rappelle la fois où... », la comtesse et lui s'efforçaient de faire dévier la conversation. Dex trouva cela très amusant. Ella mangeait avec un sourire en coin. Il lui fut difficile de ne pas éclater de rire quand Arthur piqua un champignon de sa fourchette et lança :

— Ce champignon me rappelle le temps où j'étais petit garçon...

— Nous avons des champignons à Paris, le coupa aussitôt Minette. Ils poussent en sous-sol, dans des caves.

— Nous ramassions des champignons dans les bois, insista Arthur avec un fort accent allemand. Ils poussent sous les feuillages.

— Il y a beaucoup de tunnels à Paris. Le saviez-vous, monsieur Pryor ? Et nous avons des catacombes !

Pryor ouvrit la bouche, mais ne put répondre.

— Les catacombes sont très intéressantes, reprit Arthur. Quand j'étais jeune, j'en ai visité...

Le manège se poursuivit jusqu'à ce que Minette et von Klöppel partent pour Vauxhall. Ella entendit la voix d'Arthur dans le hall.

— Vous dites qu'il y aura des feux d'artifice ? Cela me rappelle l'époque...

— Ouf ! s'exclama Pryor quand la porte se fut refermée derrière eux. C'est un vrai moulin à paroles. Combien de temps va-t-il rester chez vous ?

— Il repart demain.

Arthur n'avait pas assez d'énergie pour jouer le rôle du comte von Klöppel plusieurs jours de suite.

Pryor se renversa sur son fauteuil. Son sourire était suggestif, son regard empreint de malice.

— Et donc...

Ella se leva pour lui tendre la main.

— Oui.

Pryor s'en empara. Ils montèrent ensemble dans le boudoir rouge et or. *Saint Georges ou mourir*, se répéta Ella, mais elle avait du mal à se concentrer sur son objectif alors que Pryor lui enlevait ses vêtements et qu'elle lui ôtait les siens. Il avait tout du dandy dans son superbe costume mais, au fur et à mesure qu'elle le débarrassait de ses habits, il devenait quelqu'un de plus simple. Il n'était plus M. Pryor, petit-fils d'un duc et jouet des jeunes veuves. Il était seulement Decimus.

Il était superbe, dans la mesure où on pouvait utiliser cet adjectif pour un homme. Ella aimait les angles et les lignes de son corps, ses flancs fuselés, ses fesses fermes et, surtout, elle aimait ses mains, la forme de ses doigts, leur force et leur habileté. Elle aimait également sa bouche, sa moue narquoise, son sourire, de même que la façon dont il s'en servait, les baisers, les petites morsures, les choses merveilleusement coquines qu'il savait faire avec sa langue et ses dents. Quant à son membre viril, eh bien... il était vraiment magnifique.

Jusqu'ici, elle avait évité de regarder sa nuque. Elle devinait qu'elle était aussi belle que le reste de sa personne. Et si elle l'apercevait, elle verrait sa vulnérabilité et sa force. Son cœur risquait de se laisser prendre au piège, de croire qu'il était quelqu'un dont on pouvait être amoureuse, alors qu'il ne l'était absolument pas. Decimus Pryor était un débauché, pas un homme avec lequel on pouvait avoir une liaison à long terme.

Ella le débarrassa de son caleçon, puis il lui retira ses bas de soie, sa chemise et ses épingles à cheveux. C'était la onzième fois qu'ils passaient la nuit ensemble, et la familiarité entraînait un abandon de toute marque de cérémonie et de toute réserve. Decimus lui ôta la dernière épingle et sa chevelure se répandit sur ses épaules. Il la souleva dans ses bras, avec une force virile légèrement aidée par la magie. Et il se tourna brusquement pour s'affaler sur le lit avec elle. Ils roulèrent en riant et en s'embrassant, leurs membres emmêlés, peau contre peau. Ella n'avait jamais batifolé ainsi dans son lit à baldaquin rouge et or. Personne ne l'avait jamais taquinée comme Decimus, en la mordillant et en la chatouillant, en pressant les lèvres sur son ventre et en la faisant rire.

Le jeu ralentit, devint plus tendre et plus intense, et Decimus lui prouva une fois de plus qu'il avait beaucoup de finesse. Sa bouche était magique, ses doigts aussi, et Ella faillit oublier son objectif secret.

Lorsqu'elle s'en souvint, ils avaient presque atteint le point de non-retour. Decimus se tenait au-dessus d'elle, ses yeux étaient sombres et ardents, sa peau luisante de sueur. Il ne riait plus, il était concentré sur son but, *leur* but.

— Attends, murmura-t-elle, grisée par le plaisir.

Decimus marqua une pause et inspira. Ses cheveux noirs retombaient en désordre sur son front trempé.

Ella lui agrippa le bras et s'efforça de s'éclaircir les idées, mais ses pensées tournoyaient follement dans sa tête.

— Tu veux attendre ? l'interrogea-t-il d'une voix rauque.

Les muscles de ses bras étaient tendus, tremblants. Son sexe brûlant se pressait entre ses cuisses.

— J'aimerais être à califourchon sur toi.

Quelque chose changea dans son attitude, elle eut l'impression que son bras perdait un peu de force, puis il se pencha pour lui mordiller l'épaule.

— Tu le veux réellement ?

En ce moment précis, cela ne lui semblait plus avoir vraiment d'importance. Mais un peu plus tôt, monter saint Georges lui avait paru vital. Aussi...

— Oui, j'en ai envie.

Il lui mordilla de nouveau l'épaule. Ella s'aperçut qu'elle flottait au-dessus du lit. Decimus la serra fort dans ses bras.

— Si tu veux que je sois ton dragon, alors il faut d'abord voler avec moi, lui murmura-t-il à l'oreille.

Ils voguèrent vers le baldaquin. Comme toujours, le tour de magie était grisant. Il faisait sombre sous la tenture écarlate, la lumière des bougies ne parvenait pas jusque-là, et Ella flottait dans les airs, aussi légère qu'un pétale de rose. Leurs baisers devinrent plus ardents, passionnés. Ella sombra dans un nuage de plaisir. Elle eut l'impression de se consumer.

— Je veux que tu viennes en moi, murmura-t-elle. Vite.

Il s'agissait de mots qu'elle n'avait jamais prononcés avec un autre homme, qu'elle n'avait jamais rêvé prononcer un jour.

Decimus les fit redescendre en riant dans les draps froissés. Il se positionna de nouveau entre ses cuisses. Ella poussa un grognement et se pressa contre lui, lui agrippant le bras, exactement comme elle l'avait fait cinq minutes plus tôt.

Une fois de plus, il l'avait détournée de son idée, avec brio.

Était-ce important ? Tout ce qui comptait, c'était qu'il soit en elle. Peu importe comment, mais...

Saint Georges ou mourir.

— J'aimerais jouir sur toi, parvint-elle à articuler.

Decimus se figea. Son bras se crispa de nouveau.

La lumière des bougies était douce, dorée, tamisée. Ella rejeta la tête en arrière, regrettant de ne pas voir ses traits plus clairement. Son intuition lui disait que…

— Tu ne veux pas, n'est-ce pas ? Tu n'aimes pas cela ?

Decimus soupira en fermant les yeux. Sa tête et ses épaules retombèrent. Elle sentit son souffle sur sa peau.

Elle relâcha son étreinte sur son bras et le caressa.

— Pourquoi ?

Il soupira de nouveau et roula sur le côté. Ce n'était pas du tout ce qu'elle souhaitait.

Elle s'assit.

— Decimus ? Que se passe-t-il ?

11

Ella descendit précipitamment prendre son petit déjeuner le lendemain matin, impatiente de parler avec Minette. Par chance, celle-ci était déjà dans la lumineuse salle à manger jaune, en train de savourer son chocolat chaud et de grignoter une brioche. Ella alla vers la desserte et emplit rapidement une assiette. Puis elle s'assit à table, pressée de poser la question qui l'avait tarabustée toute la nuit. Mais maintenant, elle ne trouvait plus ses mots. Comment aborder un tel sujet ?

Elle étala la serviette sur ses genoux, se servit une tasse de thé, prit sa fourchette avant de la reposer.

— Minette ?

— *Oui, ma chère** ?

Ella croisa son regard vif et interrogateur, puis scruta son assiette. Elle fit tourner celle-ci jusqu'à ce que l'œuf soit vers le haut et observa de nouveau Minette, petite et élégante, la tête inclinée, les yeux sombres et brillants comme ceux d'un oiseau de proie.

— Est-ce que les hommes…

Non, ce n'était pas ainsi qu'elle voulait formuler la question. Elle fit de nouveau tourner son assiette et recommença comme si elle s'adressait au riz.

— Croyez-vous que…

Non, c'était mieux la première fois. Elle inspira profondément et reprit :

— Les hommes trouvent-ils que monter saint Georges est humiliant pour eux ?

Elle dévisagea Minette en essayant de déchiffrer son expression. La comtesse battit des cils d'un air étonné, et deux petites rides se creusèrent entre ses sourcils.

— Bien sûr que non. Pourquoi ?

Ella s'empara de sa fourchette, l'utilisa pour remuer son riz puis la reposa.

— C'est ce qu'il pense – je veux parler de M. Pryor. D'après lui, seuls les vieux hommes édentés font l'amour ainsi.

Minette éclata de rire.

— Il se trompe, *ma chère**, c'était la position favorite d'un de mes plus jeunes mécènes. Il avait toujours envie de monter saint Georges. Ah... ce n'était pas de tout repos ! Mais c'était très plaisant.

Ella regarda son assiette en essayant de ne pas se représenter la scène.

— Je crois que cela lui donne l'impression d'être émasculé, dit-elle en regardant son riz. Parce que la femme est au-dessus de lui et fait tout le travail. Il considère cela comme... un affront à sa virilité.

— Alors, vous devez lui montrer qu'il se trompe.

À en juger par la réaction de Pryor la veille, ce ne serait pas facile.

Ella reprit sa fourchette et la fit tourner dans le riz.

— Peut-être que les Anglais n'aiment pas cela ?

Minette ricana, un ricanement inélégant qui contrastait avec son apparence.

— *Quelle absurdité** ! J'ai fait cela aussi souvent en Angleterre qu'en France.

Ella releva la tête en fronçant les sourcils.

— Il m'a dit que, lorsqu'il était à l'école, les garçons se moquaient des hommes qui le faisaient.

— Ah ! s'exclama Minette en posant sa tasse. Nous parvenons au cœur du problème. Qu'a-t-il dit d'autre ?

— Qu'ils échangeaient des dessins. Des dessins obscènes.

Minette hocha la tête.

— J'ai déjà vu ce genre de choses.

— Il dit… qu'il était clair, d'après ces dessins, que cette position n'était bonne que pour les vieillards et les fainéants. Ils ont tous juré qu'ils ne seraient jamais aussi… Quel mot a-t-il utilisé ? Ah oui : « pusillanimes ».

Minette ricana de plus belle.

— Vous devez le débarrasser de cette croyance, *ma chère**.

Arthur entra dans la salle à manger à ce moment-là.

— Bonjour, mesdames !

— Bonjour, répondirent-elles en chœur.

Arthur fit son choix parmi les mets exposés sur la desserte et s'assit à table avec elles.

— Ces saucisses me rappellent le temps où j'étais petit garçon…

— Non, déclara fermement Minette. Un repas avec le comte von Klöppel nous a amplement suffi.

Arthur rit tout bas en attaquant son petit déjeuner.

Ella fit de même. Elle mangea lentement en écoutant d'une oreille distraite la conversation entre Minette et Arthur. La soirée de la veille avait été… intéressante. Elle songea à la manière dont Pryor avait soupiré, à ses paroles hésitantes.

Il n'y avait eu aucune trace de flirt dans sa voix, aucune légèreté dans son attitude. Pendant quelques minutes, il avait été tout à fait sérieux. Il lui avait révélé un de ses secrets. Elle pouvait même dire qu'il avait dévoilé une partie de son âme.

Après cela, ils avaient fait l'amour, mais d'une façon différente. Il n'y avait pas eu de taquineries, Dex n'avait fait aucune démonstration ostentatoire de ses talents d'amant. Leur étreinte avait été simple et…

Le mot qui lui vint en tête était « belle ».

Il y avait eu entre eux une étrange impression de connexion, quelque chose de presque sentimental.

Ella mâcha son riz machinalement. Elle ne souhaitait pas avoir de relation sentimentale avec Decimus Pryor.

— *Ma chère**, l'interpella Minette d'une voix assez forte, comme si elle essayait en vain d'attirer son attention.

— Oui ?

— Quand M. Pryor nous rendra-t-il visite ?

— Demain soir.

— Cela nous laisse-t-il le temps de les trouver ? demanda Minette à Arthur.

— Je pense que oui.

— De trouver quoi ?

— Les dessins dont vous a parlé M. Pryor.

— Vous l'avez raconté à Arthur ? s'exclama Ella, consternée.

— Mais bien sûr, pourquoi pas ?

Ella sentit ses joues s'empourprer. Discuter de ses liaisons avec Arthur ne lui semblait pas correct.

— Vous voulez les voir, non ? Moi, oui, rétorqua Minette en tapotant la main d'Arthur. *Mon cher** Arthur les dénichera, et alors nous saurons comment faire changer d'avis M. Pryor.

— Quand les a-t-il vus ? s'enquit Arthur. Il y a dix, quinze ans ?

— À peu près, confirma Ella d'une voix à peine audible.

— Bon ! C'est donc entendu. Arthur se rendra à Holywell Street et il trouvera ces dessins pour nous.

Minette posa sa serviette sur la table et se leva brusquement.

— Quant à moi... je vais jouer du piano.

12

Arthur ne rentra de sa mission qu'à l'heure du dîner. Lorsque les couverts furent débarrassés et que les domestiques se furent retirés à l'office, il posa plusieurs feuilles de papier sur la table.

— Voilà, mesdames, mon butin !

— Ce sont les dessins qu'il a vus ?

Ella se leva et contourna la table pour regarder les feuilles de plus près.

— Probablement. Du moins, une partie.

Les illustrations étaient similaires à celles qu'on trouvait dans les magazines : des caricatures dessinées à l'encre puis coloriées. Trois d'entre elles représentaient Catherine, l'impératrice de Russie. Elle était montrée sous les traits d'une géante obèse à califourchon sur son frêle mari, l'homme qu'elle avait renversé pour s'emparer du trône de Russie.

Ella prit l'un de ces dessins pour l'examiner.

— Bonté divine.

Cette scène n'avait rien d'émoustillant, elle était en fait dégoûtante. L'impératrice avait d'énormes seins tombants et un gros ventre ressemblant à un sac de grains sur le point de se rompre aux coutures. Son époux était écrasé sous son corps. Le dessinateur le montrait comme une créature pâle et chétive, sans défense. Si Pryor avait vu cela pendant son adolescence, elle comprenait qu'il trouve cette position humiliante.

Ella fronça le nez et reposa l'illustration. Minette claqua la langue d'un air désapprobateur et marmonna quelque chose entre ses dents.

— Mesdames, voulez-vous boire quelque chose ? fit Arthur.

Ella hocha distraitement la tête tout en étudiant les autres dessins. Deux d'entre eux représentaient des hommes âgés, édentés, ridés et aux cheveux blancs. Pryor avait prononcé un mot hier soir, « édenté », ce qui suggérait qu'il avait peut-être vu ces images-là. Ces hommes séniles étaient allongés passivement, pendant que leurs jeunes partenaires les enfourchaient vigoureusement.

Arthur lui passa un verre de porto. Ella sirota le vin en examinant les deux derniers dessins. L'un d'eux montrait un homme corpulent, affalé sur un lit, un jambon dans une main et une cuisse de poulet dans l'autre. Il était clairement plus intéressé par la nourriture que par la jeune beauté assise à califourchon sur lui.

Le personnage de la dernière illustration était également allongé sur un lit. Ce n'était pas un gros glouton mais un rustaud campagnard avec de la paille dans les cheveux et un membre viril impressionnant. Il souriait comme un imbécile tandis que deux filles de joie se querellaient pour savoir laquelle des deux le chevaucherait la première. La légende disait : *Tom l'Émerveillé découvre les délices de la ville.*

Ella fronça de nouveau le nez. Elle recula d'un pas et trempa les lèvres dans son porto. Le vin était doux et parfumé. Son regard passa d'une image à l'autre.

— Eh bien ? dit Arthur. Qu'en pensez-vous ?

— Je trouve ces illustrations déplaisantes. Chacune d'elles.

N'importe lequel de ces dessins aurait convaincu un jeune garçon que cette position était honteuse, qu'elle n'était bonne que pour de vieux hommes séniles, des gloutons, des fainéants, des rustres ignorants ou des maris intimidés.

— Oui, elles sont déplaisantes, renchérit Minette. Mais il était très jeune quand il les a vues. C'est un homme maintenant, et il est en âge de comprendre que ce ne sont que des caricatures.

Ella n'était pas certaine d'être de cet avis. Y avait-il un âge à partir duquel on était censé tout comprendre ? Parfois, les opinions que l'on se forgeait pendant son jeune âge devenaient des convictions profondes.

Elle se revit à quinze ans, à la veille de son mariage. Elle était malléable, influençable, ignorante. Si elle avait vu ces dessins à cette époque, elle en aurait conçu une opinion aussi solide qu'erronée, une opinion qui aurait sans doute perduré jusqu'à maintenant.

Francis lui avait tout appris sur le sexe... et rien de ce qu'elle avait appris avec lui n'allait. Pendant son mariage, elle avait été comme ces vieux hommes, allongée sur le dos et soumise. Sans Minette, elle penserait encore que le sexe n'était qu'un devoir ennuyeux, que cet acte n'apportait aucun plaisir et que le seul rôle d'une femme était d'être le réceptacle passif de la semence d'un homme.

Elle continua de siroter le porto qui lui évoquait la douceur de pays exotiques.

— Je ne vois pas ce que l'âge a à faire avec tout ça, déclara-t-elle.

Ce n'était pas parce qu'elle était devenue adulte qu'elle avait compris que tout ce qu'elle croyait à propos du sexe était faux. Elle n'avait pas compris tout cela par miracle le jour de son vingt et unième anniversaire. De longues heures de conversation avec Minette, et encore plus d'heures passées avec divers amants, avaient été nécessaires pour qu'elle mette de côté tout ce que Francis lui avait enseigné.

— Il lui faudrait une Minette, dit-elle.

Il y eut un bref silence choqué, pendant lequel Ella finit son verre.

— *Moi ? Non, non, non* !* Pas question ! intervint son amie.

Ella faillit s'étouffer avec sa dernière gorgée, toussa et recracha un peu de vin. Quand elle recouvra enfin sa respiration, elle put préciser :

— Je voulais dire que je me ferai sa conseillère.

Si elle le pouvait. D'après les conditions de l'accord qu'ils avaient conclu, leur liaison approchait de son terme et ne devrait pas durer plus d'une semaine encore. À moins qu'elle ne la prolonge, ce qu'elle n'était pas certaine de souhaiter faire.

Le visage de Minette s'éclaira.

— Je pense que ce sera très bien pour vous deux.

Elle fit un petit signe de tête décidé et ramassa les illustrations.

— Ces dessins finiront dans le feu. Merci de les avoir trouvés, *mon cher**, mais ils ne me plaisent pas du tout. Ils sont *très désagréables**.

13

Ma très chère Phoebe, Ned est un imbécile et un crétin. Tu peux le lui dire de ma part ! S'il essaie encore ce genre de mauvais tour, je te conseille de lui renverser un vase sur la tête. Dex dessina le portrait de son cousin Ned dégoulinant d'eau, avec une fleur lui sortant de l'oreille. Une Phoebe victorieuse se tenait sur le côté, un vase vide à la main.

À dire vrai, sa sœur lui manquait, ainsi que ses cousins, y compris Ned, qui était le grand dadais le plus bruyant et le plus agaçant jamais venu au monde.

Dex trempa sa plume dans l'encre et se lança dans la description des *Joyeuses Commères de Windsor* qu'il avait promise à Phoebe. *Naturellement,* conclut-il, *le dernier acte aurait été bien meilleur si j'avais pu faire voler les fées.*

Il dessina un Falstaff apeuré, avec des fées flottant au-dessus de sa tête. Quel dommage qu'il ne puisse utiliser son don ouvertement. Il devait s'en tenir à de petits sauvetages furtifs et à des actes discrets.

Il tourna la page et continua d'écrire : *Tu peux être fière de moi. J'ai empêché un acteur de tomber de la scène.*

Il esquissa un homme chutant dans la fosse où jouait l'orchestre, ses bras tournant comme des moulins dans les airs. Les musiciens étaient recroquevillés sur leurs sièges, les yeux exorbités, la bouche ouverte.

Hélas, toi et moi sommes les seuls à connaître l'étendue de mon héroïsme. Un petit dessin idiot accompagnait cette déclaration. Dex se représentait lui-même sous les traits d'un saint, la tête surmontée d'une auréole.

Il ricana. La sainteté ne lui allait pas du tout.

Il avait tout juste assez de place au bas de la page pour griffonner : *N'oublie pas de dire à Ned que c'est un crétin ! Ton frère magnifique et incomparable, Dex.*

Il plia soigneusement la feuille en cachant le texte et les dessins. Il ne lui restait plus qu'à fermer la lettre par un cachet de cire et à inscrire l'adresse de Phoebe.

Dex poussa la missive sur le côté. Sa famille lui manquait, mais rien n'aurait pu lui faire quitter Londres en ce moment, pas alors qu'il avait une liaison avec Éloïse Fortrose. Leur dernière rencontre ne figurait pas parmi les meilleures... En fait, il l'aurait classée parmi ses expériences les plus embarrassantes. Elle se situait juste après la fois où il avait perdu l'équilibre et était tombé du lit, renversant une table de nuit, une chaise et tous les bibelots sur la coiffeuse, et la fois où les tentures du lit étaient tombées, les enveloppant lui et son ancienne maîtresse d'un flot de soie et de velours. Il avait réussi à se remettre de ces deux incidents, les transformant alors en scènes comiques qui avaient fait rire ses partenaires, mais il n'était pas parvenu à un tel exploit avec Éloïse Fortrose. L'ambiance enjouée s'était dissipée entre eux, et leur étreinte s'était achevée sur une note plus discrète que spectaculaire. Mais ce soir, une page blanche s'offrait à lui. Il avait une chance d'effacer de sa mémoire la gêne de leur précédent tête-à-tête. Il tenait l'occasion de l'éblouir par ses prouesses. Ce soir, il ne se contenterait pas de l'amener par trois fois jusqu'à l'orgasme, il irait jusqu'à cinq fois.

Une heure et demie plus tard, Dex franchissait la porte de son club.

— Ça par exemple, Vigueur ! Venez par ici ! lança l'une de ses connaissances, assise près de la fenêtre.

Dex traversa la salle en bombant le torse. Après tout, il avait une liaison avec l'une des veuves les plus délicieuses de Londres. Aucun autre débauché n'avait réussi cet exploit.

— Un verre de brandy, Vigueur ?

Il s'installa dans un fauteuil, accepta la proposition et se mit au courant des derniers potins et paris en vogue.

— Vous êtes dans le registre des paris, vous savez ? lui souffla quelqu'un.

Dex le savait. Les paris avaient été ouverts le soir où il s'était rendu au théâtre avec Éloïse Fortrose.

Decimus Pryor épousera la Forteresse avant la fin de l'année, cent guinées.

Autant jeter son argent par la fenêtre. Il n'avait pas l'intention de se marier avant d'avoir pleinement profité de sa liberté. Vers quarante ans, peut-être. Il choisirait une femme dont il apprécierait la compagnie, qui pourrait être une amie, puis il se résignerait à une vie de fidélité et de paternité. Mais ce ne serait pas Éloïse Fortrose, et le temps n'était certainement pas encore venu pour lui de prendre une telle décision.

Il refusa un deuxième verre de brandy.

— Je dois vous laisser. Je suis invité à dîner.

Cette déclaration déclencha une série de sifflets et d'exclamations ironiques.

— Vous partez à l'assaut de la Forteresse, n'est-ce pas ? s'enquit quelqu'un avec un clin d'œil narquois.

La grossièreté de la remarque le hérissa. Éloïse Fortrose n'était pas un bâtiment à escalader ni un sommet à gravir. C'était une personne, et non une conquête. Et il ne la retrouvait pas dans le seul but de faire une encoche supplémentaire dans le montant de son lit. D'ailleurs, il ne s'était jamais abaissé à une telle muflerie. Il allait la retrouver car il appréciait sa compagnie, il aimait faire l'amour avec elle et la faire rire.

Mais Dex ne dit rien de tout cela. Il se contenta d'arborer un sourire impénétrable et s'éloigna d'un pas nonchalant, laissant les autres à leur brandy et à leurs plaisanteries grivoises.

Dex donna plusieurs coups rapides sur la porte avec le heurtoir, confia son chapeau et ses gants à un valet, et suivit le majordome dans le couloir qui lui était désormais familier. En entrant dans le salon, il découvrit qu'il n'était pas le seul invité. Un des nombreux admirateurs de la comtesse était installé sur le canapé.

L'inconnu avait indéniablement l'allure d'un étranger. Il devait avoir la soixantaine mais, malgré son âge, il possédait une abondante chevelure noire qui formait une pointe sur son front. Avec sa moustache épaisse, il avait l'air d'une personne influente venue d'Espagne. Cette impression fut confirmée lorsqu'il fut présenté comme le *vizconde* Pavoneo, nouvellement arrivé à Londres.

Dex s'inclina pour le saluer.

Le vicomte lui retourna la politesse avec plus de panache que Dex n'en avait jamais montré.

Décontenancé, Dex s'assit et demanda respectueusement :

— Avez-vous fait bon voyage, monsieur ?

Le *vizconde* reprit place sur le canapé.

— J'étais justement en train de dire à ces dames que c'était... comment dire ? À faire dresser les cheveux sur la tête.

— Oh ?

— *¡Sí!* Mon postillon a été frappé par la foudre !

Dex cligna des paupières.

— Et il est... ?

— *¡Sí!* Complètement grillé.

Il n'y avait rien d'amusant dans le fait qu'un homme soit frappé par la foudre, mais Dex se mordit la langue pour ne pas rire de l'accent du vicomte et de l'expression qu'il venait d'employer. Il parvint à se ressaisir.

— C'est affreux.

— La chose la plus terrible que j'aie jamais vue, déclara le vicomte en faisant un geste devant son nez. L'odeur était insoutenable.

Le geste était si mélodramatique et le dégoût du vicomte si exagéré que Dex crut sentir la dépouille calcinée du postillon.

— Pauvre homme, commenta la comtesse, navrée. Quelle tragédie.

— Et le cheval ? s'enquit lady Fortrose.

Le vicomte eut un frisson d'horreur.

— Grillé aussi.

En proie à un fou rire nerveux irrépressible, Dex lança un coup d'œil désespéré à Éloïse. Celle-ci se mordillait les lèvres, ses jolies petites dents blanches s'enfonçant dans la chair rose et pulpeuse.

Dex détourna le regard. Comment pouvait-il avoir envie de l'embrasser alors qu'il était question d'un malheureux postillon grillé par la foudre ?

D'ailleurs, un postillon pouvait-il être grillé ainsi ? Et un cheval aussi ?

— Quelle épreuve pour vous, dit la comtesse d'un ton solennel.

— Une terrible épreuve, confirma le *vizconde* Pavoneo.

Il posa la main sur ses yeux dans un geste de détresse extravagant et aussi ostentatoire que s'il avait été un acteur sur scène.

Dex observa les deux femmes, ne sachant comment réagir. Devait-il compatir ? Tenter de distraire l'homme de son chagrin ?

Éloïse se mordait férocement les lèvres. Ses joues étaient rouges. Elle semblait sur le point de céder elle-même un fou rire hystérique.

La comtesse ne se mordait pas les lèvres, mais son expression était rigide, comme si elle s'efforçait elle aussi de ne pas s'esclaffer.

Dex reporta son attention sur le vicomte. Celui-ci le regarda entre ses doigts. Ses yeux étaient brillants de malice.

Des yeux noisette.

Des yeux extraordinairement familiers.

Où Dex les avait-il déjà vus ?

Il se rendit compte que le baron Zhivot avait des yeux noisette. Ainsi que le colonel Withers. Et M. Entwhistle. Et le comte von Klöppel.

Dex ouvrit la bouche et demeura sans voix, à la fois ravi et outré.

Le vicomte baissa la main. Il arborait un large sourire sous son épaisse moustache noire.

— Vous..., murmura Dex. Vous...

Éloïse laissa fuser un grand rire, ainsi que la comtesse de Villiers et le faux vicomte.

Dex les imita, incrédule et choqué. Il n'avait jamais été dupé à ce point et n'avait jamais autant ri. Il était hors d'haleine, ses côtes étaient douloureuses, il pleurait de rire.

Il lui fallut plusieurs minutes pour recouvrer son calme. Il s'essuya les yeux et dut lutter pour reprendre son souffle. Il savait qu'il était écarlate, mais les autres l'étaient aussi.

— Qui êtes-vous ? parvint-il à demander.

Le faux vicomte espagnol se leva et exécuta une révérence théâtrale.

— Arthur Blake, à votre service.

— Vous êtes un acteur ?

Blake bomba le torse.

— Une étoile de la scène, pendant plus de trente ans.

Son accent était parfaitement standard. Il parlait un anglais britannique, dénué de toute trace régionale ou origine sociale.

— Vous étiez Zhivot, von Klöppel, Entwhistle et le colonel Withers !

Blake afficha un sourire en coin.

— Vous en oubliez un.

Dex rassembla ses souvenirs. Il n'avait pourtant rencontré personne d'autre dans cette maison.

Blake poussa un léger soupir, un peu ronflant.

— Vous étiez le majordome ! s'écria Dex en bondissant sur ses pieds. Vous dormiez debout !

Blake bomba de nouveau le torse et se rengorgea.

— Cela vous a plu, j'espère ?

— C'était extraordinaire, reconnut Dex. Ces ronflements !

Seigneur, quels efforts il avait dû fournir pour ne pas rire pendant ce dîner ! Il dévisagea Blake, essayant en vain de retrouver l'homme chauve et voûté sous l'apparence de ce noble espagnol.

— Quand vous avez appelé la comtesse « monsieur » et que vous m'avez appelé « madame », c'était délibéré ?

— Naturellement.

Dex secoua la tête en riant, à la fois incrédule et admiratif.

— Vous jouiez dans des comédies, je suppose ?

— J'ai interprété beaucoup de rôles, mais j'avais une préférence pour les comédies.

Dex le croyait volontiers.

— Zhivot et Klöppel étaient…

Il fit un geste pour mimer une grosse bedaine.

— Comment avez-vous fait cela ?

Blake tapota sa taille svelte.

— Je portais un corset rembourré par un coussin de plumes.

Dex rit de nouveau, secoua encore la tête et se tourna vers les dames.

— Vous saviez ! dit-il d'un ton accusateur. Toutes les deux ! Vous le saviez depuis le début !

Il aurait voulu se sentir indigné, mais c'était impossible. L'imposture était trop extraordinaire, trop réussie. Il aurait aimé revivre chacune de ces rencontres avec Blake en sachant ce qu'il savait à présent. Oh, comme il rirait de lui-même !

— Êtes-vous fâché ? s'enquit Éloïse.

Ses joues étaient roses à force de rire et ses yeux pétillaient. Elle ne semblait pas redouter sa colère et, du reste, Dex n'en ressentait aucune. Il n'éprouvait que de l'admiration. Quelle magnifique performance d'acteur !

— Bien sûr que non.

Il alla vers elle, la prit par la main et exécuta quelques joyeux pas de danse avec elle dans le salon. Il était trop exalté et trop excité pour se soucier du fait que faire danser une vicomtesse dans son salon était d'une grande extravagance. Éloïse ne parut pas s'en formaliser. Elle était pleine de vie dans ses bras et, quand il la souleva avec lui au-dessus du sol, la faisant danser dans l'air, elle se cramponna à lui en laissant fuser un petit rire enchanté.

Dex les fit tournoyer deux fois autour de la pièce, puis la fit redescendre par terre avec précaution. Ils riaient, haletants et un peu étourdis.

Il était encore trop plein d'énergie, trop euphorique et trop émerveillé par la farce qu'on lui avait jouée pour s'asseoir. Aussi pivota-t-il vers la comtesse de Villiers pour la faire danser à son tour. Il ne fit pas danser Blake, mais il le serra dans ses bras à lui faire craquer les côtes et lui donna des tapes dans le dos.

— Je n'ai jamais vu quelqu'un de votre trempe sur scène, je vous assure ! Kemble lui-même ne pourrait vous surpasser !

Les joues de Blake s'empourprèrent et sa poitrine se gonfla d'orgueil. Il y avait une évidente arrogance dans sa posture, et son sourire était narquois.

Dex eut une étrange impression de déjà-vu. Il lui fallut un moment pour comprendre pourquoi. En regardant Blake, il avait la sensation de se voir dans un miroir… s'il avait été un grand personnage espagnol avec une chevelure noire et une épaisse moustache. L'allure de Blake, avec ses épaules rejetées en arrière, son menton volontaire, ce sourire, cet air fanfaron… Dex avait souvent contemplé cela dans son propre miroir.

Ce constat était assez déconcertant. Dex l'enfouit au fond de son esprit pour l'analyser plus tard, ou plus vraisemblablement l'oublier.

— J'aimerais voir vos costumes.

— Certainement, si vous le voulez. Ils sont là.

— Dans cette maison ?

— Bien sûr, je vis ici.

Dex cligna des yeux, surpris. Blake et la comtesse de Villiers formaient-ils un couple ? Vivaient-ils dans le péché, au nez et à la barbe de l'aristocratie ?

Si c'était le cas, c'était un subterfuge extraordinaire. Dex admirait leur audace.

— Chacun de nous possède un tiers de cette maison, déclara Éloïse.

Stupéfait, Dex arqua les sourcils.

— Vraiment ?

— Oui. Après nous être tous retrouvés veufs, nous avons décidé de vivre sous le même toit.

Ce détail n'était pas connu dans la haute société. L'euphorie de Dex céda la place à une intense curiosité.

Il examina le trio qui se tenait devant lui. La vicomtesse, qui emplissait sa maison et sa garde-robe de couleurs chatoyantes. La petite comtesse au port de reine, qui avait autrefois été danseuse d'opéra. Et un acteur qui se transformait comme un caméléon.

Il les avait déjà rencontrés une bonne douzaine de fois, mais c'est à peine s'il commençait à entrevoir leurs personnalités. Ils ne lui avaient montré qu'une apparence. Et encore, dans le cas de Blake, même cette apparence était fausse.

Qui était Blake, quand il ne jouait pas un rôle ?

Qui était la femme qui se dissimulait sous l'apparence de la comtesse et de la danseuse ?

Connaissait-il même la vraie Éloïse Fortrose ? Ils s'étaient retrouvés nus ensemble, mais les femmes ne révélaient pas leur âme à un amant de passage. On révélait son corps, mais pas sa personnalité profonde. Il lui avait montré Decimus, mais pas Dex. Et elle lui avait montré Éloïse.

Qui se cachait derrière Éloïse ?

— Vous voulez voir mes costumes ? proposa Blake. Nous avons le temps, avant le dîner.

Tous les quatre se rendirent dans sa caverne d'Ali Baba, la salle qui contenait ses déguisements. Elle était beaucoup plus vaste que Dex ne l'avait imaginé. Il soupçonnait cette pièce d'avoir été une bibliothèque dans une vie antérieure. Il n'y avait plus de canapé ni de fauteuil, mais tout un assortiment d'armoires, de meubles de rangement, d'étagères, ainsi que deux grands miroirs et une petite table de toilette sur laquelle étaient entassés toutes sortes de pots de cosmétiques. Les redingotes, les gilets, les pantalons, les chemises, les cravates et les poignets de dentelle se trouvaient sans doute dans les armoires et les tiroirs, mais une profusion de menus objets étaient éparpillés un peu partout. Un cabinet vitré contenait des dizaines de fausses barbes, un autre des moustaches, des rouflaquettes et des sourcils, qui ressemblaient à d'énormes chenilles hirsutes.

Un mur garni d'étagères était consacré à des perruques de toutes les formes et toutes les couleurs. Sur d'autres étagères étaient rangées des chaussures. Cela allait des souliers de cour avec des boucles clinquantes jusqu'aux bottes de cuir de postillon et aux excentriques souliers à talons portés par les jeunes gens à la mode. Partout où Dex posait les yeux, il faisait une découverte qui l'enchantait. Une lanterne, une crécelle et un bâton de veilleur de nuit. Un assortiment de masques, une collection de lunettes et de faces-à-main, une livrée de cocher.

— Où sont les corsets ? demanda-t-il en sautillant sur place.

— Par là.

Blake se dirigea vers une des armoires. À l'intérieur se trouvaient les corsets et leurs rembourrages. Il y avait de quoi s'arrondir simplement la taille ou s'affubler d'une grosse bedaine, comme celle de Klöppel. Les armoires contenaient aussi de quoi modifier toutes les parties de l'anatomie : les mollets, les épaules, les hanches.

Dex voulut absolument essayer le corset le plus grand, avec son rembourrage. Il insista également pour enfiler la perruque blanche et bouclée d'Entwhistle. Il avait très envie de fixer d'énormes favoris sur ses joues, mais c'était presque l'heure du dîner et il se doutait qu'il faudrait plus de quelques minutes pour appliquer la gomme arabique et positionner correctement les rouflaquettes. Il se rabattit donc sur une paire de lunettes rondes à la fine monture d'argent.

— Qu'en pensez-vous ? s'enquit-il en paradant devant son public.

La comtesse avait posé un tricorne sur sa tête et une plume d'autruche retombait sur son épaule. Éloïse portait un loup turquoise orné de paillettes scintillantes, et Blake avait ajouté une cape rouge à son costume de vicomte espagnol.

Le majordome choisit ce moment pour entrer.

— Je vous demande pardon, madame, mais le dîner est servi.

Il ne parut pas surpris de les apercevoir déguisés de cette étrange façon. S'il vivait dans cette maison, il devait connaître Blake et être habitué à ses changements d'apparence.

Quelle étrange maisonnée.

Éloïse l'aida à délacer le corset, mais Dex garda la perruque et les lorgnons. Cette chevelure blanche et vaporeuse lui plaisait beaucoup. Avec les lunettes, elle changeait son apparence de manière remarquable.

La petite troupe entra dans la salle à manger et s'assit à table. Celle-ci avait été dressée avec beaucoup d'apparat, mais l'ambiance était décontractée. Éloïse avait conservé son masque, la comtesse son tricorne, et Blake était resplendissant dans son costume de noble espagnol.

La vicomtesse devait apprécier le côté informel de la soirée car, dès qu'ils furent servis, elle congédia les valets et le majordome.

— Je suppose que les domestiques sont tous au courant ? les interrogea Dex quand la porte se referma.

— Ils connaissent mon passé, mais pas celui de Minette, dit Blake. Éloïse et moi sommes seuls à savoir, ainsi que vous désormais.

Il n'y avait plus d'étincelle malicieuse dans ses yeux noisette. Le regard de Blake était perçant, et sa voix contenait une note d'avertissement.

— Je ne dirai rien, vous avez ma parole.

Dex prit sa cuillère et la reposa.

— Mais n'êtes-vous pas inquiet ? Un des domestiques pourrait vendre la mèche à votre sujet.

Blake éclata de rire.

— Les domestiques ? Jamais de la vie. Ils appartiennent tous au monde du théâtre, comme moi.

Dex plissa le front, intrigué.

— Vous voulez dire… qu'ils font semblant d'être des domestiques ?

Les dames rirent avec Blake.

— Non, dit ce dernier sans cesser de glousser. Ce sont bien des domestiques, mais ceux qui naissent dans le monde du théâtre ne souhaitent pas tous y rester. La situation des acteurs est précaire. Ici, ils savent qu'ils auront trois repas par jour et ils n'ont pas à craindre de devoir dormir sous un pont le mois prochain.

— Je vois.

Dex reprit la cuillère avant de la poser encore une fois. Son regard passa du vieil acteur à la danseuse devenue comtesse, puis se posa sur la jeune vicomtesse douairière, avec sa robe aigue-marine chatoyante et son masque turquoise.

— Si vous me permettez de vous le demander... comment en êtes-vous venus à vivre tous ensemble ?

14

Ella observa Arthur. Arthur observa Minette. Minette haussa élégamment les épaules.

— C'est une longue histoire.

Pryor balaya du regard les plats disposés sur la table, comme pour dire « Nous avons tout le temps ».

Minette devait être de son avis, car elle reprit :

— J'avais à peine dix-sept ans à mon arrivée en Angleterre, et je ne parlais pas anglais. Mon *protecteur** m'avait abandonnée et était retourné en France. J'étais enceinte, vous comprenez, et cela ne lui plaisait pas.

Ella ne s'attendait pas à ce que Minette raconte toute l'histoire à Pryor. Elle adressa une expression choquée à Arthur, mais celui-ci ne semblait pas surpris du tout et regardait ailleurs. Il plongea sa cuillère dans son potage aux petits pois et hocha la tête en écoutant Minette.

Pryor n'avait pas encore commencé à manger. Il fronçait les sourcils, et son air grave contrastait avec la perruque posée de guingois sur son crâne.

— J'ai tenté de trouver du travail comme danseuse, mais personne n'a voulu m'engager. J'aurais fini dans le ruisseau si *mon cher** Arthur et son épouse ne m'avaient pas recueillie.

Minette tapota affectueusement la main d'Arthur.

Ce dernier lui sourit en continuant de manger sa soupe.

— Ils ont été mes anges gardiens. Ils m'ont donné un lit, m'ont enseigné l'anglais et, quand le bébé est décédé à la naissance, ils se sont occupés de moi.

— Je suis désolé, dit Pryor.

Il pinça les lèvres et ajouta d'un air compréhensif :

— Mon frère était mort-né.

Minette accepta sa compassion avec un hochement de tête.

— C'était une époque difficile, certes, mais j'avais Arthur et Jenny. Ils m'ont soignée et, quand j'ai été rétablie, Arthur m'a emmenée au théâtre et je suis redevenue danseuse.

Minette s'empara de sa cuillère, mais ne fit pas mine de goûter au potage.

— J'avais beaucoup de mécènes temporaires, mais un jour j'ai trouvé un *grand protecteur**. C'était lord Cameron.

Elle désigna Ella de sa cuillère, qui scintilla à la lueur des bougies.

— L'oncle d'Éloïse.

Pryor regarda Ella, puis de nouveau Minette. Il hocha la tête.

— Lord Cameron était très ennuyeux, mais son épouse, Clara... était parfaite, murmura Minette, dont l'expression devint douce et rêveuse.

Une fois de plus, Ella fut déconcertée par la candeur de Minette. C'était une chose d'insinuer que Clara et Minette avaient été des amies proches, mais c'en était une autre de révéler qu'elles avaient aussi été amantes. Pourtant, quand elle coula un regard en coin à Pryor, Ella s'aperçut qu'il ne semblait pas scandalisé.

— Par bonheur, lord Cameron n'a pas vécu très longtemps.

Pryor laissa fuser un rire surpris. À cet instant, il parut un peu choqué.

— Si vous l'aviez connu, vous auriez été de mon avis, *monsieur**, continua Minette. C'était… comment dire ? Un tyran. Ce n'était pas quelqu'un de bien.

Pryor accepta ce jugement avec un simple hochement de tête. Il finit par reprendre sa cuillère et la plongea dans le bol de soupe. Au bout d'un moment, Ella l'imita. Arthur avait pris de l'avance : son bol était vide, et il s'attaquait déjà aux perdrix du Périgord et au veau nappé de sauce à l'oseille.

— Avec Clara, nous avons examiné son arbre généalogique afin de trouver la personne la moins connue parmi sa famille. Et c'est ainsi qu'est née la comtesse de Villiers.

Minette se désigna elle-même d'un geste élégant.

— Une interprétation magnifique, madame, déclara Pryor.

— Oui, c'est mon meilleur rôle, admit Minette sans la moindre modestie. Nous avons vécu trente ans ensemble, Clara et moi, mais elle m'a été enlevée par une mauvaise grippe.

Pryor ouvrit la bouche, sans doute pour manifester sa sympathie, mais Minette ne lui en laissa pas le temps.

— Elle m'a légué la moitié de sa fortune, et l'autre moitié est revenue à Éloïse. Et moi, j'ai transmis la moitié de ma part à *mon cher** Arthur.

Étonné, Pryor haussa les sourcils.

— Arthur m'avait sauvée, expliqua Minette. Sans lui et son épouse, je n'aurais pas survécu lors de ma première année en Angleterre. Il était donc normal que je partage ma fortune avec lui.

— Naturellement, répondit Pryor, décontenancé.

Minette se mit à manger, et Arthur poursuivit le récit :

— Ma pauvre Jenny est morte quelques mois avant Clara – qu'elles reposent en paix. Nous nous sentions très seuls, Minette et moi. Nous avons décidé d'habiter ensemble, mais il n'est pas convenable qu'un vieil acteur vive sous le même toit qu'une comtesse. J'entrais et je sortais par la porte de service. Si quelqu'un avait posé des questions, j'aurais prétendu être le majordome, mais cela ne s'est jamais produit. Quand nous allions en ville ensemble, je prenais l'apparence d'un noble étranger, d'un nanti ou de qui que ce soit d'autre selon ma fantaisie, mais à la maison nous étions nous-mêmes.

Il échangea un regard plein d'affection avec Minette.

— Vos domestiques savaient, devina Pryor.

— *Naturellement**, mais Arthur les avait choisis lui-même. Ils ne nous trahiraient jamais, affirma Minette.

— Le secret pour avoir des domestiques loyaux est simple : il faut bien les payer, et les traiter mieux encore, déclara Arthur avec gravité. Et leur donner un jour de congé par semaine, ajouta-t-il avec un clin d'œil.

— Et les laisser chanter en travaillant, compléta Ella.

C'était ce qu'elle préférait dans cette maison. Les filles de cuisine chantaient en maniant leurs casseroles, les femmes de chambre fredonnaient en époussetant et en faisant les lits, et les valets sifflotaient en accomplissant les corvées.

— Et mettre en scène une grande production chaque année, déclara Minette.

Pryor fronça légèrement les sourcils.

— Une production ?

— Une pièce, ou une pantomime, expliqua Arthur. Un spectacle auquel tout le monde peut prendre part.

Pryor fronça les sourcils de plus belle, essayant d'imaginer une telle chose. Des domestiques et leurs maîtres jouant ensemble dans une pièce de théâtre ?

— Nous le faisons généralement en hiver, dit Ella. Le prochain spectacle sera une farce, *Miss in Her Teens*, qu'on appelle aussi *The Medley of Lovers*.

— Je serai Mlle Biddy, décida Arthur en hochant la tête de manière féminine.

— Et moi, le capitaine Flash, dit Minette.

— Moi, je serai M. Fribble, annonça Ella. Minette et moi nous affronterons en duel.

Pryor écarquilla les yeux, à la fois amusé et enchanté.

— Par Jupiter ! Quelle magnifique idée ! Nous devrions faire quelque chose comme cela, mes cousins et moi. Et je pourrais être Mlle Biddy !

Il parut sur le point de se lever pour mettre cette idée à exécution, peut-être en se rendant dans la salle des costumes d'Arthur ou bien en partant à la recherche de ses cousins. Puis il observa son consommé de petits pois et se calma, comprenant qu'il ne pouvait se lancer dans cette entreprise pour le moment.

Il plongea sa cuillère dans la soupe, avala une bouchée... et changea brusquement d'attitude. Tel un chien de chasse flairant une piste, il leva les yeux, puis regarda tour à tour Arthur, Minette et Ella.

— Vous n'avez pas fini votre histoire. Comment êtes-vous passés de deux à trois ?

— Vous savez déjà presque tout, il ne reste pas grand-chose à expliquer, commenta Ella. Francis est décédé moins d'un an après tante Clara. Mon père et le nouveau vicomte souhaitaient tous deux me garder à l'œil mais, par bonheur, Minette et Arthur m'ont alors invitée à habiter avec eux... et nous nous sommes donc retrouvés à trois.

Si Arthur et Jenny avaient sauvé Minette, celle-ci et Arthur avaient à leur tour sauvé Ella. Ils lui avaient appris à être elle-même et à vivre réellement. Elle s'était libérée des contraintes de son ancienne existence et, grâce à leur gentillesse et à leur joie de vivre, elle était devenue une nouvelle personne.

— Vous avez acheté cette maison ensemble ?

— Oui, dit Ella en souriant à ses compagnons.

Elle avait choisi les couleurs des décorations, mais Minette et Arthur avaient fait de cette maison un vrai foyer. Grâce à eux, elle vivait en sécurité dans ce sanctuaire, où elle jouissait d'une totale liberté. C'était le lieu où elle avait pu déployer ses ailes, où elle avait appris à s'affirmer et à ignorer la désapprobation de son père, qui était désormais dans la tombe. Aucun homme n'avait plus de pouvoir sur elle, ni son père ni l'actuel vicomte de Fortrose. Personne.

La conversation s'orienta vers le théâtre. Arthur leur raconta certains de ses triomphes et de ses faits d'armes, mais aussi ses mésaventures et quelques désastres. Lorsqu'ils parlèrent des *Joyeuses Commères de Windsor*, Pryor tressaillit.

— C'est cette pièce que je devrais monter avec mes cousins. Je pourrais faire voler les fées ! Imaginez ça...

Il remua les doigts, et la salière et la poivrière s'élevèrent au-dessus de la table. Elles tournoyèrent, firent une pirouette comme des danseurs dans une salle de bal, puis s'acharnèrent sur le centre de table, telles des fées harcelant le pauvre Falstaff.

Ils étaient tous pris d'un fou rire quand la porte s'ouvrit soudainement.

La salière et la poivrière redescendirent prestement sur la table et revinrent à leur place une demi-seconde avant que le majordome pénètre dans la salle à manger.

Les assiettes furent enlevées et on leur servit le deuxième plat.

— Plus de magie dans des pièces dont la porte ne ferme pas à clé, déclara Pryor lorsque les valets se furent retirés.

Le regard d'Arthur s'illumina.

— J'ai une idée.

15

L'idée d'Arthur nécessitait qu'ils prennent leur thé dans la bibliothèque, car le salon n'avait pas de serrure tandis que la bibliothèque en avait une, bien qu'Ella n'ait jamais su pourquoi. Mais avant cela, ils allèrent fouiller la salle des costumes, à la recherche des ailes de fées qui avaient été utilisées dans leur mise en scène du *Songe d'une nuit d'été* deux ans plus tôt.

— Je serai la reine des fées ! annonça Pryor. Avez-vous des costumes de femmes ?

Un quart d'heure plus tard, ils étaient dans la bibliothèque, dont la porte était fermée à clé, avec des ailes attachées dans le dos. Ils portaient tous des masques : un loup turquoise pour Ella, un rouge pour Minette, un violet pour Arthur et un argent et or pour Pryor. En sa qualité de reine, Pryor avait eu droit à une perruque de boucles blondes. Il avait enfilé une robe volumineuse sur sa chemise et son pantalon. Sa reine des fées était grassouillette ; sous sa robe, il paraissait avoir un ventre et des hanches arrondis, ainsi qu'une poitrine opulente. Ella n'avait jamais rien vu d'aussi ridicule, mais Decimus était surexcité, débordant de joie, et ses yeux étaient plus brillants que les paillettes qui ornaient son masque.

— Mesdames, attachez vos rubans !

Ella se pencha pour ramener le bord de sa jupe autour de ses chevilles. Elle noua un ruban par-dessus ses jupons et sa robe, afin qu'ils ne lui remontent pas jusqu'aux oreilles si Pryor la soulevait dans les airs et la renversait tête en bas.

— Tout le monde est prêt ? cria-t-il en sautillant sur la pointe des pieds.

— Oui ! répondirent-ils en chœur.

Ella s'empêcha de frétiller elle aussi sur place. Puis elle s'interrogea : pourquoi ne pas sautiller, si elle en avait envie ?

Elle se mit donc à danser sur place et, tandis qu'elle rebondissait, elle s'éleva soudain dans les airs, légère comme une plume sous l'emprise de la magie de Pryor.

La surprise lui noua la gorge, et elle ressentit une euphorie familière, un délicieux frisson qui se répandit sur sa peau. À côté d'elle, Arthur poussa un cri de joie. Minette riait, et Ella s'aperçut qu'elle aussi riait. Elle était hors d'haleine, étourdie, incrédule. Elle flottait à un mètre au-dessus du sol. Ils flottaient tous.

— Les fées, êtes-vous prêtes ? s'exclama leur souveraine.

— Oui ! rétorquèrent-ils tous les trois d'une même voix.

La reine des fées se mit à chanter d'une voix de fausset :

— Pincez-le, fées, pincez-le pour sa vilenie, pincez-le, pincez-le, faites-le tournoyer, jusqu'à ce que les bougies, les étoiles et la lune s'éteignent.

Les paroles n'étaient pas tout à fait fidèles à la pièce, mais leur Falstaff ne l'était pas non plus. Une pile de coussins sur un fauteuil tenait le rôle du roué maladroit. Ils avaient tous choisi un objet pour déguiser Falstaff. Arthur avait opté pour une très haute perruque de dandy. Pryor avait pris des sourcils broussailleux et les avait collés avec précaution à l'endroit où était censé se trouver le front de

Falstaff. Minette avait mis un ridicule petit tricorne sur la perruque, et Ella avait sélectionné une paire de chaussures voyantes, avec de hauts talons et des boucles clinquantes, qu'elle avait placées sur le sol, aux pieds du fauteuil.

Voilà, ils avaient un débauché.

Arthur et Pryor avaient gloussé en reculant pour examiner leur création. Ella avait gloussé aussi, prise par le jeu.

— Pincez-le, fées, pincez-le pour sa vilenie, récita Pryor.

Par un tour de magie, il les fit de nouveau tournoyer dans les airs. Ella plongea vers Falstaff, tout comme la salière et la poivrière s'étaient précipitées vers le centre de table.

— Pincez-le ! s'exclama-t-elle. Pincez-le, pincez-le !

Elle ne pinça pas réellement Falstaff quand elle passa à côté de lui – le chapeau serait tombé, la perruque et les sourcils aussi, et les coussins auraient dégringolé sur le sol – mais elle s'amusa à faire semblant. Arthur la suivait, et il plongea plus bas en poussant un petit cri de joie. Minette fit de même.

Ella n'avait jamais crié de joie. Elle ne croyait pas en être capable, mais elle fit une tentative. Le son qui franchit ses lèvres était rauque, mais sa deuxième tentative fut meilleure, et la troisième fut parfaite. Les domestiques devaient penser qu'ils jouaient à un jeu un peu fou... et ce n'était pas faux. C'était de la folie, la chose la plus insensée qu'Ella ait faite de sa vie, plus délirante que tout ce qu'elle avait imaginé. Tournoyer dans cette pièce comme des hirondelles gigantesques, fendant l'air et plongeant sur un Falstaff imaginaire, en poussant des cris joyeux, en riant avec exubérance et en s'exclamant : « Pincez-le ! Pincez-le ! »

Ils volaient vite, tous les trois, mais Ella ne craignait pas la collision. Elle avait confiance en Pryor, en son jugement, en son don de magicien. Il flottait près de la cheminée, fredonnant la petite chanson de Shakespeare et remuant les bras tel un chef d'orchestre dirigeant ses musiciens.

— Pincez-le, fées ! Pincez-le pour sa vilenie ! Tourmentez-le jusqu'au moment où lune, étoiles et bougies s'éteindront sous le firmament !

Quand ils furent tous rouges et à bout de souffle, Pryor les fit redescendre au sol. Ella riait aussi fort que lorsqu'il avait fait voler Arthur dans le salon. Elle dénoua le ruban enroulé autour de ses chevilles, ôta son masque et s'essuya les yeux en essayant de se calmer.

Debout près de la cheminée, Pryor lui sourit. Ses boucles blondes retombaient sur ses épaules et sa fausse poitrine débordait du corset.

Minette avait raison. L'assurance de Pryor n'avait absolument rien à voir avec la vanité ou l'arrogance. Aucun homme imbu de lui-même ou orgueilleux ne se serait déguisé de cette façon. Il était totalement ridicule dans ce costume... et elle avait envie de traverser la pièce pour l'embrasser.

Ce serait indécent et scandaleux. Personne n'embrassait son mari en public, et encore moins son amant. Mais Minette et Arthur n'étaient pas facilement choqués, aussi Ella prit-elle son courage à deux mains pour rejoindre Pryor à côté de la cheminée. Elle se haussa sur la pointe des pieds, lui posa les mains sur le visage et l'embrassa sur la bouche.

— Oh, dit-il, surpris, quand elle s'écarta pour reprendre son souffle.

Puis il l'entoura de ses bras et lui rendit son baiser. Elle sentit ses pieds quitter le sol, et ils tournoyèrent ensemble au-dessus du tapis d'Aubusson.

Quand ils redescendirent par terre, Ella était rouge et hors d'haleine. Elle aurait aimé pouvoir monter à l'étage tout de suite, mais il y avait les costumes à ranger et les coussins à remettre à leur place. Tous les quatre étaient d'humeur joyeuse, et ils avaient tellement soif qu'ils sonnèrent pour avoir du thé. Ils continuèrent à bavarder jusque très tard dans la soirée.

Il était minuit quand ils se séparèrent. Arthur se retira dans sa suite au rez-de-chaussée. Minette grimpa l'escalier avec élégance et disparut dans ses appartements. Ella attrapa Pryor par la main et l'entraîna au deuxième étage. Elle allait être affligée quand leur liaison se terminerait. Decimus Pryor faisait rire tout son entourage et, bien que la légèreté ne soit pas aussi prisée que la sagesse ou le courage, cela aurait dû être le cas.

L'enthousiasme de Pryor était égal au sien. Ils gravirent les marches d'un pas dansant. Ils entrèrent dans la chambre en riant et commencèrent aussitôt à se déshabiller.

Ella avait décidé d'aborder de nouveau le sujet de saint Georges et de persuader Pryor qu'il n'y avait aucune honte à avoir une femme au-dessus de soi. Mais ils étaient d'humeur à rire. C'était une soirée de joie et d'amusement, et le moment n'était pas opportun pour manœuvrer parmi les subtilités de l'orgueil masculin et déconstruire des croyances erronées. Elle garda cette discussion pour la fois suivante et concentra son attention sur l'instant présent. Elle voulait savourer le fait que ce libertin se trouvait dans son lit, cet homme qui la faisait rire plus qu'elle ne l'aurait jamais imaginé possible.

16

Le lendemain matin, sa bonne humeur ne l'avait toujours pas quittée. Ella se pelotonna sous les draps du lit qu'aucun de ses amants n'avait vu, dans la chambre où nul n'était jamais entré. Elle était alanguie, satisfaite, heureuse. Son cœur était de la même couleur que les murs : rose et orangé, comme le soleil levant.

Quand elle descendit dans la salle du petit déjeuner, Minette était déjà là, prenant son temps. Visiblement, Arthur était venu et reparti, laissant quelques miettes et une tasse vide comme traces de son passage.

Ella examina les plats sur la desserte en fredonnant.

— Vous semblez aux anges ce matin, fit observer Minette quand Ella s'assit à table.

— En effet, répondit-elle en étalant la serviette sur ses genoux.

Son cœur était rose. Pendant vingt-sept ans, il avait été incolore. Pendant toute son enfance, son mariage, son veuvage et ses quatre liaisons. Mais maintenant, grâce à Decimus Pryor et à son humour, son cœur avait enfin appris à ressentir quelque chose.

Ella s'empara de sa fourchette.

— Minette... Hier soir, quand vous avez parlé à M. Pryor de tante Clara et vous, ne craigniez-vous pas qu'il soit...

Elle passa en revue plusieurs adjectifs, rejetant les mots « dégoûté », « scandalisé » et « outré », puis se décida pour un terme plus modéré.

— ... choqué ?

— Pas du tout. Son oncle est comme Clara et moi. Il a *un amoureux** avec lequel il vit depuis des années.

Ella lâcha sa fourchette, qui tinta contre l'assiette, et regarda Minette, bouche bée.

— Quel oncle ?

Ce n'était certainement pas le marquis, lord Primus. Mais cela ne laissait que lord Tertius, qui était lui aussi marié. Les trois aînés des « Numéros » – le nom qu'on donnait aux Pryor dans la haute société – étaient mariés et semblaient chacun amoureux de son épouse. L'une de ces unions serait donc fondée sur un mensonge ?

— Mercury.

La stupeur d'Ella s'évanouit. Elle avait oublié le fils illégitime du duc de Linwood. Celui-ci avait été accepté dans la famille des dizaines d'années plus tôt et apparaissait rarement en société.

— C'est sans doute pour cette raison qu'il vit retiré du monde ?

— Non, protesta Minette en secouant la tête. Il est par nature solitaire. Il n'aime pas les gens.

Ella dévisagea Minette avec attention.

— Vous l'avez déjà rencontré ?

— Avec Clara, oui, plusieurs fois. Nous fréquentions les mêmes cercles.

Minette se tapota le nez et lui fit un clin d'œil appuyé.

Les cercles des hommes qui aimaient les hommes, et des femmes qui aimaient les femmes. Il s'agissait de groupes très sélectifs et clandestins.

Ella reprit sa fourchette. Il y avait bien plus dans ce monde que ce que l'œil pouvait percevoir, des secrets dissimulés derrière des façades en apparence ordinaires. Des amants cachés, des comtesses qui n'en étaient pas vraiment, des barons qui étaient en réalité des acteurs de Bristol, des nobles qui exerçaient la magie.

Mercury Pryor avait-il aussi une marraine fée ? Possédait-il un don ?

Elle doutait fort que Decimus réponde à cette question, même si elle osait la lui poser... ce qui ne serait pas le cas. Ella la laissa donc de côté et reporta son attention sur le petit déjeuner. Ses pensées la ramenèrent au jeu de la veille et à l'enthousiasme, la gaieté et le ridicule du déguisement de Pryor en reine des fées.

Elle avait envie de recommencer, pas forcément avec Falstaff et les fées, mais elle appréciait cet amusement insouciant, cette exubérance, cette joie de se sentir vivante.

Elle ne se remarierait jamais, elle n'échangerait pas la liberté du veuvage contre la prison du mariage, mais elle aurait aimé avoir une liaison sur le long cours. Elle opterait pour quelqu'un qui soit un peu comme Pryor, qui aime rire et faire rire les autres, et qui n'hésite pas à se rendre ridicule pour cela.

Ou bien... plutôt que de choisir un homme comme Pryor, pourquoi ne pas faire de lui son amant à long terme ?

Ella eut l'impression que son cœur devenait plus rose... puis le bon sens reprit le dessus. Decimus Pryor était un libertin, et les libertins aimaient séduire. C'était même ce qui les caractérisait le plus : le besoin d'enchaîner les conquêtes. Pryor ne se contenterait jamais d'un seul lit et d'une seule maîtresse. Il serait sans doute heureux de prolonger leur liaison un mois de plus, peut-être deux, mais il finirait par s'ennuyer et aspirerait à d'autres horizons.

Ella se servit une nouvelle tasse de thé et se saisit de la dernière brioche. Ce matin, elle était fourrée aux abricots. Chaque bouchée avait le goût d'une journée d'été ensoleillée.

Arthur entra, une lettre à la main.

— C'est Sarah ! annonça-t-il joyeusement en s'asseyant à table.

— De nouveaux dessins du *jeune Phillipe** ?

Minette aimait prononcer le nom du petit à la française.

— Je l'espère.

Arthur brisa le cachet en hâte. Sarah était sa plus jeune nièce. L'aînée était décédée dans un accident quatre ans plus tôt avec son mari, laissant Phillip orphelin. Sarah avait aussitôt pris l'enfant sous son aile. Arthur les adorait tous les deux, leur envoyait de l'argent chaque mois et se rendait à Bristol plusieurs fois par an.

Il déplia la lettre mais ne leur montra pas son contenu immédiatement. Ella en déduisit qu'il n'y avait pas de dessin dans la missive. Elle sirota son thé, attendant qu'Arthur leur conte les derniers exploits de Phillip.

— Sarah va se marier, annonça-t-il. Avec un certain John Stratton.

— Oh ? C'est... bien.

Ella savait que ses réserves sur le mariage pouvaient paraître étonnantes. La plupart des femmes souhaitaient épouser quelqu'un. Le mariage était l'un des symboles de la réussite féminine.

Arthur continua de lire en fronçant les sourcils.

Ella et Minette échangèrent un coup d'œil.

Arthur posa la lettre, les lèvres pincées et le visage sombre. Son expression semblait indiquer qu'il était furieux, mais Arthur se mettait rarement en colère.

Le cœur d'Ella se serra.

— Que se passe-t-il ? Phillip est-il malade ?

— Stratton refuse d'élever l'enfant d'un autre. Sarah dit que je peux prendre Phillip si je le souhaite. Dans le cas contraire, ils l'enverront en pension.

— Non, pas en pension ! s'écria Ella.

— Il viendra ici, naturellement ! s'exclama Minette en même temps.

Arthur les observa l'une après l'autre, les sourcils toujours froncés.

— Je pourrais aller m'installer ailleurs.

— Non ! Pourquoi feriez-vous cela ? répliqua Minette.

— Un enfant, dans cette maison...

— Ce serait merveilleux ! N'êtes-vous pas de mon avis, *ma chère** ?

— Nous aimerions beaucoup avoir un enfant à la maison, confirma Ella.

Minette tapa dans ses mains.

— Nous l'élèverons ensemble, tous les trois. Ce sera *très agréable** !

Ella ne s'était pas rendu compte qu'Arthur était aussi tendu. Elle vit soudain ses épaules s'affaisser et sa mâchoire se relâcher.

— Merci, dit-il.

— C'est normal, fit Minette. Cette maison a besoin d'un enfant. N'est-ce pas, *ma chère** ?

Ella acquiesça.

— Quelle chambre donnerons-nous à Phillip ? s'interrogea Minette. La nursery...

— Non, pas la nursery, protesta Ella.

Elle avait gardé de mauvais souvenirs de celle où elle avait grandi et de la solitude dans laquelle se retrouvaient les enfants qu'on reléguait au dernier étage de la maison.

— Quel âge a-t-il, maintenant ? s'enquit-elle.

— Sept ans.

Il était donc assez grand pour avoir une chambre à lui. Il serait plus heureux parmi les adultes, se sachant en sécurité parmi eux et assuré que des gens seraient là pour le consoler s'il faisait des cauchemars.

— Nous lui donnerons une des chambres d'amis. La bleue, ou bien...

— La verte ! suggéra Minette. À côté de la mienne. Et si vous voulez, *mon cher**, vous pourrez vous installer dans la bleue. Ainsi, Phillip aura oncle Arthur d'un côté et tante Minette de l'autre.

Arthur se détendit encore, et les plis sur son front s'effacèrent.

— Oui, ce serait bien. Êtes-vous d'accord, Ella ?

— Tout ce qui peut rendre Phillip heureux me convient, répondit-elle.

Les yeux d'Arthur brillèrent, comme s'ils étaient embués. Il repoussa sa chaise et contourna la table pour serrer Ella dans ses bras et l'embrasser sur la joue. C'était une chose que son père n'avait jamais faite, et son mari non plus : un simple baiser pour manifester son affection et sa gratitude. Ella eut l'impression que son cœur se gonflait un peu, devenait plus chaud et plus rose.

Arthur embrassa également Minette.

— Bon, dit celle-ci. Maintenant, il faut que vous partiez pour Bristol au plus vite. Ella et moi nous occuperons de tout.

— Merci. Je serai de retour la semaine prochaine, lança Arthur avant de sortir.

La pièce parut soudain vide sans lui. Ella regarda son assiette. Il n'y restait qu'un morceau de brioche, une dernière bouchée à la saveur d'abricot et du doux soleil d'été.

— Nous devons aller faire quelques achats, annonça Minette.

— En effet.

La chambre verte était très jolie, décorée dans plusieurs nuances de vert et d'or, comme un sous-bois baigné de lumière, mais elle n'était pas meublée convenablement pour un enfant. Il faudrait ajouter une petite table de toilette adaptée à sa taille et des marches pour qu'il puisse grimper dans le lit.

Minette bondit sur ses pieds.

— Enfin un enfant dans la maison ! Clara n'a jamais pu en avoir, et vous non plus. Je n'ai connu qu'une seule tragédie, mais Jenny, la femme d'Arthur, a fait plusieurs fausses couches, ce qui représente beaucoup de tragédies. Mais, maintenant, un enfant va entrer dans notre vie ! Venez. Nous devons établir la liste de ce dont nous avons besoin pour la chambre, puis nous irons faire des courses.

Elle sortit précipitamment de la pièce.

Son enthousiasme était contagieux. Ella finit rapidement sa brioche et repoussa sa chaise. Attrapant l'ourlet de sa jupe, elle suivit Minette en se promettant de donner à Phillip tout ce qui lui avait manqué dans son enfance. On l'encouragerait à rire le plus souvent possible, il aurait le droit de courir, et même de crier s'il le voulait. Chaque jour, il aurait un câlin, et on lui dirait qu'il était aimé. Il grandirait en sachant qu'il était précieux et tendrement aimé.

Minette ouvrit à la volée la porte de la chambre verte.

— Qu'allons-nous garder, et qu'allons-nous remplacer ?

17

Pryor dîna avec elles le soir suivant. Quand il demanda où était Arthur, Ella répondit simplement qu'il était parti à Bristol. Les affaires familiales d'Arthur ne concernaient que lui. Mais Minette ne put s'empêcher de lui révéler qu'il allait ramener son petit-neveu, qu'il y aurait enfin un enfant dans cette maison, qu'elles étaient en train de redécorer l'une des chambres pour lui, et...

— Je ne pense pas que M. Pryor souhaite en savoir davantage, déclara Ella, essayant d'interrompre Minette, qui énumérait les changements apportés à la chambre verte.

Mais elle se trompait. Pryor se lança avec enthousiasme dans une discussion sur ce qui était à acheter.

— Vous dites qu'il aime dessiner ? Il lui faudra des crayons de couleur, de la peinture et beaucoup de papier. Il aime certainement fabriquer des choses. J'adorais cela quand j'étais enfant ! Je construisais des tours avec des dominos, et des châteaux avec des cubes de bois. Les enfants apprécient aussi de se déguiser, et la salle des costumes de Blake sera une caverne d'Ali Baba pour lui !

La conversation se poursuivit dans le salon, devant une tasse de thé.

— Des petits soldats de plomb, continua Pryor. Vous voyez ce que je veux dire ? Ou bien des personnages en fer-blanc qu'il s'amusera à peindre de toutes les couleurs pour en faire des pirates ou des brigands.

Quand Minette regagna sa chambre pour la nuit, sa liste d'achats s'était considérablement allongée. Ella et Pryor se retirèrent également. Pryor ne cessa de parler dans l'escalier. Apparemment, il était aussi excité qu'elles deux par l'arrivée prochaine de Phillip.

— Croyez-vous qu'il soit trop grand pour un cheval à bascule ? demanda-t-il alors qu'ils entraient dans le salon rouge et or.

La chambre était éclairée par des bougies et réchauffée par un feu dans la cheminée. Les draps étaient rabattus, les invitant à se coucher dans le lit douillet.

Ella ferma la porte et se tourna vers lui. C'était le soir idéal pour remettre en question ses idées reçues à propos de saint Georges. Elle allait lui prouver que cela ne nuisait en rien à sa virilité et qu'il pouvait y prendre plaisir.

— Oh, j'ai une idée ! s'exclama-t-il en écarquillant les yeux. Un petit théâtre avec des marionnettes !

Ella lui posa un doigt sur les lèvres.

— On ne parle plus d'enfant ici. Cette chambre est réservée aux adultes.

Pryor parut sur le point de protester, puis marqua une pause. Son expression changea, son enthousiasme enfantin s'évanouit. Elle vit le désir apparaître dans ses prunelles et assombrir son regard. Quand elle se haussa sur la pointe des pieds pour l'embrasser, il lui rendit son baiser avec ardeur. Il lui entoura la taille de ses mains larges et solides, et la serra contre lui.

Un délicieux frisson se répandit dans son corps. Ses muscles intimes se contractèrent.

Ils se déshabillèrent mutuellement en murmurant, en riant, en se caressant et en s'embrassant. Le corps d'Ella était tendu par l'impatience. Son sang bouillonnait et une chaleur intense s'accumulait dans ses reins. Ce soir, elle monterait saint Georges.

Ils basculèrent sur le lit et Pryor lui montra une fois de plus à quel point il était habile avec ses doigts et sa bouche.

— Je veux vous parler de quelque chose, dit Ella, haletante, après son deuxième orgasme.

— De quoi ?

Les cheveux de Dex étaient ébouriffés, car elle les avait agrippés pendant qu'il faisait des miracles avec sa bouche. Ses yeux sombres brillaient, ses joues étaient empourprées, et ses lèvres coquines, rouges et gonflées. Tout comme son membre viril qui se dressait vers elle, il semblait aussi prêt à la pénétrer qu'elle était prête à s'offrir.

Ella tendit la main et la referma sur son pénis avec une audacieuse familiarité. Pryor tressaillit et inspira violemment.

Son membre était lourd et épais dans la paume d'Ella. Elle avait envie qu'il la pénètre encore et encore. Elle fit glisser son pouce sur l'extrémité chaude et humide, faisant frissonner Pryor, avant de le relâcher.

Il la prit contre lui.

— Je veux monter saint Georges ce soir.

Il se figea, et son attitude changea. Il passa du désir irrépressible à une soudaine réserve.

Ella posa une paume sur son bras et sentit son muscle ferme sous sa peau enflammée.

— Quand j'étais mariée, je n'appréciais pas du tout les rapports sexuels. Je trouvais cela ennuyeux et désagréable. Au décès de Francis, j'ai été heureuse de ne plus jamais être obligée d'en avoir.

Pryor se rembrunit.

— Il m'a fallu longtemps pour comprendre que je m'étais trompée et que tout ce que je croyais savoir sur le sexe était faux. Je pense que si vous essayez saint Georges, continua-t-elle doucement en soutenant son regard, vous verrez que vos idées préconçues à ce sujet sont également fausses.

Pryor ignora ces paroles, et demanda :

— Votre mari n'aimait pas le sexe ?

— Oh, il semblait apprécier cela, car il ne perdait jamais une occasion d'exercer son devoir conjugal, mais il ne s'est jamais soucié de savoir si cela me plaisait.

Pryor fronça les sourcils de façon inquiétante. Son bras se tendit, ses muscles devinrent plus durs que l'acier et ses doigts se crispèrent sur les draps.

— Ce maudit...

— Il est mort, lui rappela Ella. Cela ne sert à rien de se mettre en colère.

Mais il ne desserra pas le poing. Ella enchaîna :

— Francis contrôlait tous les aspects de ma vie. Après son décès, alors que je me croyais libre, il a continué d'influencer mon opinion sur la sexualité, jusqu'au jour où j'ai découvert que mes idées étaient des préjugés et qu'elles étaient erronées.

— Que voulez-vous dire ? Comment pouvait-il contrôler chaque aspect de votre vie ?

Ella soupira. Cette conversation ne prenait pas la direction qu'elle aurait souhaitée.

— J'étais sa marionnette, et il tirait les ficelles. Il me disait ce que je devais manger, ce que je devais dire et ce que je devais penser. Chaque jour, il choisissait les vêtements que j'allais porter, même mes jarretelles. Il décidait de quelle façon je devais me coiffer, et quel réticule je devais prendre quand je sortais. Il me dictait mes activités et mon emploi du temps. Il lisait toutes les lettres que j'écrivais ou que je recevais. Il contrôlait tout, même mon nom.

— Votre nom ? Comment cela ?

— Il m'appelait Louise.

Ella s'aperçut qu'elle aussi fronçait les sourcils et serrait le poing. Elle déplia ses doigts, afin de retrouver son calme.

— Mais tout cela est sans importance. Francis est mort il y a six ans, et il n'est plus question de lui. Il est question de vous, et de saint Georges.

Mais elle prêchait dans le désert.

— Il vous appelait Louise ? répéta Decimus, outré.

Il s'assit sur le lit, et Ella laissa retomber son bras.

— Il vous disait ce que vous deviez porter et ce que vous deviez manger ?

Ella soupira et s'assit également. Elle devina qu'il n'y aurait pas de saint Georges ce soir.

— Oui. Il était despotique et éprouvait le besoin de superviser chaque détail. Et il est mort. Je n'ai pas envie de parler de lui, encore moins ici.

Elle désigna d'un geste les oreillers, les draps froissés et les tentures écarlates que Francis aurait détestées.

La colère de Pryor s'évanouit.

— Non, bien sûr, pardonnez-moi.

Il semblait penaud. Ses cheveux étaient encore ébouriffés, ses joues enflammées, mais son pénis était en berne, ce qui n'était pas bon signe. Il ne fallait plus penser à saint Georges pour ce soir, mais Ella voulait tout de même qu'il la pénètre. Elle avait besoin de le sentir en elle.

Elle se pencha et lui mordilla l'épaule, puis l'embrassa au même endroit, ainsi que sur la joue et sur la bouche.

Il posa la paume sur sa nuque et lui rendit son baiser avec passion. Ils s'allongèrent de nouveau sur le lit. Ella fit glisser ses mains sur ses bras lisses, sentant ses muscles saillants sous ses doigts.

— Avez-vous reçu une invitation des Chalmer pour le bal de la Saint-Michel[1] ?

Elle connaissait déjà la réponse. Il avait reçu l'invitation, naturellement. Les Pryor étaient invités partout.

1. Fête chrétienne qui a lieu chaque année le 29 septembre, et où l'on mange traditionnellement de l'oie. *(N.d.T.)*

— Mmm, marmonna-t-il distraitement en déposant une série de baisers sur sa poitrine.

Ella frissonna et poussa un soupir de plaisir.

— Nous pourrions y aller ensemble ?

— Si vous le souhaitez.

Sa merveilleuse bouche descendit sur ses seins. Ella étouffa une exclamation, se cambra et parvint à murmurer :

— Je le souhaite.

— Je vous protégerai des brigands, dit-il, les lèvres sur la pointe d'un sein.

— Dans Brook Street ?

Il rit, et elle sentit son souffle chaud sur sa peau.

— Cela pourrait arriver.

Sa bouche glissa sur sa poitrine, et elle eut un frisson d'anticipation. Allait-il… ? Oui. Ses dents effleurèrent le point précis que lui seul avait découvert. Il la mordilla délicatement, mais fermement. Un acte primitif, sensuel, qui fit surgir en elle une flèche de désir.

Ella oublia la conversation. Elle s'abandonna à l'étreinte de Pryor et à l'enivrant plaisir de faire l'amour avec un séducteur accompli.

18

Le bal des Chalmer fut en quelque sorte un triomphe pour Dex. Quand il entra dans la salle de réception avec Éloïse Fortrose à un bras, et la comtesse de Villiers à l'autre, toutes les têtes se tournèrent vers eux et des murmures s'élevèrent parmi les invités.

Éloïse était resplendissante dans sa robe de satin violet. Des améthystes ornaient son cou et sa coiffure. Sa peau était aussi blanche et lisse que du marbre, et ses cheveux pâles et brillants avaient la couleur du clair de lune. Sa tenue était superbe et audacieuse. Elle était l'incarnation même de la tentation et, en même temps, elle était froide et inaccessible. Sauf pour lui.

Dex ne put s'empêcher de parader un peu. Il n'avait pas besoin de regarder dans les miroirs pour savoir qu'ils formaient un couple magnifique. Informé de ce qu'Éloïse allait porter, Hicks avait de nouveau fait des miracles. La veste et le pantalon de Dex étaient d'une couleur à mi-chemin entre l'indigo et le bleu pervenche, un ensemble qui mettait merveilleusement en valeur le violet de la robe de sa partenaire.

Éloïse et lui partagèrent une contredanse, puis un quadrille. Leurs pas s'accordaient naturellement, comme s'ils avaient déjà souvent dansé ensemble.

Et c'était le cas, si on considérait les activités dans un lit comme de la danse.

Après le quadrille, Dex alla lui chercher une coupe de champagne, puis ils se séparèrent. Se comporter autrement aurait envoyé un message erroné à la bonne société. Éloïse et lui n'étaient pas épris l'un de l'autre. Ils avaient simplement une liaison, et celle-ci ne durerait plus très longtemps.

On était le 29 septembre. Le lendemain, leur liaison arriverait à son terme.

Dex éprouva un vif pincement de regret. Il aurait aimé avoir un autre mois devant lui. Éloïse avait tenu à fixer une date limite, mais il n'y aurait aucun mal à négocier pour obtenir une petite prolongation, n'est-ce pas ?

Il sirota son champagne et décida qu'il lui poserait la question un peu plus tard dans la soirée, quand elle serait comblée de rires et de plaisir.

Il fit alors le tour de la salle, en quête d'éventuels coureurs de dot. Phoebe n'était pas là, mais c'était une manie dont il ne pouvait se défaire. Il guettait les opportunistes pour les éloigner d'elle. Il avisa l'un d'eux déployant ses ruses pour séduire une débutante timide aux joues roses, ainsi que sa mère aussi rougissante et naïve qu'elle. Dex ne connaissait pas la proie du scélérat – c'était une provinciale, selon toute vraisemblance –, mais il reconnut l'homme, qui se montrait doux, charmant et hypocrite. La jeune fille et sa mère étaient visiblement fortunées. On aurait pu croire que toutes les huîtres de l'océan avaient déversé leurs perles sur les robes des deux femmes. Et à en juger par leur attitude, elles étaient des proies faciles. La mère semblait flattée, et la fille, admirative.

Cela ne le concernait pas, mais ses habitudes étaient trop profondément ancrées en lui. Dex avança vers le petit groupe, s'arrêta à sa hauteur et déclara :

— Marris, allez chercher une autre victime.

Marris s'empourpra, et son sourire se transforma en grimace. Il parvint à maîtriser son expression, tourna les talons et s'éloigna, manquant de peu de renverser le plateau d'un valet.

Ce dernier vacilla, et les verres tremblèrent sur le plateau.

Dex fit appel à son don pour aider le valet à recouvrer son équilibre et remettre les verres d'aplomb. Puis il pivota vers l'héritière couverte de perles et sa mère.

— C'est un coureur de dot, dit-il. À votre place, je l'éviterais.

La débutante laissa échapper un petit cri étranglé. Sa mère se rembrunit.

Dex inclina poliment la tête et poursuivit son chemin, faisant nonchalamment le tour de la salle, saluant des connaissances, s'arrêtant brièvement pour échanger quelques mots avec des amis. Des murmures s'élevaient sur son passage, le nom de lady Fortrose et le sien étaient prononcés à voix basse, et parfois même tout haut. Les débauchés lui lançaient des regards envieux, les jeunes veuves le dévisageaient pensivement, et le détestable sobriquet de Vigueur semblait enfin être oublié.

Les commérages à son sujet ne se limitaient pas à sa liaison avec Éloïse Fortrose. On le questionna plusieurs fois sur les événements de Wimbledon Heath. Des conversations animées surgissaient dans son sillage. Les débauchés et les jeunes veuves n'étaient pas les seules personnes à le suivre des yeux. Les douairières, les débutantes, les vieux gentlemen et les jeunes dandys en faisaient autant. Il lui était impossible de ne pas bomber le torse et de ne pas fanfaronner, devant toute cette admiration. Après tout, il avait fait fuir trois bandits de grand chemin.

Lady Swansea, qui l'avait repoussé au bal de Wimbledon en prétextant qu'il dansait avec trop de vigueur, manifesta un grand intérêt pour lui, battant des cils et lui adressant des regards provocants par-dessus son éventail.

Dex lui sourit poliment, esquiva toutes ses ruses et coupa court à la conversation. Lady Swansea avait peut-être l'éclat d'un diamant de la première eau mais, à côté d'Éloïse Fortrose, elle paraissait fade, et son caractère, insipide et superficiel.

Il échangea son verre vide contre une coupe de champagne et refit nonchalamment le tour de la salle.

Plusieurs veuves lui lancèrent des regards aguicheurs. Sa démarche gagna en assurance et en panache. La pique de Venetia Twyckham était enfin oubliée, il était redevenu le jouet des jeunes veuves.

Ses pas le ramenèrent vers Éloïse Fortrose. Ce soir, il était son jouet, et celui de personne d'autre.

— Quelqu'un a pris d'assaut la Forteresse, déclara un dandy d'un ton narquois sur son passage.

Dex n'était pas le genre d'homme à chercher la bagarre, mais il eut envie d'écraser son poing sur le nez de ce stupide garçon. Éloïse Fortrose n'était pas une forteresse. Et il ne l'assiégeait pas comme un barbare ; il faisait l'amour avec elle.

Plaquant un sourire sur son visage, il continua d'avancer. Quand il parvint près d'elle, sa colère s'effaça et son sourire redevint naturel.

— Madame, dit-il en s'inclinant profondément, vous êtes le plus brillant des joyaux et la plus exquise des fleurs. La plus lumineuse des étoiles, ajouta-t-il en lui envoyant un baiser du bout des doigts.

Éloïse pinça humblement les lèvres, mais des fossettes creusèrent ses joues.

— Et vous êtes un maître dans l'art de la flatterie, répliqua-t-elle sèchement.

Dex se rengorgea, comme si elle venait de lui faire un compliment.

— Je fais de mon mieux avec mes modestes moyens.

Elle secoua la tête en faisant la moue, mais ses yeux étaient pétillants. Ses cheveux brillaient comme des fils d'argent dans la lumière, et les améthystes scintillaient dans ses boucles pâles.

Elle croyait que ses compliments étaient exagérés, mais ce n'était pas le cas. Elle était vraiment exquise, aussi lumineuse que les pierres précieuses. Et il adorait la faire rire, la faire frissonner, la faire fondre sous ses baisers.

Toutefois, leur liaison touchait à sa fin. Il n'y aurait plus de nuits de rire et de passion.

Dex eut un nouveau pincement de regret. Il ne voulait pas que leur aventure s'arrête là. Il voulait être le jouet d'Éloïse Fortrose un peu plus longtemps que prévu, si elle le permettait.

Ils dansèrent encore deux fois ensemble, ce qui aurait été scandaleux si elle avait été une débutante, mais qui était simplement risqué pour une vicomtesse veuve. Puis ils allèrent s'asseoir pour le souper. On leur servit du homard, un fricandeau de veau et, comme c'était le bal de la Saint-Michel, de l'oie rôtie, de la tourte et des petits pâtés d'oie, ainsi qu'une profusion de tartelettes, de crèmes, de flans et de desserts divers.

La comtesse de Villiers se joignit à eux un court moment, puis repartit vers la salle des cartes. Dex et Éloïse s'attardèrent à table. Il était conscient des regards fixés sur eux, de la curiosité et de l'envie dont ils faisaient l'objet.

Une autre femme aurait minaudé et se serait pavanée. Elle aurait touché ses cheveux et sa gorge pour attirer l'attention. Éloïse savait l'intérêt qu'elle suscitait, mais elle n'en faisait pas grand cas.

— Votre réputation semble de nouveau à son sommet, dit-elle simplement.

Dex appréciait cette candeur, cette franchise. Il la trouvait rafraîchissante. Il n'y avait pas d'affectation chez Éloïse Fortrose, elle n'était pas maniérée et ne jouait pas les coquettes. Elle ne cherchait pas les compliments, mais il lui en fit quand même un.

— Comparée à la vôtre, ma renommée n'est pas plus brillante que la flamme d'une bougie. Vous êtes plus éclatante qu'un rayon de soleil. Votre beauté transforme l'obscurité en jour.

Éloïse ne rougit pas. En fait, Dex eut l'impression qu'elle devait fournir un effort pour ne pas lever les yeux au ciel.

— Est-il vraiment nécessaire de me noyer sous une avalanche de flatteries ?

Il éclata de rire, charmé par son aplomb.

Cela attira encore davantage l'attention sur eux, mais Dex ignora les regards curieux.

— Bien, je renonce donc à la flatterie. Vous êtes très belle, madame, dit-il en levant son verre.

Son attitude parut la mettre mal à l'aise. Elle fronça légèrement le nez et détourna les yeux. Dex posa son verre.

— N'aimez-vous pas votre apparence ?

Elle secoua la tête.

— Pourquoi ? s'enquit-il, décontenancé.

— Je me trouve trop froide, trop incolore.

Elle n'avait pas tout à fait tort. Elle était d'une beauté pâle, glaciale. Sa peau était d'albâtre, ses cheveux d'un blond presque blanc, et ses yeux d'un bleu hivernal.

La « Froide Fortrose », avait-il entendu dire plus d'une fois dans les clubs qu'il fréquentait. Peut-être même l'avait-il lui aussi appelée ainsi.

— Est-ce pour cette raison que vous portez des couleurs vives ?

Elle hésita une seconde, avant de répondre :

— En partie.

Dex se demanda quelles autres raisons elle pouvait avoir de porter des couleurs aussi chatoyantes.

— Pourrions-nous danser encore ? demanda-t-elle.

Dex en avait très envie, mais il se sentit obligé de la mettre en garde.

— Nous allons choquer les gardiens de la stricte moralité.

— Je me moque des ragots, pas vous ?

Dex s'en moquait aussi totalement. La musique qui leur parvenait de la salle de bal, joyeuse et entraînante, les encourageait à aller s'amuser avec insouciance. Dex repoussa sa chaise.

— Encore deux danses ?

Éloïse lui sourit, belle, vive, enjouée, et encore à lui pour une nuit.

— Encore deux danses.

19

La nuit était presque entièrement écoulée quand le carrosse d'Ella les déposa dans Old Burlington Street. Une fois qu'ils furent entrés dans la maison, Minette leur souhaita bonne nuit avec un clin d'œil coquin.

— *Amusez-vous bien, mes chéris** !

Pryor rit.

— Comptez sur nous.

Il prit Ella par la main et l'entraîna vers l'escalier. Ils gravirent les marches en hâte et se précipitèrent dans la chambre pourpre et or, essoufflés et riant aux éclats.

Ils s'embrassèrent passionnément et se déshabillèrent mutuellement. La redingote de Dex, son gilet, sa cravate. Les bijoux d'Éloïse, ses épingles à cheveux. Les conventions n'existaient plus, ils n'étaient plus M. Pryor et lady Fortrose, mais Decimus et Éloïse.

Ils ôtèrent leurs chaussures et leurs bas. Decimus dégrafa la robe d'Éloïse et la déposa avec précaution sur le côté. Ensuite vint son jupon, puis le pantalon de Dex. Celui-ci se campa derrière elle et défit habilement les lacets de son corset tout en la taquinant, en l'embrassant dans le cou, en la mordillant, en la faisant frissonner.

Enfin, le corset fut ôté. Decimus le jeta de côté, puis pivota vers elle, s'emparant de sa bouche pour un long baiser sensuel et plein de promesses.

Ella y répondit, enveloppée dans une délicieuse brume de chaleur et de désir. Elle adorait ce moment, alors qu'ils étaient presque nus, lui en caleçon et le col de sa chemise ouvert, elle couverte uniquement d'une chemise de lin transparente. Son corps frémissait d'impatience à l'idée de ce qui allait suivre : la légèreté, l'effervescence, l'ardeur exquise, le bonheur étourdissant de faire l'amour avec Decimus Pryor, la façon dont il la faisait vibrer de plaisir et de rire.

Mais ce soir, elle voulait quelque chose de différent, quelque chose de plus.

Ella interrompit leur baiser. Ils restèrent blottis l'un contre l'autre, leurs lèvres se touchant à peine, la respiration hachée.

— Decimus ?

— Mmm ?

Il s'écarta pour voir son visage. Il avait un sourire sensuel, ses paupières étaient mi-closes, ses mains larges étaient posées sur sa taille, et elle sentait leur chaleur à travers sa chemise.

— Je sais que vous n'êtes pas enthousiaste à l'idée de monter saint Georges, et je comprends. Mais ce soir… j'aimerais essayer cela avec vous, s'il vous plaît.

Le sourire de Dex s'effaça.

— Ces dessins de vieux hommes édentés sont affreux, continua-t-elle. Mais si vous pouviez comprendre…

Elle se mordit la lèvre avant d'enchaîner :

— Quand j'étais mariée, j'étais comme eux ! J'étais passive, et je détestais cela. Je ne veux plus que ce soit ainsi. Je ne veux plus avoir l'impression de ne rien contrôler.

— C'est ce que vous ressentez avec moi ? demanda-t-il, consterné.

Il s'écarta d'elle et fit un pas en arrière.

Ella le suivit, captura ses mains et les posa de nouveau sur sa taille.

— Non. Je ne me sens pas impuissante avec vous, mais... vous prenez toutes les initiatives, Decimus, pour mon plaisir comme pour le vôtre. Et parfois, ce n'est pas ce que je veux.

Les flammes dans la cheminée illuminaient son visage. Elle paraissait plongée dans le désarroi, comme si elle était confrontée à une vérité difficile à accepter.

— Parfois, j'aimerais prendre des initiatives. J'ai envie de monter saint Georges.

Il ne recula pas, cette fois. Il la contempla avec une gravité qu'elle n'avait jamais vue chez lui.

Ella posa les paumes sur son torse, perçut la chaleur de son corps, puis fit lentement glisser ses mains sur sa taille.

— J'aimerais essayer cette position avec vous ce soir. Nous n'insisterons pas si vous détestez cela, bien entendu, mais... je ne pense pas que vous détesterez. Vous êtes doué pour faire l'amour, Decimus, vous savez tout rendre agréable. Et je pense que si nous montons saint Georges ensemble, nous aimerons cela tous les deux. Alors, je vous en prie... pourrions-nous essayer ?

— Naturellement, répondit-il sans hésiter.

20

Dex s'était toujours vanté d'être un amant généreux. Il était mortifié de se rendre compte qu'il n'avait pas offert à Éloïse Fortrose ce qu'elle désirait. Au lieu de lui donner le plus d'orgasmes possible, il aurait dû lui accorder un certain contrôle sur ce qu'ils faisaient ensemble, et un contrôle sur lui.

Il n'était pas enthousiaste à l'idée qu'elle soit au-dessus de lui, mais il espérait avoir réussi à le lui cacher. Si cette position était importante pour elle, alors il devait faire en sorte que ce soit le plus agréable possible pour tous les deux, c'est-à-dire qu'il devait s'y prêter avec zèle.

D'après Dex, l'enthousiasme était aussi essentiel que le rire quand on faisait l'amour. Le sexe représentait le plaisir, la béatitude, l'extase, mais il y avait également de la sueur, du désordre, des membres qui se heurtaient maladroitement, des bruits comiques. Il n'y avait aucune honte à cela, alors pourquoi ne pas en rire ? Pourquoi ne pas savourer tout cela avec joie, sans retenue ?

Il n'y avait pas de honte non plus à être en dessous d'une femme, songea-t-il, mais son esprit était peu enclin à accepter cette idée. Une légère appréhension flottait au fond de sa tête, tel un essaim de papillons de nuit. Il s'efforça de l'ignorer et se concentra sur le moment présent, se consacrant aux caresses et aux baisers qui n'étaient qu'un prélude. Pas d'hésitation, pas de réticence, pas question de céder à l'appréhension.

Ils s'agitèrent sous les draps froissés, en proie à la passion. Il amena Éloïse jusqu'à l'orgasme avec ses doigts mais, quand il voulut recommencer avec la bouche, elle protesta en riant.

— Non, déclara-t-elle en pressant une main contre son torse.

Dex la laissa l'allonger sur le dos, se soumettant à son désir, puisqu'elle souhaitait prendre l'initiative ce soir.

Éloïse se mit à quatre pattes sur lui. La lueur des bougies donnait à sa peau un ton chaud et doré. Elle était splendide ainsi, et ses seins ronds aux pointes roses semblaient le narguer.

Elle se pencha pour l'embrasser, ses cheveux formant un voile soyeux autour de son visage.

— Est-ce que c'est bien ?

— Oui, dit-il.

— Parfait.

Elle l'embrassa une deuxième fois, puis s'assit en prenant son sexe entre ses mains.

Dex sentit un léger malaise se répandre en lui et se loger dans sa poitrine. Il s'efforça de l'ignorer et se concentra sur les joues enflammées d'Éloïse, ses yeux pétillants, la façon dont elle se mordillait les lèvres en le guidant en elle et dont elle battit des cils quand il la pénétra.

Plonger dans le corps d'une femme était toujours extraordinaire. S'insinuer dans ce fourreau soyeux, chaud et étroit... Dex réprima un grognement de plaisir, résista à l'envie de soulever les hanches, de la saisir par la taille, de l'attirer vers lui et de la renverser sur le lit. Ce soir, Éloïse menait le jeu. Ce soir, elle choisissait ce qu'elle voulait faire.

Avec une expression d'extase, elle le prit complètement en elle. Fermant brièvement les yeux, elle laissa fuser un doux soupir.

— C'est merveilleux, n'est-ce pas ? l'interrogea-t-elle en le regardant.

— Oui, reconnut Dex.

Ce n'était pas faux, même si ce n'était pas totalement vrai non plus.

Éloïse se pencha en avant, et ce mouvement apporta un léger changement à la sensation qu'il éprouvait en elle. Ses cheveux pâles cascadaient autour d'eux comme des rayons de lune. Elle déposa un baiser sur le bout de son nez.

— Est-ce si terrible ?

— Non, admit-il avec franchise.

Ce n'était pas terrible. Il avait du plaisir à être en elle, mais il était frustré de ne pouvoir prendre le contrôle.

— Est-ce que je peux vous toucher, ou préférez-vous... ?

Sans répondre, elle s'empara de sa bouche et l'embrassa avec ferveur. Leurs lèvres s'unirent, puis se séparèrent. Elle se redressa, ses boucles le chatouillèrent, et elle posa les avant-bras sur son torse.

— Touchez-moi, dit-elle d'une voix basse et rauque.

Dex fit remonter ses mains de ses cuisses jusqu'à sa taille, sur sa peau lisse et chaude. Elle se balança alors sur lui, se soulevant légèrement, puis reprenant son sexe en elle.

La vague impression de malaise se dissipa. Il laissa fuser un grognement de plaisir.

Éloïse l'entendit. Elle rit, se souleva encore, et encore... et encore. Dex lui caressa le ventre, la taille, les cuisses. L'envie d'échanger sa place avec elle et de reprendre le contrôle surgit de nouveau, mais il se concentra sur le bonheur du moment, sur la belle femme au-dessus de lui, sur le plaisir qu'exprimait son visage, sur la délicieuse sensation qu'il éprouvait à pénétrer son corps chaud.

Elle se redressa davantage en tendant les bras, la tête renversée en arrière, attirant l'attention sur sa poitrine. Dex tendit les mains et captura ces seins irrésistibles.

Éloïse soupira doucement.

— C'est bon, dit-elle en accélérant ses mouvements.

Dex apprécia le changement de rythme. Il avait toujours envie de la retourner sur le lit, mais cette position était bien plus agréable qu'il ne l'avait imaginé. Cela n'avait rien de honteux ni d'humiliant. Il lui caressa les seins, puis fit glisser les paumes sur sa taille et sentit ses muscles se tendre.

Éloïse se pencha vers lui avant qu'il ait eu le temps de poser de nouveau les mains sur sa poitrine. Elle agrippa ses épaules, le plaquant sur le lit.

Un éclair de plaisir intense et inattendu transperça Dex et l'embrasa.

Que diable ? Aimait-il être maintenu sur le lit ?

Éloïse rit joyeusement.

— C'est bon ?

Le terme ne suffisait pas à décrire ce qu'il ressentait mais, quand Dex essaya de le lui dire, il ne parvint à émettre qu'un grognement sourd.

Éloïse rit de nouveau, hors d'haleine et exaltée. Elle était splendide. Sa beauté n'était plus pâle ni glaciale. La passion lui enflammait les joues, son corps était luisant de sueur, ses yeux sombres et ardents, ses pupilles dilatées, son visage enfiévré.

Le rythme de ses mouvements accéléra. À bout de souffle, elle riait en pressant encore les mains sur ses épaules.

Un plaisir fulgurant le traversa de nouveau. Il poussa un cri et ses muscles se contractèrent. Soudain, il fut tout proche de l'orgasme, prêt à exploser comme les feux d'artifice de Vauxhall qui illuminaient le ciel d'une fontaine d'étincelles. Sa vigueur légendaire l'abandonna.

Éloïse le regarda en riant et lui agrippa les épaules plus fort. Un éclair traversa son corps, et il rit avec elle en lui prenant fermement la taille. Il souleva les hanches et plongea profondément en elle. Leurs gestes étaient sauvages, incontrôlés, comme une course folle vers la ligne d'arrivée. Éloïse l'atteignit une seconde avant lui, et tous les sens de Dex s'embrasèrent.

Il avait l'habitude de se retirer afin de ne pas répandre sa semence dans sa partenaire, mais ce soir, il n'en eut pas le temps. Tout alla trop vite. À l'instant où il soulevait les hanches pour la pénétrer plus profondément, il fut en proie au paroxysme du plaisir.

Éloïse retomba sans force contre lui, haletante. Dex noua les bras autour d'elle et remonta le drap, épuisé, ébloui.

Il reprit lentement ses esprits et ses idées s'éclaircirent peu à peu, le laissant face à des réactions tardives.

La première fut l'étonnement. Comment avait-il pu apprécier autant le fait d'être plaqué sur le lit ? Comment cette position avait-elle pu être aussi profondément excitante ?

La deuxième fut le soulagement à la pensée qu'Éloïse était stérile. Il n'avait jamais répandu sa semence à l'intérieur d'une femme, pas une seule fois pendant toutes ces années de débauche. Il était mal vu pour un libertin de mettre enceinte une amante de haute naissance, mais, surtout, Dex était un Pryor. Il ne pouvait risquer inconsidérément de procréer en sachant que ses fils hériteraient d'une marraine fée maléfique.

La première nuit, quand Éloïse lui avait révélé qu'elle était stérile, il avait été rassuré, mais il n'avait pris aucun risque. Pas une seule fois... jusqu'à ce soir. Il ne l'avait pas fait volontairement, son corps avait pris le contrôle. Il lui avait été impossible de se retenir plus longtemps.

Dex aurait dû être horrifié. Bizarrement, cela ne l'inquiétait pas. Si jamais Éloïse tombait enceinte, ils géreraient le problème ensemble.

Elle se tourna contre lui, poussa un petit soupir satisfait, puis posa les bras sur son torse pour le regarder. Ils se trouvèrent nez à nez, et il la dévisagea. Elle était échevelée, et visiblement comblée. Ses lèvres étaient rouges, sa peau luisante, ses pupilles toujours dilatées. Dex était aux anges lui aussi. Son sexe demeurait niché en elle, dans sa chaleur envoûtante.

Il lui caressa légèrement les hanches.

— Allons, dites-le, murmura-t-il.

— Quoi donc ?

— « Je vous l'avais bien dit. »

Éloïse s'assit en riant. Les bougies projetaient une lumière pâle et dorée sur sa peau et ses cheveux.

— Vous voulez réellement que je vous le dise ?

Dex fit un signe de tête négatif. Éloïse rit de nouveau. Il n'avait jamais vu de femme aussi belle. Elle rayonnait de bonheur.

Il voyait la vraie Éloïse, la femme qui se cachait sous le vernis froid de lady Fortrose.

— Nous sommes à la fin du mois de septembre, fit-il observer sans cesser de lui caresser les hanches.

Minuit était passé, et le 30 septembre était déjà bien entamé.

— En effet.

Elle se mordit les lèvres en le contemplant à travers la frange de ses cils. Ce n'était pas un regard provocateur ; elle semblait un peu timide.

— Que penseriez-vous…

— Voudriez-vous…

Ils parlèrent tous deux en même temps, et firent une pause. Il y eut une seconde de silence, puis Dex reprit :

— Que penseriez-vous d'une prolongation ?

— D'accord.

— Un mois de plus ?

— Un mois de plus.

Elle lui sourit encore, avec cette expression timide. Et alors, le cœur de Dex eut une réaction qu'il n'avait jamais eue. Il se serra et sembla fondre. Cette sensation étrange fut accompagnée d'un tourbillon d'émotions : l'affection, la tendresse, un inexplicable besoin de la protéger et de la choyer.

C'était sans précédent, et tout à fait inquiétant. Dex était un libertin, il avait des liaisons mais ne tombait pas amoureux. Il *ne voulait pas* tomber amoureux.

Mais il eut l'horrible impression que cette catastrophe s'était produite et que, bien malgré lui, il venait de tomber amoureux d'Éloïse Fortrose.

Le lendemain matin, la situation ne lui parut plus aussi désastreuse. En réalité, les événements qui, la veille, l'avaient tracassé ne lui semblaient plus aussi terribles. Dex émergea lentement du sommeil en écoutant son valet aller et venir dans la chambre. Hicks n'était pas plus doué pour la discrétion que pour la flatterie. Il se dirigea vers la fenêtre d'un pas lourd et ouvrit bruyamment les rideaux, laissant entrer un jour gris et chargé de pluie. Il sortit et revint avec un broc qu'il déposa sur la table de toilette en faisant tinter le métal contre le marbre. Puis il quitta de nouveau la pièce, ses talons martelant le sol.

Dex bâilla, s'extirpa du lit et alla jeter un coup d'œil par la fenêtre. Comme il s'en doutait, il pleuvait encore. Quel ennui. Mais il fallait s'y attendre. En automne, l'ambiance à Londres était généralement assommante.

La nuit précédente, en revanche, n'avait pas été ennuyeuse.

Elle avait été… délicieusement inattendue.

Il n'était pas dans la nature de Dex de s'inquiéter. Il laissait cela à ses cousins Quintus et Sextus. À quoi bon ressasser ce qui était passé et était donc irrévocable, ou se soucier de ce qui pourrait survenir mais ne se produirait jamais ?

Le fait qu'il ait aimé être chevauché et plaqué sur le lit par Éloïse était surprenant, étonnant, ahurissant, inexplicable et bien d'autres choses encore. Mais il ne comptait pas perdre de temps à essayer de résoudre cette énigme. Pourquoi avait-il apprécié quelque chose qu'il aurait dû détester ? Il n'avait aucune envie de s'attarder sur ce problème.

C'était arrivé, et quelque chose d'aussi bon ne pouvait être totalement mauvais.

Mais il s'inquiétait un peu des sentiments qu'il avait éprouvés pour Éloïse Fortrose après cette étreinte, l'affection, la tendresse, l'envie de la protéger. Tout cela était aussi inattendu que le plaisir qui avait précédé, mais beaucoup moins opportun.

L'amour était fait pour les romantiques, les idéalistes, les hommes sérieux qui avaient des pensées graves... ou les imbéciles qui croyaient aux contes de fées. L'amour n'était pas pour les têtes brûlées insouciantes dans son genre, et encore moins pour les débauchés. Il était trop superficiel pour aimer, il n'en était pas capable. Son cœur n'était pas fait pour cela.

Dex bâilla de nouveau, se massa le visage et se dirigea vers la table de toilette. De la vapeur s'élevait au-dessus du broc. Ses ustensiles de rasage étaient soigneusement alignés sur une serviette pliée.

Il disposait d'un mois supplémentaire avec Éloïse. Un mois pour que ce sentiment de tendresse se dissipe. Un mois pour faire comprendre à son cœur qu'il n'était pas amoureux. Un mois pendant lequel il allait pouvoir faire l'amour avec la délicieuse vicomtesse de Fortrose.

Dex sourit à son reflet dans le miroir. Le mois à venir s'annonçait crucial et, en réalité, tout simplement exceptionnel.

Il prit un moment pour s'admirer. Quel beau garçon, même avec ses cheveux ébouriffés et sa barbe naissante ! Decimus Pryor, extraordinaire débauché, jouet des jeunes veuves.

Il loucha en se regardant, puis éclata de rire et commença à se raser.

21

Certains événements changent le cours d'une vie. Le mariage d'Ella à quinze ans avec Francis Fortrose en faisait partie, ainsi que le décès de son époux, six ans plus tard. Ce mercredi-là, quand elle se précipita dans le hall d'entrée en début d'après-midi, elle comprit que c'était l'un de ces moments qui bouleverseraient son existence. Une malle, trois portemanteaux et plusieurs valises étaient éparpillés sur le sol. Des valets arrivèrent et le majordome distribua les instructions. Au milieu de tout ce remue-ménage se trouvait Arthur.

Un enfant lui tenait la main. Il avait des cheveux bruns rebelles, des taches de rousseur et des yeux immenses. Ou peut-être paraissaient-ils immenses parce qu'il les écarquillait en examinant le hall.

Arthur l'aperçut et l'appela :

— Éloïse ! Venez, vous allez faire connaissance avec mon petit-neveu.

Ella se fraya un chemin entre les bagages et les valets.

— Je vous présente le jeune Phillip.

Phillip leva vers elle un regard timide. Ses yeux étaient en effet immenses, et ils avaient une couleur noisette, comme ceux d'Arthur.

— Phillip, voici lady Fortrose. Elle habite ici également.

Phillip observa son grand-oncle.

— Dois-je m'incliner maintenant ? chuchota-t-il.

— Non, dit Ella. Serrons-nous simplement la main.

Elle se pencha vers lui en tendant la main. Phillip hésita et glissa timidement sa menotte dans la sienne.

Ella eut une soudaine révélation. Elle sut que ce petit garçon allait jouer un rôle très important dans sa vie et elle lui sourit.

— Tu peux m'appeler tante Ella. Bienvenue dans ta nouvelle maison.

Lui retournant son sourire, l'enfant retira sa main et agrippa le pantalon d'Arthur. Ce dernier ébouriffa gentiment ses cheveux bruns.

— Veux-tu voir ta chambre ? demanda Ella. Elle est à côté de celle de ton grand-oncle.

Phillip acquiesça sans lâcher Arthur.

— Nous avons acheté des jouets et des livres de contes pour toi. Si tu as envie d'autre chose, tu n'auras qu'à nous le dire.

Le regard de Phillip passa d'Ella à Arthur, puis revint vers elle. Ella eut l'impression de voir des rouages tourner dans sa tête.

— Puis-je avoir un chiot ? s'enquit-il à voix basse.

— Sarah ne voulait pas l'autoriser à en avoir un, expliqua Arthur. Je lui ai dit que nous y réfléchirions.

Ella n'avait jamais eu le droit de posséder un animal quand elle était enfant.

— À mon avis, ce serait une excellente idée. Et des chatons, aussi. Qu'en penses-tu ?

Un sourire illumina le visage de l'enfant. Il lui manquait deux dents.

— Oh oui !

— Est-ce que tu as faim ? Je vais te montrer ta chambre, puis nous pourrons déjeuner.

Phillip lâcha le pantalon d'Arthur et donna la main à Ella.

Ils montèrent l'escalier. La paume de Phillip était petite, chaude et confiante dans la sienne. Ella se promit de ne jamais trahir cette confiance. Elle allait protéger Phillip, et cette maison serait son refuge.

Minette les retrouva en haut de l'escalier.

— Il est là ! s'exclama-t-elle avec enthousiasme en serrant Phillip dans ses bras.

Celui-ci fut enveloppé dans un nuage parfumé de soie et de dentelle.

— *Mon chou**, bienvenue dans ta nouvelle maison !

Ella avait été une gêne, une enfant encombrante dans la maison de son père. On l'avait reléguée dans la nursery, et plus tard dans la salle d'études. Elle avait l'impression d'être une intruse lors des rares occasions où elle était autorisée à entrer dans le salon. Elle avait vécu quinze ans là-bas, mais ce n'était que le lieu où elle résidait, et certainement pas un doux foyer. Elle voulait que la maison d'Old Burlington Street soit le foyer de Phillip. Celui-ci serait au cœur de la vie de la demeure. Il ne serait pas trop gâté, mais il serait écouté et encouragé. Il saurait qu'il était aimé, en sécurité, et qu'il avait une famille.

Jusqu'à son mariage, Ella n'avait jamais partagé de repas avec son père. Elle avait donc décidé que Phillip mangerait avec eux. Pour le petit déjeuner, il suffirait d'ajouter une chaise et un couvert. Mais pour le dîner, il faudrait prévoir un menu moins élaboré et une table plus simple. La décoration centrale, qui gênait Phillip pour les voir, fut retirée, et l'heure du dîner fut avancée pour lui permettre de se coucher tôt.

Quand Ella avait révélé à Minette et à Arthur qu'elle prolongeait d'un mois sa liaison avec Decimus Pryor, ils avaient été enchantés. Mais quand elle avait laissé entendre qu'il valait mieux qu'il ne se joigne plus à eux pour le dîner, ils avaient protesté avec véhémence.

— C'est ridicule ! s'était exclamé Arthur. Pourquoi ne dînerait-il plus avec nous ?

— Parce qu'il verrait Phillip.

— Et pourquoi ne pourrait-il pas rencontrer Phillip ?

— Parce que ce serait inconvenant.

— Pas le moins du monde ! tonna Arthur.

— Ce serait inconvenant si vous le présentiez comme votre *amoureux**, mais vous ne le feriez pas, n'est-ce pas ? fit observer Minette.

— Sûrement pas !

— Alors, il n'y a pas d'inquiétude à avoir. M. Pryor dînera avec nous, car c'est notre ami, bougonna Arthur.

— Oui, notre ami, renchérit Minette.

— Je souhaiterais lui présenter le petit Flip, reprit Arthur. J'ai l'impression qu'ils s'entendront comme une maison en feu.

— Je ne comprends pas cette expression, déclara Minette. Une maison en feu, ce n'est pas bien. En France, nous dirions qu'« ils s'entendront comme larrons en foire ». Cela a plus de sens, vous ne trouvez pas ?

Ella refusa de se laisser distraire par des questions de sémantique.

— Le dîner sera différent de ceux dont Pryor a l'habitude. Nous allons manger si tôt !

Arthur balaya ces arguments.

— Ce ne sera pas un problème pour lui. Son grand-père a beau être duc, il n'est pas snob. Vous vous inquiétez pour des broutilles, ma chère.

Ella ne pouvait pas s'en empêcher. Elle aimait Pryor plus qu'elle ne l'aurait cru possible, mais Phillip était la priorité. Cette maison était la sienne désormais, et si Pryor ne voulait pas admettre que l'intérêt d'un enfant passait avant le sien, elle devrait mettre un terme à leur liaison.

Elle espérait ne pas en arriver là. Il serait difficile de le remplacer. On trouvait des débauchés et des dandys en abondance à Londres, mais aucun ne ressemblait à Decimus Pryor. Il était sans pareil.

Ella lui envoya un billet pour l'inviter à dîner tôt, en famille.

Pryor ne tarda pas à accepter.

Au fur et à mesure que l'heure du repas approchait, Ella sentait son anxiété croître. Pryor s'était intéressé aux préparatifs de l'arrivée de Phillip, mais c'était un débauché, et ces gens-là ne perdaient pas leur temps avec des enfants.

— Vous allez vous abîmer les lèvres à force de les mordre, commenta Minette.

Elles étaient dans le petit salon et attendaient leur invité. Assis par terre, Phillip construisait une tour en dominos. Arthur était agenouillé à côté de lui, parfaitement détendu.

Pryor se montra à l'heure dite. Son visage s'éclaira lorsqu'il aperçut Phillip et la construction vacillante de dominos.

— Oh oh ! Qui vois-je ?

Phillip leva les yeux. Il sembla voir en Pryor une âme sœur, car son regard s'illumina également.

Ella fit les présentations et, trente secondes plus tard, Pryor s'installait sur le sol avec Phillip, sans se soucier de froisser son pantalon ou sa redingote. Peut-être aurait-elle dû être vexée que son amant préfère construire des tours de dominos plutôt que de converser avec elle, mais Ella ne ressentit que du soulagement.

Quand le dîner fut annoncé, Phillip et Pryor en étaient déjà à s'appeler par leurs prénoms.

— Tante Minette m'appelle Philippe, et tante Ella, Phillip, lui confia l'enfant. Mais vous pouvez m'appeler Flip, monsieur. C'est le surnom qu'utilise oncle Arthur.

— Ce sera donc Flip ! déclara Pryor. J'ai aussi un surnom. Souhaites-tu le connaître ?

Phillip hocha vigoureusement la tête.

— Dex. Tu peux m'appeler M. Dex, si tu veux.

Le dîner fut décontracté et sans cérémonie, avec moins d'une dizaine de plats, dont aucun n'était très élaboré. Après le repas, ils se retirèrent dans le petit salon jusqu'à ce qu'il soit l'heure d'aller se coucher pour Phillip, qui tenait à peine debout. Arthur et Minette l'accompagnèrent en se querellant pour savoir qui lui lirait la première histoire. Devant la porte, l'enfant s'arrêta et lança un regard en arrière.

— Reviendrez-vous dîner, monsieur Dex ? S'il vous plaît ?

— Oui, bien sûr.

— Demain ?

Pryor hésita et se tourna vers Ella, mais ce fut Arthur qui répondit :

— Si vous n'avez pas d'autre engagement, vous serez le bienvenu, Pryor. Inutile de s'embarrasser de formalités. Venez quand vous en aurez envie.

— Merci, dit Pryor.

Il attendit que la porte se soit refermée sur le trio pour faire remarquer :

— Phillip semble bien s'adapter à sa nouvelle vie.

— En effet.

— Il ne regrette pas son ancienne maison ?

— Si, un peu, mais ici tout est nouveau et excitant. Et il peut crier autant qu'il veut.

— Sa tante n'aimait pas le bruit ?

— D'après ce qu'il nous a dit, non.

— Les enfants ont besoin de s'exprimer et de faire du bruit.

— Nous avons décidé de prendre un chiot et quelques chatons.

Le visage de Pryor s'éclaira et ses yeux pétillèrent. Il ouvrit la bouche, mais Ella ne lui laissa pas le temps de parler.

— Oui, vous pourrez venir jouer avec eux, dit-elle avant qu'il ait pu lui poser la question.

— Vous me connaissez bien.

C'était vrai. En fait, elle le connaissait mieux que n'importe qui d'autre, à l'exception d'Arthur et de Minette.

Cette pensée la troubla. Comment cet homme avait-il pris une aussi grande place dans sa vie ?

Le sourire de Pryor s'effaça, et son expression devint songeuse.

— Devons-nous attendre que Blake et la comtesse reviennent, ou...

— Ils en ont au moins pour une heure...

Ils se dévisagèrent, puis se levèrent d'un même mouvement. Pryor lui tendit la main. Elle la saisit et ils montèrent dans la chambre.

22

Le lendemain fut affreux, la pluie tomba sans relâche. Dex passait généralement ce genre d'après-midi à son club, dans une chaleur douillette, entouré de ses camarades. Mais ce jour-là, il se rendit dans un bazar puis prit un fiacre pour Old Burlington Street.

Il gravit les marches du perron sous le déluge et frappa à la porte avec insistance. Deux valets l'aidèrent à descendre ses achats du fiacre et à les apporter dans le hall d'entrée. Discrètement, Dex garda la plupart des gouttes d'eau en l'air pour éviter qu'elles mouillent les boîtes et les domestiques.

— Est-ce que Blake est là ? Et Phillip ? demanda-t-il lorsque tous les paquets furent à l'abri et que la porte fut refermée, les protégeant du froid et de la pluie.

Tous deux apparurent avant même qu'il ait fini de poser sa question.

— Monsieur Dex !

— Bonjour, Flip ! J'apporte des cadeaux, déclara Dex en désignant la montagne de boîtes d'un geste théâtral.

Le petit garçon écarquilla les yeux.

— Qu'est-ce que c'est ?

— Des cubes en bois. J'ai pensé que nous pourrions construire un château fort assez grand pour que tu puisses y entrer.

— Oh oui ! cria Phillip en sautillant. Pouvons-nous faire cela, mon oncle ? S'il vous plaît ?

Éloïse Fortrose descendit l'escalier. Elle portait une robe jaune souci, peut-être pour défier le mauvais temps.

Le cœur de Dex se gonfla de joie quand il l'aperçut, et il s'inclina profondément.

— Madame, vous êtes éblouissante, aussi somptueuse que le soleil.

Éloïse rit comme s'il plaisantait, mais il était sincère. Elle était vraiment éblouissante, et aussi somptueuse que le soleil.

Dex s'aperçut avec un temps de retard que la comtesse de Villiers était là également. Il s'inclina et lui fit de même un compliment extravagant.

Les boîtes en carton furent transportées dans l'un des salons, et la construction du fort commença. Tout le monde mit la main à la pâte, même la comtesse. Ils entassèrent trois murs de cubes entre un canapé, une chaise longue et un fauteuil de velours rouge, créant un abri assez grand pour contenir deux personnes. Blake s'empara d'un sac en papier.

— Fléchettes ou boulettes de papier mâché ?

— Les deux ! s'exclama Éloïse, à la surprise de Dex.

Il fut encore plus étonné quand elle avoua qu'elle n'avait jamais lancé de fléchette et qu'elle ignorait ce qu'était une boulette de papier mâché. De toute évidence, son enfance avait été cruellement dépourvue de jeux. Il lui montra comment déchirer du papier et l'humidifier pour en faire des boulettes, puis comment plier des feuilles pour faire des fléchettes. Elle l'imita en s'appliquant. Cela n'aurait pas dû l'attendrir autant, mais il en avait le cœur serré.

Toutefois, il n'eut pas le temps de s'interroger sur ce sentiment, car une grande bataille commença. Phillip et son grand-oncle défendirent la forteresse face aux assauts ennemis.

Dex attaqua tout le monde sans distinction.

— Prenez ça, bernacle aux jambes arquées ! cria-t-il en bombardant Éloïse de boulettes, perché sur la chaise longue, qui était devenue son poste d'observation.

— Je suis de votre côté ! protesta-t-elle en repoussant les projectiles.

— Je sais ! répliqua-t-il en lançant des fléchettes contre Blake, Phillip et la comtesse de Villiers.

— Vous puez comme un bouc ! hurla Blake en assaillant Dex de la même manière.

— Porc-épic ! s'exclama la comtesse en prenant également Dex pour cible.

— Porc-épic ! répéta joyeusement Phillip.

— Lutin bigleux ! renchérit Éloïse, qui se mit aussi à bombarder Dex.

Ce dernier leva les mains devant lui pour se protéger des projectiles, poussa un cri aigu et tomba de façon mélodramatique de la chaise longue.

Tout cela était puéril et ridicule, et mille fois plus amusant que de passer l'après-midi au club à boire du brandy et à écouter les derniers ragots.

Quand le château fort ne fut plus qu'un tas de cubes en bois et qu'ils furent tous à bout de souffle à force de rire, le majordome apparut dans l'entrebâillement de la porte.

— La cuisinière a fait des biscuits au gingembre. Elle voudrait savoir si M. Phillip aimerait l'aider pour le glaçage.

— Oui, s'il vous plaît ! s'écria Phillip en se relevant précipitamment.

Dex vit passer une lueur d'envie dans les yeux d'Éloïse. Cela ne dura qu'une seconde, puis l'étincelle disparut.

— Vous devriez aller avec lui, suggéra-t-il.

Elle hésita et se mordit les lèvres avant d'avouer :

— Je n'ai jamais fait de biscuits au gingembre.

— Alors, allez-y.

Elle se redressa dans un tourbillon de soie jaune et emboîta le pas à Phillip.

Dex se mit à ramasser les boules de papier mâché. Ce n'était pas correct de surcharger de travail ses domestiques, et encore moins ceux des autres.

La comtesse se laissa tomber dans le canapé, s'éventant avec une feuille de papier froissée. Elle avait perdu plusieurs épingles à cheveux, et une fléchette s'était logée dans la dentelle de sa robe.

Blake rassembla les cubes de bois.

— C'était une merveilleuse idée. Merci, Pryor.

Dex afficha un sourire en coin.

— J'ai beaucoup de merveilleuses idées.

Il avait de très bons souvenirs des jours de pluie passés à construire des tunnels avec des meubles renversés et drapés de tissus, puis à poursuivre ses cousins ou à être poursuivi par eux. Ces jours-là, tout le monde courait et rampait en hurlant de joie. Mais ce n'était pas le moment pour proposer une telle activité. C'était un jeu bruyant, et cela sèmerait beaucoup plus le désordre dans la maisonnée qu'un château fort construit dans le salon. Il faudrait déplacer tous les meubles, en apporter d'autres des pièces voisines, persuader la gouvernante de leur prêter des dizaines de draps... Il était plus raisonnable de remettre de l'ordre dans ce salon et d'attendre une semaine ou deux avant de suggérer un nouveau divertissement.

— Est-ce que Phillip s'adapte bien ? demanda-t-il. D'après Éloïse, il n'est pas nostalgique de son ancienne demeure.

— Nous ne lui laissons pas le temps d'être nostalgique, commenta la comtesse. Il est occupé toute la journée.

Elle observa un court silence, puis ajouta :

— Je ne l'ai pas entendu pleurer la nuit. Et vous, Arthur ?

Blake secoua la tête.

— Je pense qu'il est plus heureux ici qu'il ne l'était avec sa tante. Elle n'était pas méchante avec lui, mais...

— Nous sommes meilleurs pour lui ! déclara la comtesse.

Dex hocha la tête. Cette maison lui semblait être un foyer fabuleux pour un enfant.

— J'ai cru comprendre qu'il s'agissait d'un arrangement à long terme ?

Blake pinça les lèvres.

— Oui. Sarah voulait un mari, et celui-ci ne souhaitait pas s'occuper de l'enfant d'un autre. Donc, oui, c'est définitif.

— Ils ne savent pas ce qu'ils perdent, fit Dex.

— En effet, confirma Blake, dont le visage s'éclaira.

Dex ramassa plusieurs fléchettes sous une bergère.

— J'ai conscience que cela ne me concerne pas... mais avez-vous réfléchi à son éducation ?

Blake et la comtesse échangèrent un coup d'œil. Blake se releva et alla s'installer à côté d'elle, sur le canapé.

— Nous avons longuement réfléchi à un certain nombre de sujets, dit-il en tendant la main à la comtesse. Nous allons nous marier, avec une licence spéciale.

Dex s'assit par terre, décontenancé.

— Félicitations.

— Il s'agit d'un *mariage de convenance**, précisa la comtesse en souriant tendrement à Blake. Un arrangement entre amis.

— La cérémonie aura lieu lundi. Ce sera annoncé dans tous les journaux.

— Après cela, il sera convenable que nous vivions ensemble.

— Je pourrai habiter ici sans mettre en péril la réputation de quiconque, ajouta Blake.

— Qui serez-vous ? Entwhistle ? Withers ?

— Je serai moi-même, Arthur Blake.

Dex se remit à ramasser les fléchettes éparpillées.

— Arthur Blake, l'acteur ? demanda-t-il en s'efforçant de ne pas paraître dubitatif.

Si un acteur épousait une comtesse, cela provoquerait quelques remous dans la haute société, mais Blake secoua la tête.

— Arthur Blake, obscur gentleman originaire du Nord et muni d'une fortune confortable, avec un passé sans tache et un petit-neveu.

— Cela devrait marcher, dit Dex.

— Certainement, répondit Arthur sans lâcher la main de la comtesse.

Dex jeta les fléchettes qu'il avait ramassées dans la cheminée. Ils s'étaient follement amusés à lancer ces projectiles, mais maintenant il regrettait d'en avoir fait autant. Les fléchettes et les boules de papier jonchaient le sol. Il y en avait sous les meubles, derrière les coussins, dans les vases, dans ses cheveux, dans ses poches et dans ses bottes – partout.

— Et pour ses études ? Si vous voulez que j'intervienne auprès de quelqu'un, je peux le faire. Le nom des Pryor ouvre des portes.

— Il n'ira pas en pension, déclara fermement la comtesse.

Blake acquiesça.

— Ella est inflexible sur ce point. Il restera avec nous.

Ella. Dex aimait ce surnom. Cela allait bien avec la personnalité douce et le corps de sylphide d'Éloïse.

— Il ira en cours seulement la journée, dans ce cas ? Ou bien ferez-vous appel à un précepteur ?

Tout en réfléchissant aux avantages et aux inconvénients de chacune de ces solutions, il détacha plusieurs fléchettes accrochées aux rideaux.

— Le premier trimestre de l'année a déjà commencé, il est donc inutile de l'envoyer à l'école avant l'année prochaine, dit-il. Je suppose que vous voulez qu'il évolue dans les meilleurs cercles de la société ?

— Oui.

Dex hésita, craignant de les offenser, mais si quelqu'un comprenait l'importance des préjugés, c'était bien Blake.

— Son accent...

— Doit être un peu travaillé. J'en suis conscient.

— Philippe tient de *mon cher** Arthur, ajouta la comtesse. Il a une bonne oreille.

— C'est un imitateur-né, confirma Blake. Cela ne devrait pas prendre longtemps.

— Bien.

L'accent de Bristol du garçon n'était pas très prononcé, mais cela influencerait l'opinion que les gens auraient de lui, et il valait mieux éviter ce problème.

— Il est très bien élevé, vous n'aurez pas de travail à faire de ce côté-là.

— Sarah est particulièrement à cheval sur les bonnes manières.

Dex retira une fléchette coincée entre deux coussins.

— Il serait bon qu'il rencontre des garçons de son âge. Je me demande... Mes cousins Quintus et Sextus sont plus vieux que moi. Il se peut que certains de leurs amis aient des fils de l'âge de Phillip. Je peux leur poser la question, si vous voulez.

— Merci, répondit Blake. Nous apprécierions ce geste.

— Et vous ? s'enquit Dex en attrapant des boulettes de papier cachées sous les ornements du manteau de la cheminée. Si « Arthur Blake » devient un résident permanent ici, je pourrai peut-être vous parrainer pour entrer dans mon club ?

— Je... Oui, merci. Ce serait très aimable à vous.

— Vous risquez de le regretter, avoua Dex en souriant. Je suis une pipelette, et la plupart de mes amis aussi !

La comtesse se redressa.

— Vous êtes deux. Veuillez m'excuser, mais je vous laisse, car j'ai besoin de récupérer des forces. Je suis une très vieille dame.

— Allons donc ! rétorqua Dex. Vous êtes aussi fraîche et légère qu'une débutante à sa première saison.

La comtesse leva les yeux au ciel.

— *Quelle absurdité** !

Dex se pencha et retira au passage la fléchette fichée dans son volant de dentelle.

— Merci, dit-elle en sortant.

Il leur fallut encore quinze minutes pour finir de ramasser les dernières fléchettes et boulettes de papier. Dex n'était pas certain de les avoir toutes retrouvées. Elles resteraient peut-être dissimulées dans des recoins pendant des dizaines d'années, ou plus. Dans cent ans, quelqu'un en dénicherait une entre deux lames de parquet.

Mais cela en valait la peine.

Il examina la pièce du regard. La chaise longue et le canapé étaient à leur place, et les cubes avaient réintégré les boîtes en carton.

— Resterez-vous dîner ? l'interrogea Blake.

Dex hésita. Il n'avait jamais dîné à Old Burlington Street deux soirs d'affilée.

— Éloïse préférera peut-être que je ne reste pas.

— Ce soir, vous êtes mon invité et celui de Phillip. Il sera enchanté si vous restez.

— Merci.

Dex eut conscience d'une sensation étrange dans sa poitrine, une chaleur, une bouffée de plaisir. Désormais, dans cette maison, il n'était plus seulement l'amant d'Éloïse Fortrose. Il était l'ami de Blake, l'ami de Phillip et sans doute aussi celui de la comtesse. Il était toujours agréable de se faire de nouveaux amis.

— Allons voir comment se présentent ces biscuits au gingembre.

Blake sortit du salon, longea un corridor et ouvrit une porte matelassée donnant sur le quartier des domestiques. Dex voulut protester :

— La cuisinière risque de ne pas apprécier que...

— Cela ne la dérangera pas, répondit Blake avec insouciance.

Dex savait d'expérience que les domestiques n'appréciaient pas que l'on envahisse leur domaine, mais cette maison était gérée de manière plus décontractée – quoique tout aussi efficace – que ce à quoi il était habitué. Les domestiques étaient toujours impeccablement vêtus, les repas de premier ordre, et tout était d'une propreté étincelante, sans le moindre grain de poussière sur les meubles. Visiblement, une gestion décontractée n'était pas synonyme de négligence.

Blake descendit un escalier et s'engagea dans un autre couloir. Des odeurs de sucre, d'épices et de viande rôtie parvinrent à Dex, titillèrent ses papilles et le firent saliver. Quelque part dans l'office, des gens fredonnaient.

La cuisine était une oasis de chaleur et de fumets délicieux. Éloïse et Phillip étaient assis devant une longue table en bois au milieu de la pièce. Portant chacun un ample tablier, ils se concentraient sur leur tâche en chantonnant avec les filles de cuisine qui maniaient les casseroles, coupaient la viande et fouettaient la crème. La cuisinière chantait aussi en surveillant la cuisson d'un plat dans le four en fonte. Dans l'arrière-cuisine, deux servantes récuraient les casseroles en sifflant également.

Immobile sur le seuil, Dex observa toute cette agitation. Il eut l'étrange impression d'être arrivé à la maison, comme si cette pièce qu'il n'avait encore jamais vue lui avait manqué, comme si sa place était ici, qu'il était chez lui et que toutes les personnes présentes faisaient partie de sa vie – Phillip, perché sur un tabouret, ainsi qu'Éloïse, à côté de lui.

Mais en ce moment, elle n'était plus Éloïse. Elle était Ella, avec de la farine sur la joue, le visage rouge et une beauté presque surnaturelle. Des biscuits au gingembre en forme d'étoiles, de cercles et de bien d'autres choses encore étaient disposés devant elle. Ils étaient nappés d'un glaçage de sucre blanc et attendaient d'être mangés. Des bouchées fines, croustillantes, parfumées, qui devaient fondre sur la langue.

Blake avança dans la cuisine d'un pas sautillant, saluant tout le monde. Les servantes sourirent et lui rendirent son salut, la cuisinière hocha la tête sans cesser de fredonner. Apparemment, Blake avait raison : personne ne semblait leur reprocher d'envahir les lieux.

Phillip eut un sourire radieux.

— Oncle Arthur ! Monsieur Dex ! Venez voir !

Éloïse pointa sévèrement un doigt vers eux et déclara :

— Lavez-vous les mains avant de toucher à quoi que ce soit !

23

Dex avait dîné plusieurs fois à Old Burlington Street en tant qu'invité d'Éloïse Fortrose, mais le faire en étant l'invité de Blake était une tout autre chose, sans qu'il sache expliquer pourquoi. Il était toujours la même personne, ses hôtes n'avaient pas changé, pas plus que la maison, alors pourquoi était-ce différent ?

Sans doute parce qu'il n'était pas là en tant que séducteur, mais en tant qu'ami. Un ami habillé simplement d'un pantalon de daim et chaussé de bottes. Un ami qui avait joué tout l'après-midi avec des cubes de bois, des fléchettes et des boules de papier mâché. Un ami invité à descendre dans la cuisine, où il avait englouti une montagne de biscuits au gingembre recouverts de glaçage.

Un peu plus tard dans la soirée, il s'avéra qu'il était aussi ici en tant que séducteur. Dex monta avec Éloïse dans son boudoir et passa quelques heures très agréables dans son lit.

Quand elle exprima l'envie de le chevaucher, Dex accepta, à condition qu'elle lui tienne les épaules.

Elle s'exécuta, et ce fut aussi remarquable que la première fois. De manière inexplicable, il trouvait très excitant d'être plaqué sur le lit.

Dex ne perdit pas de temps à se demander pourquoi cela lui plaisait. Il avait une énigme bien plus importante à résoudre. Pourquoi éprouvait-il de tels sentiments pour Éloïse Fortrose ?

Dex n'avait encore jamais associé le sexe aux sentiments. À présent, les deux étaient liés de façon inextricable. Chaque fois qu'il embrassait Éloïse, sa tendresse pour elle se renforçait. Quand elle se tenait à califourchon sur lui en maintenant ses épaules, son cœur se gonflait de bonheur et, quand il atteignait l'orgasme, il avait l'impression que son cœur allait exploser.

Dex n'était pas d'un tempérament anxieux, mais la situation lui semblait inquiétante.

Quand il regagna Clarges Street au petit matin, il se rendit compte, un peu troublé, qu'il se sentait davantage chez lui à Old Burlington Street que dans le logement qu'il occupait depuis des années. Bon sang, que lui arrivait-il ? Devenait-il sentimental ?

Bigre, ce n'était pas le moment ! Il n'avait que vingt-sept ans, il était beaucoup trop jeune pour renoncer à sa vie de libertin. La haute société regorgeait de jeunes veuves avec lesquelles il n'avait pas encore joué.

Fidèle à la promesse qu'il avait faite à Blake, Dex écrivit à ses cousins Quintus et Sextus en leur demandant s'ils connaissaient des gens à Londres ayant des garçons de l'âge de Phillip. Ensuite il rédigea une troisième lettre, destinée à sa sœur.

Ma très chère Phoebe, hier, je me suis battu contre des lutins et des porcs-épics. J'aimerais t'annoncer que je suis sorti victorieux de ce combat. Hélas, j'ai été écrasé par des forces supérieures.

Sous ce paragraphe, Dex dessina deux cochons couverts d'épines. Il leur attribua des sourires diaboliques et, après une hésitation, des dents acérées. Les lutins avaient aussi des dents pointues et des sourires déments, ainsi que des nez crochus et des oreilles effilées. Enfin, il se représenta lui-même. Cette fois, il n'avait pas les traits d'un héros mais d'un homme grêle, aux genoux osseux, qui s'enfuyait sous une pluie de fléchettes en papier. Cela devrait faire rire sa sœur.

Il fit le même dessin pour Phillip. Il aurait pu envoyer Hicks porter le message à Old Burlington Street, mais il décida de s'y rendre en personne. Il voulait voir la tête de Phillip quand il ouvrirait la lettre, mais ce n'était pas la seule raison.

Il marcha de Clarges Street jusqu'à Old Burlington Street. Comme à son habitude, il laissa retomber le heurtoir plusieurs fois, s'essuya les pieds sur le paillasson, salua le majordome par son nom et pénétra dans le hall aux murs jaunes et au tapis rouge, avec son ciel bleu en trompe-l'œil. L'impression d'entrer chez lui ne fut pas aussi puissante que la veille dans la cuisine, néanmoins elle était indéniable.

Bon sang !

— M. Phillip est-il là ? J'ai quelque chose pour lui.

— Veuillez me suivre, monsieur.

Phillip était dans la bibliothèque avec Blake et la future épouse de celui-ci. À la grande déception de Dex, Éloïse Fortrose n'était pas présente.

La comtesse faisait tourner un globe terrestre.

— Les dragons vivent là, dans cet immense désert. Et les monstres marins sont là.

Elle posa le doigt sur le globe d'un geste autoritaire.

— M. Pryor désire voir M. Phillip, annonça le majordome.

— Monsieur Dex ! s'écria joyeusement Phillip en descendant de la chaise sur laquelle il était perché.

De l'autre côté de la bibliothèque, quelqu'un se leva. C'était Éloïse Fortrose. Elle portait un livre si grand que cela ne pouvait être qu'un atlas.

Le cœur de Dex se gonfla brusquement de bonheur.

Zut, zut, et trois fois zut.

Il entra dans la bibliothèque en souriant et en bombant le torse, conscient que c'était seulement la première semaine du deuxième mois de leur liaison. Ce sentiment idiot ne tarderait pas à se dissiper.

Mais ce ne fut pas le cas.

Cinq jours passèrent, puis dix, puis quinze. Et le seul changement, c'était que le cœur stupide de Dex était plus amoureux d'Éloïse à chaque minute qu'il passait en sa compagnie. De plus, il découvrit que s'il aimait qu'elle lui maintienne les épaules quand elle était à califourchon sur lui, il *adorait* que ses poignets soient attachés aux montants du lit.

Comment le fait de céder le contrôle à sa partenaire pouvait-il être aussi excitant ? C'était un mystère insondable, mais Dex était heureux de cette découverte.

Toutefois, il ne se réjouissait pas de ses sentiments envers Éloïse. En fait, il était même désespéré. Le temps et l'habitude auraient dû les étouffer. C'était le cours naturel des choses, n'est-ce pas ? Le cœur finissait par s'accoutumer aux choses, aux gens, au fait d'avoir les poignets liés aux montants du lit. Alors, ces circonstances cessaient d'être exceptionnelles et devenaient juste ordinaires, et le cœur comprenait que, en fin de compte, il n'était pas amoureux.

Mais cela n'arrivait pas.

Et quand les chatons arrivèrent, ce fut encore pire.

Dex les trouva en se renseignant auprès des employés de son grand-père. Selon son expérience, les domestiques savaient tout. Il voulait des chatons ? « Oui, monsieur, il y en a une portée dans l'écurie, derrière Hanover Square. Cinq chatons, nés le mois dernier. »

Il avait depuis longtemps cessé d'être surpris par tous ces tours de magie dont étaient capables les domestiques.

Arthur l'accompagna la première fois qu'il emmena Phillip voir les chatons, ainsi qu'Éloïse Fortrose. Elle n'avait jamais vu une portée de petits chats, lui confia-t-elle. Dex la connaissait assez pour voir qu'elle était aussi excitée que Phillip. Elle ne sautilla pas sur le siège de la voiture en posant des milliers de questions, mais ses joues étaient enflammées, ses yeux étaient brillants, et elle vibrait d'impatience.

Elle ne recula pas devant l'échelle qui menait au grenier à foin, et se contenta d'ôter son chapeau et ses gants avant de grimper. Elle n'hésita pas non plus à ramper dans le foin et la poussière. Quand Dex aperçut son expression émerveillée et ses yeux écarquillés, il eut envie de lui offrir tous les chatons du monde.

Ils restèrent au moins une heure dans le grenier, allongés sur le ventre, à regarder la maman chat s'occuper de ses bébés. Elle remuait nerveusement la queue en rabattant les oreilles, mais devint de moins en moins méfiante au fur et à mesure que le temps passait. Les chatons avaient quatre semaines, leurs oreilles étaient dressées et leurs yeux étaient grands ouverts, mais ils se déplaçaient encore maladroitement. Ils montaient les uns sur les autres pour téter leur mère, poussant de petits cris aigus.

Au bout d'une demi-heure, Dex s'approcha et, lentement, avec d'infinies précautions, caressa un chaton endormi. Il était concentré sur leur mère, qui le surveillait, méfiante.

Dex recula et dit à Phillip :

— À toi. Vas-y doucement, comme moi. Regarde la mère. Si elle s'affole, n'insiste pas. Il faut qu'elle s'habitue à nos visites et qu'elle nous considère comme des amis.

Phillip rampa vers la portée et toucha l'un des chatons sans que la mère proteste.

Quand il revint vers eux, son visage était illuminé.

— Voulez-vous en caresser un ? demanda Dex à Éloïse.

— Oh oui !

Elle prit exemple sur Dex et sur Phillip, avançant lentement et tendant la main. Elle toucha un chaton du bout des doigts et posa un instant la paume sur son ventre. Elle était concentrée et émerveillée, et Dex eut l'impression qu'elle retenait son souffle.

Elle leur lança un coup d'œil. Son sourire était encore plus éclatant que celui de Phillip.

Là, dans le grenier à foin de l'écurie, derrière la maison de son grand-père, à Hanover Square, le cœur de Dex fit une embardée et s'offrit spontanément à Éloïse Fortrose. *Prenez-moi, je suis à vous pour toujours.*

Dex trouva cela un peu inquiétant. L'expression « pour toujours » n'avait jamais fait partie de son vocabulaire. Il s'efforça de ne pas céder à la panique.

Ils restèrent dans le grenier encore vingt minutes, pendant lesquelles il attendit que son cœur se ressaisisse, qu'il redevienne libre et insouciant.

Cela ne se produisit pas.

Cela ne se produisit pas non plus quand ils redescendirent et retournèrent à Old Burlington Street en faisant un arrêt au salon de thé Gunter.

Ni plus tard dans la soirée, quand il quitta le lit d'Éloïse Fortrose pour regagner son logement de Clarges Street.

Ni le jour suivant, quand il se rendit à Old Burlington Street et qu'ils s'amusèrent à se déguiser.

Ni le lendemain ni le surlendemain.

Les chatons gambadaient dans le grenier, le mois d'octobre touchait à sa fin, et son cœur était toujours sens dessus dessous, répétant silencieusement à Éloïse Fortrose qu'il était tout à elle.

La panique de Dex se mua en un lourd pressentiment de catastrophe. Lorsque Éloïse suggéra de prolonger leur liaison un mois de plus, il lui donna la seule réponse possible : il accepta.

Toutefois, il commençait à se sentir désespéré. Réfléchir à la situation ne l'aidait pas, il avait besoin d'en parler à quelqu'un. Cependant, la personne avec qui il voulait en discuter se trouvait à Linwood Castle. Aussi annonça-t-il aux occupants de la maison d'Old Burlington Street qu'il devait quitter la ville quelques jours.

Il loua donc une voiture et partit dans le Gloucestershire.

24

Dex était si habitué à Linwood Castle qu'il ne remarquait même plus sa splendeur. C'était un somptueux château ducal, mais il était confortable et accueillant. Il avait couru ici quand il était enfant, batifolant avec sa sœur et ses cousins, montant et descendant les escaliers, filant dans les corridors, jouant pendant des heures à cache-cache, grimpant aux arbres, plongeant dans les étangs, glissant sur les rampes et construisant des châteaux forts. Linwood Castle pouvait impressionner un visiteur ordinaire mais, pour Dex, c'était une demeure familiale, un lieu de réjouissances et de bonheur. Clarges Street était le logement où il résidait, mais ce château était son foyer, autant que le domaine de ses parents dans le Surrey.

Il observa la propriété d'un œil neuf tandis que le carrosse traversait le vaste parc. Que penserait Éloïse des collines boisées et des prairies en découvrant Linwood Castle, avec ses remparts, ses murailles couleur de miel et ses rangées de fenêtres étincelantes ? Que dirait Phillip quand il admirerait les tours crénelées ?

Verraient-ils un jour tout cela ? Était-ce de la folie d'espérer qu'ils viendraient ici ? Ou bien une illusion ?

De la folie, vraisemblablement. Quand Éloïse Fortrose se remarierait, si elle se remariait un jour, elle choisirait quelqu'un de plus sérieux et de plus responsable que lui, quelqu'un qui serait un époux digne d'elle.

Alors qu'il se faisait cette réflexion lugubre, la voiture pénétra dans la cour d'honneur et s'arrêta devant la façade imposante du château. Dex ouvrit la portière et sauta à terre sans attendre le valet. Le Gloucestershire n'était qu'à un jour et demi de voyage de Londres, mais cela représentait tout de même de longues heures enfermé dans une voiture. Il fut heureux de sentir ses pieds toucher le sol, de s'étirer et d'emplir ses poumons d'air frais.

Son arrivée n'était pas attendue, mais le majordome l'accueillit avec un calme imperturbable, donnant des instructions aux valets pour aider Hicks à transporter les bagages et guider les postillons jusqu'à l'écurie.

— Savez-vous où je pourrais trouver ma mère ? demanda Dex.

— Je crois qu'elle est dans l'atelier d'art, monsieur.

— Le marquis est-il toujours ici ?

— Oui, monsieur.

— Il faut que je lui parle, ainsi qu'à mon grand-père, avant le dîner si possible. Je n'en aurai pas pour plus d'une demi-heure.

Il devait leur avouer qu'il avait révélé leur secret de famille à Éloïse Fortrose et à ses amis, et il préférait se débarrasser de cette épreuve le plus tôt possible.

— Avec mon père aussi, s'il est dans les parages. Autant faire d'une pierre trois coups.

— Je verrai ce que je peux faire, monsieur.

— Merci, Brockmole.

Dex intercepta l'un des valets qui transportaient ses valises, lui donna son chapeau et ses gants pour qu'il les monte dans sa chambre et partit à la recherche de sa mère.

Quand il passa la tête dans l'atelier spacieux et lumineux de Linwood Castle, trois volées de marches et sept couloirs plus tard, il fut soulagé de découvrir sa mère assise devant un chevalet, et encore plus soulagé qu'elle soit seule. Dans la haute société, sa mère était connue sous le nom de lady Secundus Pryor. Dans les cercles moins formels, on la surnommait lady Deuce. Ici, à Linwood, on l'appelait Imogène. Pour son mari, elle était simplement Midge.

Ce jour-là, elle portait une robe à l'anglaise démodée depuis des années, usée aux poignets et parsemée de taches de peinture.

— Mon chéri ! s'exclama-t-elle en levant les yeux. Attendions-nous votre visite ?

Il alla l'embrasser sur la joue.

— Non, c'est une surprise. Je voulais parler avec vous.

— Avec moi ? répondit-elle sans lâcher son pinceau.

— Oui. Ce que vous faites est très beau.

L'aquarelle était presque finie. Elle représentait une *fritillaria imperialis* provenant de la serre, reproduite minutieusement avec de somptueux détails tels que ses pétales d'un jaune profond et ses feuilles luxuriantes, d'un vert éclatant. C'était le genre de travail pour lequel il manquait lui-même de patience, ou de talent, mais dont il appréciait la beauté.

— Merci, mon chéri. Combien de temps allez-vous rester ?

— Une nuit.

— Seulement ? l'interrogea sa mère en posant son pinceau.

— Je dois retourner à Londres.

Ce voyage allait lui coûter les quatre premiers jours de son troisième mois avec Éloïse Fortrose.

— Mais j'espérais discuter avec vous en tête à tête.

— Cela paraît sérieux, mon chéri, commenta sa mère en nettoyant son matériel de peinture.

— C'est très sérieux, en effet.

Avait-il déjà dit cela à quelqu'un ? Qu'il souhaitait parler d'une affaire sérieuse ? Non, il ne s'en souvenait pas.

— Voulez-vous que j'appelle votre père ?

— Non.

Il aimait beaucoup son père, mais Secundus Pryor était incapable de prendre quoi que ce soit au sérieux. Pour lui, tout devenait un sujet de plaisanterie. Or, Dex ne considérait pas le fait de tomber amoureux comme une plaisanterie – du moins, pas encore.

Il y avait un canapé sous l'une des fenêtres de l'atelier, un vieux meuble confortable en tissu damassé délavé par la lumière. Dex se fraya un chemin entre les chevalets et les tabourets pour aller s'y asseoir. Il n'avait généralement pas tendance à s'agiter, mais il se mit à jouer du bout des doigts avec ses poignets de dentelle et ses boutons, attendant que sa mère ait rangé ses pinceaux.

Enfin, elle se leva et vint le rejoindre sur le canapé. Elle s'installa si près de lui que leurs jambes se touchaient, et elle posa une main sur son genou dans un geste de réconfort. De la peinture verte s'était glissée sous ses ongles.

— Qu'y a-t-il de si grave, mon chéri ?

Dex avait eu plusieurs heures pour réfléchir à la façon de formuler sa question, mais il ne savait toujours pas comment exprimer ce qu'il avait en tête. Il regarda ses mains, croisa les doigts, les décroisa, inspira et se lança :

— Entre Père et vous... il y a un lien, un lien profond. Vous vous aimez autant que Grand-père aime Grand-mère, autant qu'oncle Ace et oncle Terce aiment mes tantes, et autant qu'oncle Mercury aime Jack. N'est-ce pas ?

Il lança un coup d'œil à sa mère et la vit froncer les sourcils. Elle tenait sa tête légèrement inclinée, l'air un peu perplexe.

— Oui, c'est vrai. Pourquoi ?

Dex hésita, chercha les bons mots et ne les trouva pas. Il ignorait comment parler de ce genre de choses, des sentiments et des sujets graves comme l'amour.

Sa mère attendit patiemment.

— Cependant, Père ne vous a pas toujours aimée à ce point, n'est-ce pas ? bredouilla-t-il. Mes oncles et Grand-père sont sérieux, mais Père ne l'est pas.

Paraissant encore plus perplexe, sa mère se rembrunit davantage. Dex continua :

— Père et moi... nous ne sommes pas sérieux. Nous sommes frivoles, insouciants, et... et l'amour, le vrai, est un sentiment profond. Toutefois, Père vous aime, et... et c'est à cause de la mort de mon frère que c'est arrivé, n'est-ce pas ? C'est ce qui a renforcé l'amour que Père vous porte, car il est trop frivole pour aimer réellement, n'est-ce pas ? Comme moi ?

Sa mère garda le silence un long moment, sans cesser de le dévisager. Quand elle finit par parler, ce ne fut pas pour répondre à sa question, mais pour lui en poser une autre.

— Êtes-vous tombé amoureux, mon chéri ?

Dex détourna les yeux. D'abord, parce que discuter d'amour avec sa mère l'embarrassait, mais surtout parce que c'était une question si *lourde*, si importante. Et il ne pouvait pas lui répondre en la regardant dans les yeux.

— Je crois, avoua-t-il en fixant le chevalet le plus proche. Mais je suis comme Père. Il a fallu une tragédie pour qu'il soit capable d'aimer, et je n'ai pas subi de tragédie, alors... c'est voué à l'échec, n'est-ce pas ?

Sa mère resta silencieuse. Dex l'observa. Une fois de plus, elle répondit par une autre question :

— Pourquoi pensez-vous que votre père était incapable d'aimer profondément avant le décès de Septimus ?

— Parce qu'il ne prend jamais rien au sérieux.

Mais un enfant mort-né, c'était grave. Même le plus volage des hommes ne pouvait rire d'une telle tragédie.

Le froncement de sourcils de sa mère s'accentua.

— Que voudriez-vous que je vous dise ?

Que voulait-il qu'elle lui dise ? Dex scruta de nouveau le chevalet et réfléchit.

— Je veux que vous me disiez si Père était un bon mari avant Septimus, s'il vous aimait assez pour vous rendre heureuse, parce que je suis son portrait craché, et s'il n'était pas un bon mari, je ne le serai pas non plus. Je sais que je ne devrais pas lui demander sa main, reprit-il en soupirant. Je souhaiterais que vous me le confirmiez.

Sa mère se tut encore une fois. Au bout d'un moment, Dex se tourna de nouveau vers elle.

Elle déclara alors :

— Le « portrait craché » de votre père… C'est une expression que je n'aime pas, mon chéri, mais elle décrit parfaitement la réalité. Toutefois, cela ne signifie pas que vous êtes incapable d'aimer. En fait, c'est même le contraire.

— Que sous-entendez-vous ?

— Notre amour a été très profond dès le début de notre mariage. C'est la mort de votre frère qui a failli nous briser.

— Je ne comprends pas…

Ce fut sa mère qui soupira cette fois.

— Nous avons porté notre deuil différemment, votre père et moi. Je me suis éloignée de lui. Il essayait de revenir vers moi, mais je l'en empêchais.

Dex secoua la tête. Il ne pouvait imaginer sa mère s'éloigner de son père pour s'enfermer dans sa douleur. Elle était si chaleureuse, si aimante.

— J'avais l'impression que mon chagrin était plus grand que celui de votre père, qu'il ne pouvait pas comprendre ce que j'éprouvais.

Elle posa une main sur son ventre, sans même sembler en avoir conscience.

— J'avais senti votre frère se développer et bouger en moi. Je lui avais parlé, chanté des berceuses. Pour moi, c'était une personne, même s'il n'était pas encore né. J'ai été inconsolable à sa mort. Votre père a fait tout ce qu'il a pu pour me réconforter, mais je le repoussais.

Dex effleura le poignet de sa mère.

— Je suis désolé. Je n'aurais pas dû aborder ce sujet.

— Non, nous avons parfois besoin de parler de ces choses-là.

Elle retourna sa main et lui saisit les doigts.

— Nous exprimons tous notre chagrin de façon différente. Votre pauvre père... Il s'était tourné vers moi, mais je l'ignorais. Je trouvais son chagrin insignifiant par rapport au mien. Tout ce qu'il avait fait, c'était d'aller me chercher des fraises au milieu de la nuit parce que j'en avais envie, alors que moi, j'avais porté Septimus pendant neuf mois.

Ses doigts se crispèrent sur ceux de Dex. La tragédie qu'elle avait vécue remontait à presque trente ans, mais elle la faisait toujours souffrir.

— Votre grand-père nous a aidés à sortir de cette impasse. Il nous a réunis et nous a obligés à nous dire mutuellement ce que nous ressentions. Il m'a empêchée de garder le silence. Et j'avais en partie raison, notre chagrin était différent. Pour moi, Septimus était une personne. Pour votre père, ce n'était qu'un rêve. Mais votre pauvre père ne pleurait pas seulement un fils mort à la naissance, il pleurait également la perte de son épouse. Il *me* pleurait. Voilà donc la vérité : le décès de votre frère a presque détruit notre mariage.

Dex tint la main de sa mère et encaissa ces paroles. Le silence était si absolu dans l'atelier qu'il crut entendre le tic-tac de sa montre dans sa poche, les battements de son cœur, ainsi que ceux de sa mère.

— J'ignorais tout cela, finit-il par dire. J'ai toujours pensé...

L'histoire qu'il avait inventée des années plus tôt pour expliquer l'amour que son père portait à sa mère était complètement fausse.

— Merci de me l'avoir expliqué.

— Est-ce que cela répond à votre question ?

— Je crois.

Mais pour être absolument certain, il ajouta :

— Donc, les hommes comme moi, ou comme mon père, qui sont frivoles et insouciants... peuvent quand même aimer profondément ?

— Naturellement. Vous n'êtes peut-être pas sérieux, mais vous êtes doués pour le bonheur, et vous savez rendre les autres heureux. Le monde a besoin de gens comme vous, tout comme il a besoin d'hommes comme votre oncle Ace.

Dex n'était pas tout à fait d'accord sur ce point. La sagesse et la profondeur étaient certainement des qualités plus précieuses que la légèreté, non ? Mais il se sentait beaucoup plus optimiste que lorsqu'il s'était assis, quelques minutes plus tôt, sur ce canapé aux couleurs fanées.

— Puis-je vous demander de qui il s'agit ? Est-ce que je la connais ?

— C'est Éloïse Fortrose.

Sa mère cligna des yeux de surprise.

— Lady Fortrose ? répéta-t-elle d'un air dubitatif.

— Elle ne vous plaît pas ?

— Je n'ai pas souvent discuté avec elle, mais d'après ce que j'ai vu, elle a une personnalité très différente de la vôtre.

— Nous sommes très différents, en effet, confirma Dex. Elle n'est pas du tout comme moi. Elle est...

Comment décrire Éloïse Fortrose en lui rendant justice ?

— Elle ne se donne pas de grands airs, ne minaude pas et ne fait pas la délicate. Elle a l'esprit vif, elle n'est pas conventionnelle, et elle aime rire. Elle est très directe, dit ce qu'elle pense et sait se défendre. Elle me tient tête !

Elle l'avait persuadé de se laisser chevaucher, lui avait fait mettre ses idées à l'épreuve, et il avait découvert un aspect de lui-même qu'il avait toujours ignoré. Toutefois, ce n'était pas un sujet dont il pouvait discuter avec sa mère.

— Au premier abord, elle est assez réservée et discrète mais, une fois qu'on la connaît, elle ne l'est plus du tout. Elle est ouverte, chaleureuse et drôle.

Maintenant qu'il y pensait, la réserve d'Éloïse Fortrose était probablement due aux secrets qu'elle partageait avec Blake et la comtesse – qui était désormais Mme Blake.

Et en parlant de secrets…

— Elle est au courant pour mes dons magiques.

Il déballa toute l'histoire : Wimbledon Heath, les bandits de grand chemin, son invitation à prendre le thé, les questions d'Éloïse et des autres et la façon dont il avait révélé son secret de famille.

L'expression de sa mère devint grave.

— Votre grand-père sait-il tout cela ?

Dex fit la grimace.

— Je dois aller le voir après.

Sa mère lui tapota gentiment la main.

— Il ne se mettra pas en colère. Il ne s'emporte jamais.

— Non, mais il sera déçu, et à raison. Je me suis comporté comme un idiot, j'ai voulu faire l'intéressant, et maintenant trois personnes connaissent notre secret.

Dex soupira, agacé de s'être montré aussi fanfaron ce soir-là, à Wimbledon.

— Mais Éloïse ne le dira à personne. J'ai entièrement confiance en elle. Les Blake sont également des gens très bien, un peu originaux mais adorables.

— Comment cela, originaux ?

Dex hocha la tête.

— Si je l'épouse, vous verrez par vous-même. Et sinon... cela n'aura pas de réelle importance.

— Vous avez donc pris votre décision ? Vous allez lui demander sa main ?

— Je crois que oui, mais j'ignore encore si elle acceptera ma demande. Je ne suis pas vraiment le meilleur parti possible.

— C'est ridicule. Vous êtes un excellent parti.

Dex secoua la tête. Tout le monde ne rêvait pas d'épouser un joli freluquet, même charmant et doté de bonnes relations. Éloïse Fortrose pouvait l'apprécier comme amant, sans avoir pour autant envie d'en faire son mari.

— Je pense qu'elle est la femme idéale pour moi, mais je ne suis peut-être pas l'homme rêvé pour elle.

— Ce serait bien dommage pour elle.

Il lui adressa un sourire narquois.

— C'est une piètre consolation, Mère.

Elle rit et l'embrassa.

— Je vous souhaite bonne chance, mon chéri.

Il la serra dans ses bras.

— Merci.

— Était-ce tout ce dont vous souhaitiez me parler ?

— Oui, dit Dex en se levant. À présent, je dois aller me confesser à Grand-père.

Ce serait difficile mais cet incident à Wimbledon Heath était à l'origine de sa liaison avec Éloïse Fortrose. Aussi, même s'il regrettait ses erreurs, il ne serait pas revenu en arrière s'il l'avait pu.

Sa mère retourna à son chevalet et à ses fritillaires impériales. Dex gagna la porte d'un pas vif. Les personnes frivoles pouvaient aimer profondément et pour longtemps. Sa mère le lui avait affirmé, donc ce devait être vrai.

Un valet se tenait dans le couloir.

— Vous m'attendiez ?

— Oui, monsieur. M. Brockmole m'a dit de ne pas vous déranger.

Dex fut reconnaissant de cette délicate attention.

— Le duc vous recevra dans son salon, monsieur.

— Maintenant ?

— Quand vous le souhaiterez entre 17 et 18 heures, monsieur.

Dex sortit sa montre de sa poche. Il était à peine 16 heures.

— Savez-vous si le marquis est avec lui ?

— Oui, monsieur, ainsi que votre père.

— Merci, Basil, dit Dex en rangeant sa montre.

Il tourna à gauche et descendit l'escalier de pierre en spirale. Il n'était pas pressé d'admettre qu'il s'était montré fanfaron, prétentieux, et qu'il avait imprudemment révélé les secrets de la famille, mais sa démarche était tout de même légère et assurée lorsqu'il suivit le dédale de couloirs menant au salon privé du duc.

25

Le salon privé du duc de Linwood était une pièce confortable, qui parvenait à être à la fois masculine et douillette avec ses lambris de bois sombre, ses fauteuils de cuir couleur chamois et son canapé de soie damassée rouge. C'était le sanctuaire du duc, son refuge, un havre dédié aux conversations à voix basse et à la sérénité. Chaque fois que Dex y pénétrait, il avait la sensation de déposer un fardeau. Ici, le monde ralentissait son rythme effréné, les problèmes, les soucis et les déceptions ne pouvaient plus l'atteindre. C'était idiot, car les problèmes, les soucis et les déceptions étaient bien entendu toujours là, et il les apportait avec lui dans le salon.

Maximus Pryor, duc de Linwood, était confortablement installé dans son fauteuil préféré. Son héritier, Primus – « Ace » pour la famille et les amis, « marquis de Stanaway » pour la bonne société –, avait également choisi un fauteuil. Le père de Dex, Secundus – plus familièrement nommé Deuce –, était affalé sur un canapé. Voilà les trois hommes auxquels Dex allait devoir avouer ses erreurs : son grand-père, car il était le chef de famille, son oncle, car il était le représentant du duc dans toutes les affaires importantes, et son père, car… eh bien, car c'était son père.

Tous les trois tenaient un verre à la main – du sherry, à en juger par la couleur du liquide. Son père posa le sien.

— Dex ! s'exclama-t-il en bondissant sur ses pieds. Je suis content de vous voir, mon garçon.

Il prit Dex dans ses bras avec enthousiasme, lui donna de grandes tapes dans le dos et rejoignit la desserte où étaient alignées toutes sortes de carafes. Ses cheveux avaient beau être poivre et sel, sa silhouette ne s'était pas tassée et son énergie était celle d'un homme qui n'avait que la moitié de son âge.

Dex salua son grand-père, lui serra la main et se pencha pour embrasser le vieil homme sur la joue, comme à son habitude. Celui-ci avait plus de quatre-vingts ans et, si son esprit était toujours aussi vif, il semblait de plus en plus fragile. Combien de temps lui restait-il à vivre ? Chaque rencontre pouvait tout aussi bien être la dernière, aussi... il l'embrassait toujours sur la joue.

Il n'embrassa pas son oncle, mais lui serra la main.

— J'espère que vous allez bien, oncle Ace.

Le père de Dex revint et lui tendit un verre. Dex but une gorgée de vin avec reconnaissance. C'était un sherry de la meilleure qualité, pâle et doré, léger et sec, avec un parfum d'amande.

— Vous vouliez discuter de quelque chose, mon garçon ? demanda son grand-père.

— Oui, Grand-père. J'aurais pu vous écrire, mais... je préférais vous le dire de vive voix.

— J'en déduis que c'est sérieux ? intervint son oncle.

— J'ai pu régler la question, mais oui, cela aurait pu être grave.

Dex but une deuxième gorgée de sherry pour se donner du courage et posa son verre, mais il resta debout.

— J'ignore si vous en avez entendu parler, mais je me suis trouvé confronté à des bandits de grand chemin au mois de septembre dernier.

Il se lança dans une description des événements qui s'étaient déroulés à Wimbledon Heath. Il mima en partie la scène, marchant de long en large et gesticulant. Quand il en arriva à la fuite du dernier brigand dans l'obscurité, son père applaudit avec enthousiasme.

— Bravo, mon garçon, bravo !

— Merci, Père, mais ne vous réjouissez pas trop vite.

Dex inspira longuement, soupira et continua :

— Lady Fortrose et ses compagnons ont été moins bouleversés par l'incident que je le croyais. Malgré la pénombre, ils en ont vu suffisamment pour me soupçonner d'avoir fait usage de magie.

L'expression des trois hommes devint grave tandis qu'il leur rapportait la suite de l'aventure. Son père lui-même se rembrunit et pinça les lèvres lorsque Dex raconta l'échange de secrets dans le salon d'Éloïse.

— Ils n'en souffleront pas un mot. Je leur fais totalement confiance.

— Quel est le secret de la comtesse ? s'enquit son grand-père.

— Je ne peux vous le révéler, Grand-père, pas plus que je n'ai pu lui révéler sans votre accord quel est votre don, celui d'oncle Ace ou celui de Père.

Son grand-père possédait le pouvoir de deviner les mensonges. Dex savait donc que le vieil homme percevait la vérité dans ses paroles.

— Je peux vous assurer que son secret n'a rien d'effrayant, elle n'a fait de mal à personne. C'est une grande dame, je suis sûr que vous l'adoreriez si vous la rencontriez, ainsi que Blake. Ils sont délicieusement originaux, et ce sont d'excellentes personnes.

Tous les trois le dévisagèrent d'un air grave.

— Je sais que, en voulant les épater, j'ai causé un vrai chaos. Je suis entièrement fautif… mais ils n'en parleront à personne, je vous le promets.

Le duc et le marquis échangèrent un coup d'œil.

— Je me sentirais rassuré si je pouvais les rencontrer, déclara l'oncle de Dex.

Ce dernier s'attendait à cette réaction.

— J'aimerais également faire leur connaissance, dit son grand-père en fronçant les sourcils.

Dex s'y attendait aussi. Depuis qu'il avait dépassé quatre-vingts ans, le duc ne se rendait plus à Londres. S'il exprimait le souhait de parler à Éloïse Fortrose et aux Blake, il faudrait que ceux-ci lui rendent visite.

— Bien sûr, Grand-père. Et une fois que vous les entendrez dire qu'ils ne le répéteront à personne, vous saurez que notre secret est bien gardé. Peut-être viendront-ils bientôt à Linwood Castle, car… j'ai l'intention de demander la main de lady Fortrose.

Un profond silence accueillit cette déclaration.

— Il se peut qu'elle refuse, ajouta-t-il vivement. Elle n'a peut-être pas envie de m'épouser, mais… il se peut qu'elle accepte et, dans ce cas, vous ferez sa connaissance et celle des Blake. La comtesse et Blake se sont mariés récemment, en fait. Si Éloïse vient à Linwood, ils l'accompagneront, car ils sont aussi proches d'elle que s'ils étaient sa famille. Je les informerai que vous avez le don de détecter les mensonges, Grand-père, et qu'ils doivent être sincères. Vous connaîtrez leurs secrets dès qu'ils seront ici, parce que ces secrets sont… eh bien, je ne peux vous dire ce qu'ils sont, mais ils ne sont pas mauvais. C'est simplement le genre de choses qu'on ne veut pas révéler aux autres, comme notre secret de famille.

Il finit par se taire. Les trois hommes semblaient médusés par cette avalanche de paroles. Dex termina son sherry et leur laissa le temps d'absorber ses révélations. Lui-même était troublé. Avait-il vraiment annoncé qu'il voulait épouser Éloïse Fortrose ?

Avant qu'un malaise s'installe, l'oncle de Dex déclara :

— Je n'avais pas prévu de me rendre à Londres ces jours-ci. Cela peut sans doute attendre. Qu'en pensez-vous, Père ? Et toi, Deuce ?

Le père de Dex parla le premier :

— Cela fait déjà... deux mois, n'est-ce pas ?

Dex confirma d'un signe de tête.

— On peut patienter deux mois de plus, dit son père en haussant les épaules.

— Je suppose que je peux attendre un mois ou deux pour discuter avec lady Fortrose et ses compagnons, concéda lentement le marquis.

— Je ne pourrai leur parler, à moins qu'ils ne se présentent ici, intervint le vieux duc. Ce qui peut se produire bientôt, si les projets de quelqu'un se réalisent.

Il inclina légèrement la tête et glissa un malicieux regard en coin à Dex. L'espace d'un instant, sa ressemblance avec le père de Dex fut frappante.

Dex sentit ses joues s'empourprer.

— Il se peut qu'elle refuse, Grand-père.

— Elle serait folle de faire cela ! s'exclama son père.

— Elle n'est pas folle, mais elle pourrait désirer un mari plus raisonnable.

Son père désigna le marquis d'un geste.

— Comme certains vieux rabat-joie ? Quel ennui !

Il n'y avait aucune agressivité dans sa raillerie, qu'il accompagna d'un sourire et d'un clin d'œil.

Le marquis leva les yeux au ciel mais ne mordit pas à l'hameçon. Il se contenta de siroter son sherry en déclarant :

— Nous patienterons donc un mois ou deux. Si lady Fortrose et ses amis ne nous rendent pas visite avant la fin de l'année, je discuterai avec eux lors de mon voyage à Londres. C'est entendu ?

— Très bien, dit le duc.

— Je t'accompagnerai, décida le père de Dex. Je veux rencontrer cette femme, surtout si elle rejette la demande de mon fils. Je lui dirai un mot pour la faire changer d'avis !

— Père, ne faites pas cela !

Avec un temps de retard, Dex vit la lueur malicieuse dans les yeux de son père. Cette vieille canaille le taquinait.

— Vous êtes un drôle de numéro, grommela-t-il.

— Depuis le jour de ma naissance !

— C'est exact, déclara sèchement le duc.

— Absolument exact, renchérit le marquis comme s'il avait dû endurer de nombreuses épreuves.

Ce dernier vida son verre, s'empara de la carafe et les resservit tous.

Dex se sentit enfin capable de s'asseoir. L'atmosphère dans le salon s'était adoucie. La pièce était redevenue un lieu de sérénité, où les inquiétudes disparaissaient, où le monde semblait tourner plus lentement.

26

Le dîner se déroula dans une ambiance détendue, comme il était d'usage pour un repas familial. On se parlait d'un bout à l'autre de la table et chacun se servait. Il n'y avait ni valet ni majordome. Phoebe n'était pas là. Octavius, le cousin de Dex, et sa jeune épouse l'avaient emmenée dans le Dorset. Cela fit plaisir à Dex. Phoebe n'était plus l'unique jeune femme de la famille, ce qui était formidable. Pip et elle s'étaient liées d'amitié, et c'était une très bonne chose. Mais d'un autre côté il était triste, car il n'avait pas vu sa sœur depuis le mois d'août, et elle lui manquait.

Pour un dîner familial, celui-ci fut relativement calme. Seulement cinq des Numéros étaient présents : le premier, le deuxième, le cinquième, le neuvième et le dixième. Tertius, un autre oncle de Dex, et sa femme se trouvaient dans le Derbyshire, et son cousin Sextus était dans le Westmorland. Son oncle Mercury, qui avait échappé à un nom de numéro, n'était pas là, et Jack, son compagnon, non plus. En dépit de tous ces absents, le dîner fut joyeux et presque turbulent.

Dex pensa aux dîners d'Old Burlington Street avec Blake, qui plaisantait et racontait de longues histoires, la comtesse – Mme Blake –, qui faisait des commentaires drôles, Phillip, qui faisait entendre sa voix fluette, et Éloïse, qui les observait en souriant, avec ses joues creusées de fossettes, lançant une remarque de temps à autre et rougissant de plaisir quand elle faisait rire les autres.

Il éprouva un bref pincement de nostalgie, alors qu'il était bien plus chez lui à Linwood Castle qu'à Old Burlington Street. Cependant, cette maison lui manquait, avec ses murs colorés, ses tapis éclatants, ses rideaux chatoyants, ses meubles extravagants, les rouges vifs, les oranges, les jaunes, les verts et les bleus. Mais c'étaient surtout les gens qui lui manquaient.

Ils se seraient parfaitement intégrés à cette table – Éloïse, les Blake et le petit Phillip. Il imaginait Blake amusant l'assemblée avec des histoires sur le théâtre et des imitations de tel comte ou tel baron. Il imaginait Mme Blake renonçant à son air digne d'aristocrate pour montrer sa vraie personnalité, un peu espiègle, et Phillip, le seul enfant, s'épanouissant comme une plante au soleil sous l'attention de tous ces oncles et tantes.

Il voyait Éloïse assise à côté de lui. Elle serait l'une des plus silencieuses parmi les convives, une observatrice comme Sextus, à l'opposé de ce lourdaud de Nonus, qui était sur le point de renverser une carafe de délicieux bordeaux.

— Fais attention, imbécile, dit Dex en faisant usage de son pouvoir pour redresser la carafe avant que son contenu se répande sur le rôti de bœuf et le canard à la grenade.

Nonus, qui insistait pour se faire appeler Ned, sourit sans le moindre remords et se servit une autre portion de perdrix.

Dex mit la carafe hors de sa portée. Souhaitait-il vraiment présenter Éloïse à ce cousin idiot et dégingandé ?

Oui, il le souhaitait. Il voulait la présenter à tout le monde, il voulait qu'elle voie qui ils étaient derrière cette image ducale au-delà de laquelle la plupart des gens ne se donnaient pas la peine de regarder. Et il voulait que sa famille la voie telle qu'elle était, qu'ils se rendent compte qu'elle n'était pas glaciale du tout et que sa personnalité était tout aussi vibrante et colorée que ses robes.

Après le dîner, plutôt que de laisser les dames se retirer pour prendre le thé pendant que les hommes resteraient à table pour boire du porto, ils se rendirent tous ensemble dans l'un des petits salons pour poursuivre leurs conversations, jusqu'à ce que Quintus lance d'une voix sonore :

— Qu'est-ce que c'est que cette histoire d'échauffourée avec des bandits de grand chemin ?

Ned fut aussitôt sur le qui-vive, tel un chien de chasse flairant une piste.

— Des brigands ? Raconte !

Dex ne demandait pas mieux que d'obéir à cette injonction mais, d'abord, il souleva l'une des chaises Windsor et l'amena devant la porte, puis la fit basculer en coinçant le dossier sous la poignée, ce qui empêcherait les domestiques d'entrer inopinément et de découvrir le secret de la famille. La porte bien fermée, il reprit son rôle de conteur, mimant la scène en relatant l'histoire. Mais cette fois, lorsqu'il s'approcha du carrosse encerclé par les bandits – le canapé sur lequel sa mère et sa tante étaient assises – et fit tomber le premier brigand de son cheval, il souleva Ned du fauteuil dans lequel il était affalé et le projeta vers le haut plafond aux moulures raffinées.

— Et là, je l'ai laissé pendu à un arbre ! s'exclama Dex par-dessus le cri aigu de son cousin.

Son oncle laissa échapper un éclat de rire fort peu digne d'un marquis avant de lancer subrepticement un coup d'œil vers la porte. Il se détendit en apercevant la chaise qui la maintenait close.

— Fais-moi descendre ! s'exclama Ned d'un ton outré.

Dex obéit et le déposa avec précaution sur le sol avant de continuer son récit :

— Alors, j'ai contourné la voiture, assommé l'un des brigands et l'ai envoyé d'un coup de poing dans le fossé, de l'autre côté de la route.

Il contourna le canapé sur la pointe des pieds, mima un coup de poing et utilisa une fois de plus son don pour soulever Ned et le projeter de l'autre côté de la pièce en le faisant survoler les fauteuils et les guéridons.

Cette fois, Ned ne protesta pas, mais cria de façon enthousiaste.

Le grand-père de Dex et Quintus jetèrent un coup d'œil inquiet à la porte, et furent eux aussi rassurés en voyant qu'elle était coincée.

Dex déposa Ned devant la cheminée.

Celui-ci hurla encore mais, comme il souriait, Dex conclut que son cousin ne voyait pas d'inconvénient à servir à illustrer le récit.

— Le gars a essayé de grimper sur son cheval, aussi je lui ai donné un coup de main...

Il envoya Ned par-dessus un fauteuil à haut dossier en un saut gigantesque. Ned cria de nouveau.

Le duc se mit à rire. La grand-mère de Dex, la duchesse de Linwood, gloussa et posa sa tasse sur un guéridon.

— Ce pauvre brigand, reprit Dex en secouant la tête. Il n'a jamais pu enfourcher son cheval.

Un simple geste, et Ned sauta de nouveau par-dessus le fauteuil. Dex répéta la manœuvre encore une fois, pour le plus grand plaisir de son cousin.

Tout le monde riait à présent, et Ned continuait de pousser des cris comme un dément.

Dex sourit et raconta la suite de l'histoire en se servant toujours de son cousin. Puis il envoya ce dernier faire le tour du salon, au-dessus des chaises et des tables, pour qu'il imite le pauvre brigand s'enfuyant dans la nuit – à la différence que les bandits n'avaient pas prononcé un mot, alors que Ned hurlait à réveiller les morts.

Son récit fini, Dex se leva et contempla son auditoire. Tous avaient les joues rouges et versaient des larmes de rire. Il était prodigieusement satisfait de son petit effet. Il n'y avait rien de mieux dans la vie que d'amuser les gens.

Il regrettait que sa sœur ainsi que ses cousins Octavius et Sextus n'aient pas assisté au spectacle, mais il pourrait toujours recommencer à Noël, quand ils se retrouveraient tous à Linwood Castle pour les fêtes.

La famille Pryor se serait peut-être agrandie d'ici là. Il aurait peut-être une épouse.

Dex s'autorisa à espérer quelques secondes, à rêver.

Tout le monde reprenait son souffle. L'un sortait son mouchoir pour essuyer des larmes de rire. Un autre buvait une tasse de thé revigorante. Le calme retomba dans le salon.

— Il y avait longtemps que je ne m'étais pas autant amusée, dit la tante de Dex.

Ce dernier sourit, content de lui, et ne put s'empêcher de se rengorger.

— C'est une rude épreuve que d'être aussi héroïque et aussi talentueux, dit-il avec un ton hautain à Ned et Quintus.

Quintus ignora sa remarque, mais Ned se redressa en levant le doigt, comme s'il venait d'avoir une idée, puis il sortit en galopant dans le couloir.

Dex et Quintus échangèrent un regard et haussèrent les épaules.

Ned revint une demi-heure plus tard.

— Dex, Quin, suivez-moi, déclara-t-il en les tirant par la manche.

— Pourquoi ? l'interrogea Quintus.

— Où ? s'enquit Dex.

— Venez voir, répliqua simplement Ned.

Ils le suivirent donc.

L'objet qu'il souhaitait leur montrer se trouvait dans l'un des petits salons. Dex l'examina dans la faible lumière diffusée par l'unique chandelier de la pièce. Il se tourna vers Ned, perplexe.

— Un guéridon ?

— Un guéridon en merisier !

Dex ne comprenait pas ce que cela avait de remarquable. Il fronça les sourcils.

— Et pourquoi est-ce important ?

— Parce que nous sommes les Chevaliers du guéridon de merisier ovale ! Tu ne te rappelles pas ? C'était l'idée d'Otto. Nous utilisons notre magie pour réparer les torts !

Un vague souvenir refit surface, celui d'Octavius demandant à ses cousins si l'un d'eux avait déjà songé à faire usage de ses dons pour aider son prochain. Ned en avait fait un sujet de plaisanterie.

— Tu as utilisé ta magie pour corriger ces trois bandits de grand chemin. Par conséquent, tu mérites un honneur !

— Tu veux dire… devenir Chevalier du… guéridon de merisier ovale ?

Ned balaya cette suggestion d'un geste de la main.

— Bien sûr que non. Nous sommes tous déjà Chevaliers du guéridon de merisier ovale.

Ah, vraiment ? Pour Dex, cela avait toujours été une plaisanterie.

— Maintenant, tu dois être décoré !

— Décoré ? C'est-à-dire ?

— Décoré en tant que héros du guéridon de merisier ovale ! déclara Ned triomphalement.

Dex avait compris depuis des années qu'il était plus simple de suivre Ned dans toutes ses lubies, si absurdes soient-elles, que de tenter de le raisonner.

— Très bien, mais si je dois être décoré, Otto devrait l'être aussi pour ce qu'il a fait à Rumpole.

Ned balaya cette suggestion.

— Plus tard.

Il se retourna, puis pivota de nouveau vers lui, une longue rapière à la main.

Dex recula prudemment d'un pas. Ned et les épées ne faisaient pas bon ménage.

Ned grimpa sur la petite table. Octavius n'étant pas là pour l'en empêcher, Quintus le fit à sa place :

— Pas de chaussures sur la table !

Ned l'ignora.

— Viens ici ! ordonna-t-il d'un ton impérieux.

— Quoi ? Tu veux dire... sur la table ?

— Bien sûr !

— Elle va s'écrouler sous notre poids.

Dex examina le guéridon. Il était parfait pour entasser des magazines, mais pas pour être utilisé comme estrade par des rustres.

— Je suis étonné qu'elle tienne encore debout.

— Ne sois pas ridicule, elle est solide. Tu vois ? répliqua Ned en sautillant.

La table vacilla avec un craquement.

Dex se crispa. Le guéridon tint bon, mais il était sûr qu'il s'effondrerait s'il grimpait à côté de Ned.

— Tu peux m'adouber de là-haut.

— Te décorer, rectifia Ned.

Dex leva les yeux au ciel et fit un pas en avant.

— Très bien, décore-moi.

Ned brandit la rapière. Dex prit son courage à deux mains et s'efforça, sans grand succès, de ne pas broncher lorsque le plat de la lame toucha l'une de ses épaules, puis l'autre. Il ne craignait pas que Ned tente délibérément de l'embrocher, mais son cousin était un déplorable bretteur. « De la vigueur et aucune finesse » : ces mots décrivaient parfaitement son talent à l'escrime.

— Moi, Nonus Pryor, Chevalier du guéridon de merisier ovale, je déclare que Decimus Pryor est un héros du guéridon de merisier ovale !

C'était le moment opportun pour se rengorger en bombant le torse, afin de se prêter au spectacle improvisé. Au lieu de cela, Dex baissa la tête en rougissant.

Ned tendit la rapière à Quintus.

— Manant, prends cette épée !

Quintus, qui était comte, leva les yeux au ciel et s'avança pour saisir la rapière. Dex se demanda, comme il l'avait déjà fait des dizaines de fois, si Ned avait remarqué que les gens de son entourage levaient souvent les yeux au ciel.

— Approche, héros ! lança-t-il.

Ils étaient tous les trois grands, mais Ned les dépassait tous. Il mesurait près de deux mètres et avait une forte carrure. Perché sur cette table, il avait une allure de géant.

Dex échangea un coup d'œil avec Quintus et fit un pas en avant.

— Ta médaille de héros !

Ned sortit quelque chose de sa poche avec un geste théâtral. Dex aperçut un bout de ficelle auquel était accroché un pendentif rond et argenté.

— Penche la tête, héros.

Dex obéit. Ned lui passa la ficelle autour du cou, puis sauta à terre en faisant trembler le sol et vaciller un vase tout proche. Visiblement, la cérémonie était terminée.

Dex examina la médaille à la lueur de la bougie.

— C'est un... un bouton ?

— Oui, dit Ned avec un sourire satisfait en reprenant la rapière des mains de Quintus. Je l'ai arraché à l'un de mes costumes de cour.

L'un de ces habits de cour horriblement chers ! Le valet de Ned ne manquerait pas de lâcher quelques jurons en découvrant cette profanation.

Ils quittèrent le petit salon pour se rendre dans la pièce où étaient rangées les armes. Ned portait la rapière, Quintus le chandelier, et Dex son bouton d'argent.

— J'ai réfléchi, annonça Ned alors qu'ils déambulaient dans un des longs corridors.

— C'est toujours dangereux, marmonna Quintus.

— Le costume que tu avais découvert dans le grenier de Hanover Square...

— Non, déclara fermement Quintus.

— Mais...

— Non, il est hors de question de ressusciter le fantôme du Cavalier de Londres.

Ned afficha une moue boudeuse.

— Pourtant, ce serait tellement drôle !

— Et ce serait très mal, commenta Quintus.

— Tu n'es qu'un vieux rabat-joie, maugréa Ned.

Cet échange rappela à Dex celui qu'avaient eu son père et son oncle dans l'après-midi. Pendant quelques secondes, il eut l'impression que le passé et le présent se rejoignaient.

— Je ne suis pas un rabat-joie. Je suis simplement raisonnable ! protesta Quintus.

En fait, il était aussi rabat-joie que son père. Toutefois, Dex ne lui en voulait pas. Il s'était toujours dit qu'il devait être impossible de ne pas être un rabat-joie quand on était né comte, qu'on deviendrait un jour marquis, et qu'on finirait duc. C'était une monstrueuse responsabilité.

Ned se tourna vers lui.

— Dis-lui, Dex ! Il faut ressusciter le fantôme ! Nous pourrions errer partout dans Londres... Un peu par ici, un peu par là. Ce serait diablement amusant !

Ned n'avait pas tort. Ce serait très drôle de faire peur à la bonne société avec le fantôme du cavalier. Malheureusement, Dex se sentit obligé de prendre le parti de Quintus. Il n'avait pas l'habitude d'incarner la voix de la raison, mais...

— Tu sais bien que cela ne plairait pas à Grand-père.

Ned recula en titubant de manière théâtrale et posa sur sa poitrine sa main libre.

— Toi aussi, *Brutus* ?

Honnêtement, combien de fois par jour Dex levait-il les yeux au ciel quand il était en compagnie de Ned ?

— Il l'a interdit à nos pères, déclara Quintus d'un ton pompeux. Tu sais qu'il nous l'interdirait aussi.

Ned lâcha la rapière qui tomba bruyamment au sol et pressa les mains sur ses oreilles.

— Je n'entends rien ! chantonna-t-il. La-la-la !

Dex et Quintus échangèrent encore un regard et prirent un air exaspéré.

— Tu veux prendre un verre ? suggéra Dex.

— Allons-y, répondit Quintus.

Ils se dirigèrent vers le salon, abandonnant leur idiot de cousin qui continuait de chanter au milieu du couloir.

— Je me suis renseigné, dit Quintus tout en marchant. Le fils aîné de Rhodes Garland, Melrose, a sept ans.

— Vraiment ?

Rhodes Garland était actuellement marquis de Thane, mais un jour il hériterait du titre de duc, comme Quintus. Et, comme Quintus, il était sérieux et consciencieux.

— Ils sont dans le Staffordshire pour le moment et ne reviendront pas en ville avant le début de la nouvelle année, mais Rhodes Garland a l'intention d'engager un précepteur à ce moment-là. Il serait d'accord pour que Melrose prenne ses leçons avec un autre enfant… À condition que les garçons s'entendent bien.

Si Phillip étudiait avec le fils de Rhodes Garland, cela le propulserait dans les meilleurs cercles de la société londonienne.

— Parle-moi de ce Blake. Qui est-ce ?

— Tu ne trouveras pas son nom ou son titre dans l'annuaire nobiliaire, mais c'est quelqu'un de bien.

Quintus lui lança un long regard de biais.

— Tu te portes garant de lui ? Et du garçon ?

— Sans réserve.

Quintus accepta sa réponse d'un simple hochement de tête.

Ils atteignirent le salon. La porte était entrouverte. De la lumière et des voix murmurées leur parvinrent dans le corridor.

— Un peu de brandy ? proposa Dex.

— Avec plaisir.

27

Le cœur d'Ella était rose et doré depuis si longtemps que c'était devenu une sensation familière, mais c'était encore assez récent pour qu'elle prenne le temps de s'en réjouir chaque jour.

De quelle couleur est mon cœur aujourd'hui ? se demanda-t-elle face à son miroir ce matin-là. Son cœur contenait toutes les couleurs de l'aube, de doux roses teintés d'or et des oranges lumineux.

Son cœur ne semblait pas être fait de chair et de sang, c'était une rose qui s'épanouissait au soleil et dont les pétales se déployaient gaiement.

Hedgepeth chantonnait à mi-voix en rangeant le cabinet de toilette, et Ella continua de fredonner le même air en descendant l'escalier. Le salon du petit déjeuner débordait de parfums et de bruits. Elle fit une pause sur le seuil pour admirer la scène : les riches arômes du café et du chocolat, l'odeur douce des pâtisseries, le fumet plus puissant des œufs et de la viande, le tintement des couverts, le chocolat coulant dans une tasse, la pluie battant contre les vitres, et enfin le babillage de Phillip attaquant les saucisses dans son assiette pendant qu'Arthur lui répondait d'une voix grave depuis la desserte où il choisissait les mets.

Quelle chance elle avait ! Quelle bénédiction que cette vie !

Phillip leva les yeux vers elle, et un sourire illumina son visage.

— Bonjour, tante Ella !

Ella lui retourna son sourire et sentit sa poitrine se gonfler de bonheur.

— Bonjour.

Après le petit déjeuner, ils se replièrent dans la bibliothèque, qui était devenue leur endroit préféré pour passer une journée pluvieuse – pas seulement à cause de la grande cheminée, des murs de couleur bordeaux, des centaines de livres et du piano, mais aussi parce que les cartes et les mappemondes se trouvaient là, ainsi que des puzzles de géographie, des cubes en bois, du papier à dessin, des crayons, des pinceaux, de la peinture, un théâtre de marionnettes. C'était plus une salle de jeux qu'une bibliothèque, un lieu où tout le monde aimait se retrouver, les adultes comme les enfants.

Phillip alla reprendre le dessin qu'il avait déjà commencé à colorier, Arthur se dirigea vers la cheminée près de laquelle étaient posés les journaux, et Minette vers le piano. Elle avait appris à en jouer quand elle avait renoncé à ses chaussons de danse pour incarner la comtesse de Villiers.

Ella aimait autant jouer du piano que faire de la broderie, c'est-à-dire pas du tout. En tant que fille et épouse, elle avait consacré la plus grande partie de son temps à ces exercices. Ce furent des heures de travail consciencieux. Maintenant qu'elle était veuve, elle écoutait Minette jouer et ne brodait plus du tout. Elle avait remplacé ces deux activités par la lecture. Son père et Francis avaient limité son accès aux livres, prétextant qu'ils étaient dangereux pour l'esprit des femmes et que le savoir était inutile pour elles. Elle éprouvait un grand plaisir à dépenser l'argent qu'ils lui avaient laissé – aussi bien la fortune considérable de Francis que l'héritage plus modeste de son père – pour acheter les romans les plus frivoles et les plus scandaleux, ainsi que des ouvrages qui l'aidaient à mieux comprendre le monde.

Toutefois, elle n'avait pas envie de lire en ce moment précis. Elle fit le tour de la bibliothèque en écoutant les suites de Bach, faisant courir ses doigts sur les reliures dorées, marquant une pause pour regarder la pluie tomber par la fenêtre, faisant tourner l'un des globes, profitant de l'atmosphère feutrée et paisible qui régnait, se réjouissant à la pensée que cette pièce et les gens qui s'y trouvaient faisaient partie de sa vie.

En vagabondant ainsi, elle trouva des traces du passage de Decimus Pryor. Arthur avait acheté de petits soldats en bois et d'autres en étain, mais c'était Pryor qui avait suggéré d'embellir leurs uniformes avec des pois et des rayures. Il avait profité d'un après-midi pluvieux pour aider Phillip à le faire. Tous deux avaient également décoré les pions utilisés pour le backgammon, ainsi que les jetons de loterie – pas les pions en nacre, qui étaient trop beaux pour nécessiter la moindre amélioration, mais les pions en bois et ceux en os, taillés en forme de poisson.

Elle s'empara d'un de ces derniers et le fit tourner entre ses doigts. Quelqu'un l'avait enduit de peinture indigo et bleu canard, puis y avait ajouté de minuscules écailles roses. Le travail avait été exécuté avec trop de précision pour être l'œuvre de Phillip, ce qui signifiait que c'était Pryor qui avait peint ce pion. Cette constatation provoqua un autre de ces pincements au cœur nostalgiques, comme ceux qui l'avaient tourmentée la veille, l'avant-veille, et qui, selon toute évidence, comptaient bien la tourmenter encore ce jour-là.

Ella reposa le pion d'un geste sec. Decimus Pryor était son amant et son ami, mais il ne vivait pas dans cette maison. Il n'était pas un membre de la famille, et elle refusait de dépérir de chagrin pendant qu'il était dans le Gloucestershire.

Elle continua son tour dans la bibliothèque mais, partout où elle regardait, elle voyait quelque chose qui lui rappelait Pryor. C'était lui qui avait offert les cubes à Phillip, ainsi que le ravissant petit globe qui fascinait le garçon et les puzzles géographiques en bois peint. C'était également Pryor qui avait apporté la pile de papier à dessin grand format, tellement épaisse qu'Ella avait cru qu'elle durerait au moins un an, alors que la moitié des feuilles avait déjà été utilisée, car Decimus Pryor aimait autant dessiner que Phillip. Cette pensée suscita encore chez elle un pincement au cœur, et le sentiment qu'il manquait dans cette pièce quelqu'un d'essentiel.

Agacée, Ella secoua la tête et poursuivit sa déambulation.

Partout, elle voyait les résultats du talent de Pryor : des cartes de pays imaginaires peuplés de dragons, avec des océans d'où émergeaient des monstres marins, des dessins à l'encre de voiliers, de châteaux et de chevaux ailés que Phillip pourrait colorier... Il y avait aussi des dizaines de caricatures d'Arthur, de Minette, de Phillip, d'Ella et même quelques-unes de Pryor lui-même. Chaque personnage était ridicule et reconnaissable au premier coup d'œil.

Minette s'était trompée au sujet de Pryor. Si celui-ci n'était pas venu au monde dans l'aristocratie avec une cuillère d'argent dans la bouche, il n'aurait pas été acteur mais artiste. Pas un grand peintre comme Hogarth ou Gainsborough, mais un illustrateur comme Rowlandson ou Gillray, quelqu'un tournant en dérision des personnages connus et dont les dessins seraient épinglés dans les vitrines pour amuser les foules.

En plus de tout cela, Pryor avait fait des dessins plus sérieux : des lettres tracées sur des cartes pour aider Phillip à apprendre l'alphabet, des copies d'illustrations issues d'encyclopédies... Phillip était d'ailleurs en train de colorier l'une d'elles. Il avait coincé sa langue entre ses dents tandis qu'il se concentrait pour ne pas dépasser les contours du dessin.

Ella tira une chaise et s'assit en face de lui. Le garçon leva les yeux et sourit.

— Qu'es-tu en train de colorier ?

Phillip le lui expliqua avec enthousiasme, énumérant tout ce qu'il savait sur les œufs, les chenilles, les chrysalides, les ailes de papillons qui sont petites et repliées au début, mais qui se déploient quand elles deviennent assez fortes pour voler.

Ella ignorait ce détail. Elle alla prendre l'encyclopédie et ils lurent ensemble l'article sur les papillons.

J'étais cette chenille dans sa chrysalide, songea Ella. *Je suis un papillon, à présent.*

Phillip avait colorié sa chenille en jaune, rouge et bleu, mais la chenille qu'Ella avait été dans la maison de son père et, plus tard, dans celle de son mari était terne, d'un gris pâle triste et fané.

La chrysalide de Phillip était d'un vert vif parsemé de pois orange. Celle d'Ella avait été noire, comme les voiles d'une veuve.

Phillip avait colorié une aile de son papillon. Elle était violette, turquoise et jaune.

C'est moi maintenant, se dit Ella. *Je suis libre et j'ai des couleurs éclatantes.*

Elle referma l'encyclopédie et la poussa de côté. Phillip commença à colorier la deuxième aile du papillon. Ella passa les caricatures en revue, espérant en trouver une à colorier. Arthur sous la forme d'une cigogne aux genoux particulièrement noueux, affublé d'une redingote ? L'impératrice Minette sur son trône, avec un chignon démesuré rappelant une mode en vogue cinquante ans plus tôt ? Phillip déguisé en abeille ? Ou bien…

Elle se figea en découvrant un dessin qu'elle n'avait encore jamais vu. C'était elle dans une robe de bal, portant un masque, avec de grandes ailes déployées.

Quand Pryor avait-il dessiné cela ? Comment savait-il qu'elle était un papillon ?

— Je peux colorier celle-ci ? demanda-t-elle à Phillip.

— Bien sûr ! répondit-il avec un sourire radieux.

Il se remit au travail, incarnant l'image même de la concentration avec ses sourcils froncés et le bout de sa langue pointant encore une fois entre ses quenottes.

Le cœur d'Ella se serra un peu, puis se gonfla de nouveau. Elle interpréta cette réaction comme une bouffée d'amour maternel, même si Phillip n'était pas son fils. Elle savait qu'elle ne pourrait jamais donner naissance mais, peu importait qu'elle ait donné naissance à Phillip ou non, elle pouvait l'aimer avec autant de ferveur que n'importe quelle mère et le protéger avec une ardeur farouche.

Ella observa le petit garçon en silence. Elle aimait la façon dont il se concentrait, elle aimait tout en lui. Puis elle baissa les yeux sur le dessin qu'elle avait choisi et qui la représentait elle-même sous la forme d'un papillon.

Comment Pryor avait-il deviné ?

En vérité, il ne pouvait pas être au courant. Personne ne l'était. C'était un hasard, tout simplement, et parfois le hasard faisait bien les choses.

Elle coloria son image avec les teintes les plus vives. Quand la porte de la bibliothèque s'ouvrit, elle ne redressa pas la tête, trop plongée dans ses tons de rose, de jaune et d'orange.

Phillip poussa un cri de joie.

Ella tressaillit, le cœur battant la chamade, et vit Phillip se lever précipitamment.

— Monsieur Dex !

Ella se retourna.

Sur le seuil de la bibliothèque se trouvait Decimus Pryor, de retour de sa mystérieuse équipée dans le Gloucestershire.

Elle regarda Phillip courir vers lui. Il serra affectueusement l'enfant dans ses bras, le fit tournoyer de droite à gauche, puis le reposa. Tous deux riaient aux éclats.

Personne ne gronda Phillip parce qu'il avait crié. Tout le monde dans la maison était d'accord sur le fait que l'exubérance ne devait jamais être réprimée, la joie jamais écrasée, et que les enfants ne devaient pas être réprimandés parce qu'ils exprimaient de la gaieté.

Ella aurait aimé pouvoir exprimer sa joie elle aussi, se précipiter vers Pryor et le serrer dans ses bras. C'était une pulsion, une envie douloureuse, un besoin. Il lui sembla que son cœur s'épanouissait encore, que ses pétales prenaient une nuance plus profonde.

Elle était peut-être un papillon, mais son cœur était une rose.

Ella se morigéna intérieurement. Son imagination prenait parfois des directions absurdes.

— Je suis si content que vous soyez revenu, monsieur ! s'exclama Phillip.

— Et je suis content d'être là.

Pryor repéra Arthur près du feu, Minette au piano, Ella assise devant la table. Son regard s'arrêta sur elle et ils partagèrent un bref moment de complicité. Les joues d'Ella s'enflammèrent, et elle sentit la rose qui se trouvait à la place de son cœur s'épanouir davantage encore.

Phillip s'empara de la main de Pryor et le conduisit vers la table.

— Venez voir ce que j'ai fait, monsieur Dex !

Pryor passa plusieurs minutes à examiner les dessins sur lesquels Phillip avait travaillé ces quatre derniers jours : ceux qu'il avait dessinés lui-même et ceux qu'il avait coloriés. Il le complimenta et l'encouragea, puis s'installa à côté d'Ella. Celle-ci sentit son cœur soupirer. Ce n'était pas un soupir mélancolique, mais de contentement.

Pryor lui adressa un sourire. Pas séducteur, mais plutôt doux et amical. Ella savait qu'elle arborait la même expression, car le plaisir qu'elle éprouvait en le voyant n'était pas charnel. Elle n'avait pas envie à cet instant de lui prendre la main et de l'entraîner dans sa chambre. Elle voulait rester assise avec lui dans la bibliothèque, demeurer près de lui tel un chat profitant douillettement de la chaleur du feu.

Pryor se pencha pour observer ce qu'elle faisait et rit tout bas.

— Vous coloriez un papillon, vous aussi.

— J'aime les papillons, répondit-elle sans donner plus de précisions.

Ses joues étaient encore empourprées et son cœur débordait de couleurs, ses pétales plus roses que jamais.

— Je vais en dessiner d'autres, dans ce cas.

Ils se mirent tous les trois au travail. Phillip et elle coloriaient pendant qu'il dessinait, que Minette explorait d'autres œuvres de Bach, qu'Arthur lisait près du feu et que la pluie tambourinait contre les carreaux. C'était paisible et confortable, ordinaire et sans éclat. Pourtant, précisément pour toutes ces raisons, c'était parfaitement idyllique.

Après le déjeuner, Ella, Phillip et Pryor allèrent dans l'écurie à l'arrière de la maison du duc de Linwood, dans Hanover Square, ou plus exactement ils rendirent visite aux chatons de six semaines qui vivaient dans l'écurie. C'était la cinquième fois pour Ella, et il n'était sans doute pas très convenable pour une vicomtesse douairière de grimper dans les greniers à foin, mais elle s'en moquait, puisqu'il y avait là des chatons avec lesquels elle pouvait jouer. Elle ôta son chapeau et ses gants, monta à l'échelle avec autant de célérité que Phillip et rampa dans la paille qui sentait encore l'été. En bas, dans l'écurie, des lanternes diffusaient une lumière chaude, mais dans le grenier la pénombre régnait. Les gouttes de pluie s'abattaient sur le toit d'ardoise, étouffant les miaulements des chatons.

— Je les vois ! chuchota Phillip.

Ils avancèrent à une allure d'escargot, puis restèrent immobiles sur le ventre, à bonne distance des chatons.

Leur mère leur lança un coup d'œil, remua une oreille, puis se remit à toiletter sa progéniture.

Ella observa le tableau, captivée. Tout était fascinant dans cette scène : la façon dont les chatons se soumettaient à la langue râpeuse de leur mère et grimpaient les uns sur les autres pour téter, avant de s'assoupir sur la mamelle. Quand ils ne tétaient pas ni ne dormaient, ils ne cessaient de bouger, explorant avec curiosité leur domaine sur leurs petites pattes qui devenaient plus robustes de jour en jour.

Elle aimait les regarder se déplacer avec précaution ou courir comme des fous dans le grenier, exécutant des cabrioles, se poursuivant l'un l'autre avec leur queue dressée comme un point d'exclamation.

Les chatons avaient fini par les reconnaître et les considéraient comme des amis et des compagnons de jeu. Leur pelage était aussi doux que du duvet, leurs dents et leurs griffes pointues comme des aiguilles. Ella adorait leur ventre rond, leurs brusques élans d'activité et la manière dont ils sombraient d'une seconde à l'autre dans un sommeil paisible. Elle adorait les battements rapides de leurs cœurs et leurs ronronnements.

— Minous, minous, appela Phillip.

Les oreilles de la mère remuèrent et deux des chatons remarquèrent leur présence.

Ella tendit la main, paume vers le haut, et agita les doigts.

Phillip l'imita.

Naturellement, les chatons vinrent renifler leurs mains et leur donner des coups de patte maladroits.

Le visage de Phillip s'éclaira : il éprouvait le même plaisir qu'elle.

Pour la dixième fois au moins depuis que Pryor leur avait fait découvrir ce grenier, Ella se demanda pourquoi il lui avait fallu si longtemps pour comprendre qu'elle avait besoin de chatons dans sa vie. Son père n'aimait pas les animaux, et Francis non plus. Mais pourquoi n'avait-elle pas adopté un chat lorsqu'elle avait emménagé à Old Burlington Street ? Pourquoi avait-elle attendu l'arrivée de Phillip et l'intervention de Pryor pour devenir propriétaire d'un animal ? Pourquoi ne l'avait-elle pas fait d'elle-même, des années plus tôt ?

Un chaton grimpa sur son bras et enfonça les griffes dans sa pelisse, menaçant de la déchirer. Ella s'en moquait. La pelisse était vieille, tout comme sa robe. Et, de toute façon, les greniers et les chatons étaient plus importants que ses vêtements.

— Viens par là, petit minou, chuchota-t-elle.

Comme s'il comprenait l'invitation, le chaton grimpa d'un air déterminé sur son épaule.

Il faudrait patienter encore une quinzaine de jours pour que les petits soient sevrés et en âge de quitter leur mère. Deux d'entre eux demeureraient à l'écurie, destinés à une carrière de chasseurs de rats et de souris. Leurs trois frères et sœur seraient relogés à Old Burlington Street. Ella attendait ce moment avec autant d'impatience que Phillip. Elle imaginait les chatons grimpant aux rideaux, gambadant sur les canapés et se tenant en embuscade derrière les portes restées entrouvertes. Elle les imaginait aussi blottis sur ses genoux et ronronnant.

Les chatons étaient adorables, fascinants, et elle avait autant besoin d'eux dans son existence que de couleurs chatoyantes.

La paille craqua derrière elle. Ce n'était pas un chaton, mais Decimus Pryor qui la rejoignait. Il s'allongea sur le ventre à côté d'elle. Aussitôt, un chaton décida d'explorer les pans de sa redingote. Le vêtement était neuf et beaucoup plus cher que la pelisse d'Ella, mais Pryor ne fit pas mine de chasser le petit animal. Il le contempla par-dessus son épaule avec un sourire indulgent, puis observa Ella. Dans la pénombre, ses yeux étaient noirs, mais il n'avait pas un regard menaçant. Son sourire était affectueux et d'une douceur étonnante.

Ella lui rendit son sourire.

L'un des chatons miaula. Mais c'est seulement lorsqu'il enfonça ses dents dans les doigts d'Ella que celle-ci se décida à reporter son attention sur lui.

Cet aspect de la personnalité de Pryor était toujours aussi surprenant que ses dons de magicien. Qui aurait cru que Decimus Pryor pouvait sourire ainsi, avec autant de sincérité et de chaleur ? Qui aurait cru que ce débauché pouvait passer des heures à dessiner pour un enfant ? Ou que ce dandy n'hésitait pas à grimper dans des greniers à foin et à laisser des chatons jouer avec les pans de sa luxueuse redingote ?

Elle ne s'en serait jamais doutée. Si elle s'était interrogée à propos de Pryor, ce qu'elle n'avait presque jamais fait avant cette fameuse nuit à Wimbledon Heath, elle se serait imaginé que l'unique raison qui pouvait le pousser à monter dans un grenier, c'était de s'accoupler à une femme et de rouler dans le foin avec elle.

Eh bien, elle se trompait.

Elle s'était trompée sur beaucoup de choses à son sujet. Il avait une profondeur qu'on ne s'attendait pas à trouver chez les dandys et les débauchés. Il était attentionné et savait donner. Pas juste de jolis cadeaux comme des globes terrestres et des puzzles, mais aussi donner de son temps, être disponible.

Elle songea au temps qu'il avait passé à dessiner toutes ces images, à décorer les pions avec Phillip, à discuter avec les domestiques de son grand-père pour trouver cette portée de chatons, et au temps qu'il avait ensuite consacré à les emmener les voir, pas seulement une fois, mais cinq.

Pryor aurait en ce moment pu être en train de boire tranquillement avec ses amis dans le club qu'il fréquentait. Au lieu de cela, il était allongé dans un grenier poussiéreux et laissait un chaton jouer avec sa veste.

Après avoir nourri et toiletté ses petits, la chatte s'éloigna. Phillip entreprit de creuser un trou dans la paille, et deux des chatons trouvèrent le jeu amusant. Un troisième s'endormit dans la main d'Ella, le ventre en l'air. Elle caressa le duvet de son ventre et sentit la vibration des ronronnements sous ses doigts. Elle eut l'impression de ronronner aussi. Tout son corps vibrait de bonheur.

Un quatrième chaton se promenait sur les épaules de Pryor en enfonçant ses griffes dans la laine de sa redingote. Ella chercha des yeux le cinquième chaton, en vain. Il devait explorer le grenier, à moins qu'il ne se soit assoupi quelque part.

La pluie s'abattait sur le toit d'ardoise, et le bruit empêchait toute conversation, mais cela plaisait à Ella. Elle aimait le fait de ne pas parler, de vivre simplement l'instant présent. Contrairement aux bals, aux réceptions et aux sorties au théâtre, c'était le genre de moment qui apportait une profonde sérénité.

Si elle avait eu le talent de Pryor, elle aurait essayé de dessiner cette scène, afin d'en garder une trace. Il le ferait certainement si elle le lui demandait, et elle allait peut-être le lui suggérer. Mais, pour l'instant, elle voulait graver tout cela dans son esprit. Le bruit de la pluie. La paille poussiéreuse qui retenait la chaleur de l'été. L'odeur des chevaux et du cuir qui régnait dans l'écurie. Le subtil parfum de laine mouillée provenant sans doute de la redingote de Pryor. Le picotement du foin, la douceur du pelage du chaton, les vibrations de son ronronnement. Le jeu d'ombre et de lumière, l'obscurité douillette. Le rire de Phillip. Pryor allongé à côté d'elle, tandis qu'un chaton marchait sur son dos.

Ella glissa légèrement sur le côté, jusqu'à ce que leurs épaules se touchent. Il lui adressa un regard étonné, puis un sourire s'épanouit sur son visage. Il s'inclina vers elle, pressant son épaule contre la sienne. Ce n'était pas destiné à la séduire, il s'agissait simplement d'un sourire affectueux et d'un geste amical, ce qui rendit ce moment parfait et surprenant encore plus parfait et surprenant.

Cet homme qu'elle avait considéré autrefois comme un arrogant freluquet était devenu l'un des êtres qui lui étaient les plus chers. Il était bien davantage que son amant, il était son ami.

Ella n'avait pas beaucoup d'amis. Elle n'en avait encore jamais eu du même âge qu'elle, ni quand elle était enfant, ni quand elle s'était mariée, ni lorsqu'elle était devenue veuve. Mais Pryor était son ami, et la pression de son épaule contre la sienne la réchauffait. Cela n'avait rien à voir avec du désir sexuel. À son contact, elle se sentait reconnue en tant que personne et aimée.

Minette et Arthur la connaissaient et l'aimaient. Sa tante Clara l'avait aussi connue et aimée. Et maintenant, il y avait Pryor.

Être aimée était mille fois plus important qu'être désirée. Le désir était ce qu'on éprouvait pour l'aspect extérieur d'une personne, son apparence, sa silhouette : les mains, la nuque, et un sourire qui donnait envie d'embrasser. Le désir était superficiel, éphémère, inconstant, volatil. Il était là un jour, et disparaissait le lendemain. L'amitié et l'affection, en revanche... C'était ce qu'on ressentait pour une personne une fois que l'on savait comment elle était à l'intérieur. Il fallait du temps et une certaine intimité pour développer ces sentiments. Il ne s'agissait pas d'une intimité sexuelle, mais de celle qui naissait à force de conversations, de rires, de confidences. Lorsque les fondations d'une telle relation avaient été construites, elles perduraient, pas seulement quelques jours ou quelques semaines, mais des années ou indéfiniment.

Decimus Pryor avait acquis une place aussi solide dans son existence que Phillip, Arthur et Minette.

Ella ouvrit la bouche pour suggérer de transformer leur liaison en un arrangement à long terme, mais elle se tut. Ce n'était ni le lieu ni le moment d'aborder le sujet, et pas uniquement parce que Phillip se trouvait à côté d'eux. Le long terme était une notion qui pouvait facilement être mal comprise. Pryor risquait de croire qu'elle désirait le mariage, alors il prendrait peur et partirait. Elle ne souhaitait pas plus le voir prendre la fuite qu'elle ne voulait de mari.

Ils pouvaient prolonger leur liaison jusqu'à la fin de l'hiver... Cette proposition ne l'effraierait probablement pas. À l'approche du printemps, elle lui suggérerait de continuer jusqu'à l'été. Et saison après saison, ils se tiendraient compagnie.

Cela lui plairait.

Pryor s'appuya davantage contre elle, et la pression de son épaule se fit plus ferme.

— Vous voulez toujours adopter un chiot ? demanda-t-il d'une voix sourde, étouffée par le bruit de la pluie sur le toit d'ardoise.

Les chiens faisaient aussi partie des choses qui lui avaient manqué dans la vie sans qu'elle s'en rende compte.

— Oui. Vous en avez trouvé un ?

— C'est possible.

Ella tourna la tête vers lui. Leurs joues se touchaient presque. Cette intimité n'était pas du tout érotique, mais simplement confortable. Elle n'aurait jamais cru que cela puisse exister entre un homme et une femme, et encore moins qu'elle en ferait l'expérience.

— Où donc ?

— À Linwood Castle. La chienne du chef jardinier attend des petits. Nul ne sait combien il y en aura ni à quoi ils ressembleront, mais il m'a dit qu'il voulait bien vous en donner un.

Pryor recula légèrement. Quelque chose dans la façon dont il inclinait la tête pour l'observer, les yeux mi-clos, le faisait paraître presque timide, ce qui était une idée ridicule. Decimus Pryor ne savait pas ce qu'était la timidité. C'était la lumière tamisée qui lui donnait l'air hésitant et gêné.

— Vous pourriez venir dans le Gloucestershire avec Phillip... pour les voir. Qu'en pensez-vous ?

Ella se sentit soudain elle-même submergée par la timidité. Se rendre à Linwood Castle ? Elle contempla le chaton endormi au creux de sa main.

— Nous pourrions faire cela, oui. Merci.

Le cinquième chaton surgit de nulle part, sauta sur le poignet de Pryor et enfonça les griffes dans ses manchettes de dentelle avec des miaulements indignés.

Pryor le repoussa en riant tout bas, et le petit animal repartit en gambadant, puis il lui donna un léger coup de l'épaule.

— J'écrirai au jardinier pour le prévenir que nous voulons l'un des chiots, mais il ne sera peut-être pas disponible avant janvier. Vous ne voudrez sans doute pas attendre aussi longtemps ?

— Oh, cela importe peu, répondit-elle vivement. Janvier, ce sera très bien.

Une rougeur envahit ses joues, et elle sourit malgré elle.

Pryor voyait loin aussi.

28

Les trois chatons furent transportés dans leur nouvelle maison quinze jours plus tard. Ils furent enfermés dans le plus petit salon jusqu'à ce qu'ils comprennent à quoi servait la boîte remplie de sciure. Une fois cette étape franchie, leur domaine s'élargit.

Des accidents se produisirent çà et là, mais Arthur montra à Ella et à Phillip comment réparer les dégâts. Il ne fallait pas que les domestiques soient fâchés contre les chatons, n'est-ce pas ?

Ella ne le souhaitait pas, car elle ne pensait pas pouvoir vivre en étant privée de la compagnie de ces diablotins. Elle nettoyait les dommages occasionnels avant même que les domestiques les aient remarqués, et regardait les chatons explorer leur nouvelle maison. Ils étaient à la fois curieux, audacieux, maladroits et exubérants. Elle jouait avec eux, les caressait, les attirait sur ses genoux, se sentait comblée chaque fois que l'un d'eux décidait de dormir sur elle en ronronnant. Le mois de novembre gris et humide tirait à sa fin, mais le cœur d'Ella était gorgé de soleil, car Phillip faisait partie de sa vie, ainsi que Minette et Arthur. Et Decimus Pryor. Et les chatons.

Ces derniers cessèrent de commettre de petites bêtises en dehors de leur litière et commencèrent à se faire les griffes sur les meubles. Pryor et Arthur se creusèrent la cervelle et finirent par trouver une solution à ce problème : de fines nattes de jonc tressé. Bientôt, chaque pièce fut dotée d'une natte et d'une boîte de sciure. Il y avait aussi des crayons oubliés sous les coussins des canapés, des dessins éparpillés sur les tables, des jouets sous les meubles et sur les appuis de fenêtres – des cubes de bois et des soldats de plomb pour Phillip, des plumes attachées à de la ficelle pour les chatons.

L'ambiance n'avait jamais été feutrée et silencieuse dans la maison d'Old Burlington Street. Les valets sifflotaient, les servantes fredonnaient comme Hedgepeth quand elle rangeait la chambre, et des refrains chantés en chœur montaient de l'office. Il y avait toujours eu la voix sonore d'Arthur, son rire éclatant, les conversations vives de Minette et les mélodies qu'elle jouait au piano. À tout cela s'ajoutaient désormais les miaulements des chatons, les rires de Phillip et le bruit de ses galopades dans les couloirs. La maison avait toujours été colorée, mais jamais aussi bruyante, vivante et heureuse, comme devait l'être un vrai foyer. Decimus Pryor faisait partie de ce tout. Il était là au quotidien, participant à l'agitation, lui apportant plus de chaleur, de rires et de joie.

Ella aurait voulu qu'il en soit ainsi pour toujours, mais ce n'était pas possible. Les chatons grandissaient, les enfants aussi, et rien ne restait figé, même pas pendant un mois et encore moins pour toute la vie.

Les derniers jours de novembre s'écoulèrent, l'automne touchait à sa fin. L'échéance du dernier accord conclu avec Pryor se profilait. Plusieurs fois, alors qu'ils se trouvaient dans la chambre rouge et or, pendant l'accalmie qui suivait leurs ébats et avant qu'il s'habille pour partir, Pryor avait paru sur le point de dire quelque chose d'important. Puis il avait soupiré, sans prononcer un mot.

Ella savait ce qu'il souhaitait lui demander. C'était ce qu'elle avait souvent murmuré pour elle-même.

Pourrions-nous prolonger notre liaison ?

Pryor lui laissait le soin de faire cette proposition. Il se comportait en gentleman, il ne forçait rien.

Le 28 novembre, après avoir passé un après-midi à se déguiser dans la salle des costumes d'Arthur alors que la pluie frappait les carreaux, après avoir dîné en famille et joué aux jonchets dans le salon, et après que Phillip était monté se coucher, les chatons sur les talons, tandis qu'Arthur et Minette se chamaillaient pour savoir qui lui lirait une histoire, Ella ramassa les bâtonnets en bois et lança :

— Voulez-vous monter ?

C'était ce soir ou jamais. Ce soir, elle aborderait le sujet qu'ils évitaient depuis une semaine. Elle tenterait de renégocier leur accord.

Cette fois, elle ne se contenterait pas d'un seul mois de prolongation. Elle serait plus audacieuse, plus assurée, plus ambitieuse. Elle proposerait de prolonger leur liaison jusqu'à la fin de l'hiver.

Ils auraient trois mois entiers devant eux.

29

Pendant tout le temps qu'avait duré son mariage, Ella avait considéré les relations sexuelles comme une corvée, un devoir auquel elle devait se soumettre comme toutes les épouses du monde. C'était un rituel nocturne imposé par son mari, et elle n'était que le réceptacle passif de sa semence. Elle avait eu un choc en découvrant que l'amour physique pouvait être non seulement agréable, mais aussi varié. Après quatre amants, Ella avait pensé être au fait de tout ce qu'il y avait à savoir sur le sexe.

Elle s'était trompée.

Avec Decimus Pryor, cela ne ressemblait à rien de ce qu'elle avait expérimenté. Même au cours du premier mois, quand il s'était montré peu enclin à céder le contrôle, l'amour avait été plus léger, plaisant et insouciant avec lui qu'elle ne l'aurait cru possible. Mais une fois qu'elle avait aussi pris l'initiative de ce qu'ils faisaient ensemble, c'était devenu encore autre chose, une exploration des limites et des désirs, une aventure intime.

Le soir où, pour s'amuser, elle avait enroulé des bas autour de ses poignets et l'avait attaché aux montants du lit, la réaction de Decimus les avait surpris tous les deux. Son membre viril s'était tendu désespérément, en proie à un désir fou. Cette révélation leur avait apporté beaucoup de plaisir dans ce lit.

Prendre le contrôle de la situation, le voir la supplier et avoir la possibilité de lui offrir un orgasme renversant était exaltant. Quand il était allongé, impatient, et lui permettait de faire ce qu'elle voulait, quand toute sa force était retenue par ces fins liens de soie… l'effet était plus grisant qu'elle ne l'avait imaginé. Elle exultait, et lui aussi.

Mais il n'y avait pas que le plaisir sexuel. Quand Decimus la laissait lui attacher les poignets, qu'il se mettait en état de vulnérabilité… c'était un acte de capitulation. Et cela lui donnait envie de le protéger, alors même qu'elle l'avait attaché. Elle était à la fois tendre et dominante, elle le maîtrisait et le chérissait.

Ce soir, l'atmosphère était douce, mais espiègle et assez intense. Ella monta à califourchon sur lui, mais elle ne lui lia pas les poignets. Elle lui plaqua les épaules sur le lit et le regarda sombrer dans le plaisir.

Ensuite, ils demeurèrent enlacés sous les draps froissés. La chambre était un havre de paix, la lueur de la bougie y projetait des ombres, le silence de la nuit n'était troublé que par le bruit de leurs respirations qui s'apaisaient lentement. Ella caressa du bout du doigt la peau luisante de sueur de Decimus, se prélassant, somnolente, dans la chaleur du moment, après l'excitation et l'orgasme.

D'autres émotions vinrent se joindre à sa satisfaction. La tendresse, l'affection, une complicité qui dépassait l'union physique de deux corps. Ce qu'elle éprouvait, ce n'était pas de l'amour, bien entendu, mais… une sorte d'amitié, de l'attachement et de la confiance.

Ella fit descendre son doigt sur son bras musclé. Comme il était étonnant que cet homme soit devenu l'un de ses plus proches amis, l'un de ceux dont la présence lui était de plus en plus nécessaire, quelqu'un dont elle guettait chaque jour l'arrivée, qui lui manquait une fois qu'il était parti, qui rendait sa vie plus belle, plus heureuse, plus lumineuse !

C'était le moment. Elle s'assit.

— Decimus ?

— Oui ?

Son sourire était doux et gentil, très loin du sourire moqueur qu'elle lui avait vu naguère.

— J'ai réfléchi... Pourquoi ne pas continuer jusqu'au printemps ?

Le sourire de Dex disparut.

— Si vous voulez bien, ajouta-t-elle aussitôt. Si vous préférez ne pas prendre un tel engagement, je comprendrai.

Decimus s'assit également et lui saisit la main.

— Cela me convient. Je serai très heureux de continuer ainsi jusqu'au printemps.

Soulagée, Ella sentit sa gorge se serrer.

— Oh, c'est bien, parvint-elle à murmurer.

— Parfait.

Decimus tenait toujours sa main. Leurs doigts s'entrecroisèrent.

— Éloïse... J'ai réfléchi aussi.

— Oh ? dit-elle avec un brin d'espoir.

Souhaitait-il également une relation à long terme ? Ils étaient remarquablement en phase tous les deux. Elle n'aurait jamais cru qu'une telle harmonie soit possible entre un homme et une femme. Il était donc probable qu'ils souhaitent la même chose.

Decimus se mordit les lèvres et l'observa à travers la frange noire de ses cils. En général, ce genre de regard était suivi par un baiser et une cabriole dans le lit, mais il n'y avait rien de malicieux dans la façon dont il la contemplait. Il semblait hésitant, sur ses gardes, et même un peu timide.

— Nous pourrions continuer au-delà du printemps, si vous le souhaitez ?

Elle eut l'impression que sa tension se dissipait. Ils parlaient le même langage, comme s'ils étaient reliés par un fil invisible.

— Oui, c'est ce que je souhaite, déclara-t-elle.

C'était le milieu de la nuit, mais il y avait du soleil dans le cœur d'Ella.

Toutefois, le sourire de Decimus était encore un peu réservé, inexplicablement timide.

Il inspira profondément et demanda :

— Éloïse... Voulez-vous m'épouser ?

30

Ella retira vivement sa main et descendit du lit.

— Non ! Je suis désolée, Decimus, mais c'est non. Jamais !

Elle ramassa sa chemise sur le sol et la plaqua contre sa poitrine, dans une tentative ridicule de cacher son corps alors qu'ils venaient de s'unir intimement dans ce lit. Son cœur battait à tout rompre.

Decimus se leva également.

— Éloïse...

— Pourquoi diable voudriez-vous m'épouser ? lança-t-elle d'un air furieux.

— Parce que je vous aime, répondit-il simplement.

— Eh bien, je ne veux pas que vous m'aimiez ! Je ne veux pas d'un homme !

Ella enfila rapidement la chemise de lin froissée.

— Je ne veux pas vous épouser. Je ne veux pas d'un autre mari.

Decimus resta calme.

— Je le vois bien. Je vous demande pardon. Je vous prie d'accepter mes excuses.

Il ne fit pas mine de se couvrir. Sa nudité n'avait rien d'érotique. Il semblait sans défense à la lueur de la bougie, comme si elle pouvait le transpercer par ses mots.

Sa vulnérabilité, cette impression de défaite, cette mélancolie... Ella savait qu'elles étaient dangereuses.

Les hommes détenaient toujours plus de pouvoir que les femmes. Ils prenaient, exigeaient, enfermaient. Et si elle était assez folle pour se laisser attendrir, elle se retrouverait dans la même prison que celle à laquelle elle avait échappé six ans plus tôt.

Elle était tentée de le réconforter, de prononcer les mots qu'il espérait entendre, mais sa raison l'en empêchait. La dernière chose qu'elle désirait, c'était de s'enchaîner à un autre mari.

— Je pense qu'il vaut mieux mettre un terme à cette liaison, annonça-t-elle avec raideur.

Decimus ne chercha pas à discuter. Il hocha simplement la tête en pinçant les lèvres.

Ella le contourna d'un pas vif, presque en courant, ouvrit la porte du cabinet de toilette et la fit claquer derrière elle. Son cœur battait fort sous l'effet de la panique, comme si elle venait d'échapper de justesse à un piège.

La porte n'était pas munie de verrou. Elle s'adossa au battant en pesant de tout son poids, les muscles tendus. Ce cabinet de toilette et la chambre voisine aux tons de soleil levant constituaient son refuge, le lieu où elle se sentait en sécurité. Elle ne laisserait jamais Decimus Pryor y entrer, pas plus qu'elle ne le laisserait pénétrer dans son cœur.

Elle tendit l'oreille, mais n'entendit rien. Au bout d'un long moment, elle perçut le froissement de vêtements qu'on enfilait, puis des pas qui s'éloignaient. Ceux-ci se dirigèrent vers la porte donnant sur le corridor qui menait à l'escalier puis à la rue.

Ella se détendit, submergée par le soulagement. Fermant les yeux, elle posa le front contre le battant froid, écoutant Decimus Pryor sortir de son existence.

Si des pas avaient pu être tristes, étouffés et désespérés, ceux-là l'auraient été. Si des oreilles avaient pu se sentir coupables d'écouter, alors les siennes auraient éprouvé ce sentiment.

Elle n'avait jamais envisagé que Decimus puisse tomber amoureux. Ce n'était pas possible. C'était un débauché, capable de ressentir de l'affection et du désir, mais certainement pas de l'amour ?

C'était impensable.

Mais l'impensable s'était produit, et il avait probablement le cœur brisé.

Elle eut l'impression que son cœur se brisait aussi, non parce qu'elle aimait Decimus, mais parce qu'elle lui avait fait du mal.

Ce pincement dans sa poitrine, c'était du regret. Elle n'avait pas eu l'intention de le faire souffrir. Et, cette nuit, elle n'avait pas seulement perdu un amant, elle avait aussi perdu l'un de ses amis les plus proches.

31

Ella ne parvint pas à s'endormir avant l'aube. Elle s'éveilla fort tard, accablée d'une torpeur morne, le cœur vide et furieuse envers M. Pryor, qui était coupable à ses yeux d'avoir tout gâché. Elle savait qu'elle était injuste. Ce n'était pas sa faute s'il était tombé amoureux, mais elle aurait préféré que ce ne soit pas le cas.

Elle se leva sans entrain et se lava le visage. Toujours sans le moindre enthousiasme, elle laissa Hedgepeth l'habiller. Puis elle s'observa dans le miroir. Sa robe avait la teinte chaude du safran mais, à l'intérieur, Ella se sentait brune comme les feuilles mortes au fond d'un caniveau et grise comme les nuages porteurs de pluie.

Ella se secoua, agacée. Elle était de la couleur bleue du ciel printanier, du vert de l'herbe fraîche et du jaune des boutons d'or, car elle était indépendante et libre. Elle menait la vie qu'elle avait choisie, la vie qu'elle avait eu la chance de pouvoir choisir. Peu de femmes étaient aussi privilégiées qu'elle. Elle avait hérité de la fortune de tante Clara, de celle de Francis, et elle avait l'argent de son père. Elle avait donc la liberté, l'indépendance, la richesse, elle était protégée par le titre de son défunt mari… et, par-dessus tout, elle avait Minette, Arthur et Phillip.

Ella se lança un regard de défi dans le miroir. *Ma vie, mon choix.*

Elle descendit dans la salle du petit déjeuner qui, à cette heure tardive, était vide.

L'un des valets lui apporta une corbeille de brioches et une théière. Ella se servit une tasse de thé. Au bout de quelques minutes, elle saisit une brioche et la déposa dans son assiette.

Puis, avec un soupir, elle prit sa tasse et but son thé.

Elle n'avait pas bien géré la situation la nuit précédente.

Decimus Pryor lui avait offert son cœur sur un plateau et, au lieu de le lui rendre gentiment mais fermement, elle le lui avait jeté au visage avant de s'enfuir.

C'était sans doute la pire chose qu'elle ait jamais faite à quelqu'un. En tout cas, si elle avait déjà été plus cruelle, elle ne s'en souvenait pas.

Il fallait qu'elle lui présente des excuses, mais pas en tête à tête. Elle ne pourrait pas le supporter. Certes, il serait gênant et douloureux d'écrire des excuses, mais ce serait mille fois moins difficile que de se retrouver face à lui.

Ella soupira encore en sirotant son thé, posa sa tasse, rompit la brioche et décida qu'elle n'avait pas faim. Elle repoussa son assiette, mais ne parvint pas à rassembler assez d'énergie pour se lever et partir à la recherche d'Arthur, de Minette et de Phillip.

Elle se massa le front en sentant poindre un mal de tête. Decimus Pryor était l'une des personnes que Phillip aimait le plus au monde. Le garçon serait dévasté s'il perdait cet ami.

Cette maison n'était pas seulement la sienne, elle appartenait également à Arthur et à Minette. C'était leur foyer et celui de Phillip. S'ils voulaient que Pryor leur rende visite, et si celui-ci le souhaitait aussi, il devait être le bienvenu. Car il était leur ami. Et aussi celui d'Ella, si l'amitié était envisageable après ce qu'elle lui avait fait. Mais il ne pourrait plus venir en tant qu'amant, elle le lui expliquerait clairement dans sa lettre.

Avec un autre soupir, elle avala une gorgée de thé. Puis elle s'aperçut que la brioche contenait de la confiture de mûres. Le jus avait coulé sur l'assiette, d'un rouge si profond qu'il était presque noir. Cela ressemblait à un cœur qui saignait.

Ella détourna les yeux, repoussa sa chaise et se mit à la recherche d'un coin tranquille et de papier à lettres.

Minette la trouva dans le petit salon dont les fenêtres donnaient sur le jardin arrière, alors qu'elle peinait à écrire la lettre la plus difficile de son existence.

— Est-ce que tout va bien, *ma chère** ?

Ella soupira et posa sa plume. Elle n'avait pas plus envie d'avoir cette conversation que d'écrire à Decimus Pryor, mais elle ne pouvait y échapper. Ensuite, elle aurait la même conversation avec Arthur. Elle soupira de nouveau. Elle n'avait rien fait d'autre que soupirer pendant toute la matinée.

— J'ai mis fin à ma liaison avec Pryor.

— Quoi ? Mais pourquoi ?

Minette alla vers elle dans un tourbillon de soie vaporeuse, le visage crispé par l'inquiétude.

— S'est-il passé quelque chose ? Vous êtes-vous disputés ?

— Non, il n'y a pas eu de dispute. Il...

Il lui parut déplacé de raconter à Minette ce qui s'était passé. Pryor n'aimerait sûrement pas que quelqu'un d'autre en soit informé, n'est-ce pas ? Non seulement par fierté, mais aussi parce que, en la demandant en mariage et en lui faisant une déclaration d'amour, il avait mis son âme à nu. C'était un moment extrêmement intime qu'elle ne pouvait divulguer.

Minette se méprit sur la cause de son hésitation et s'emporta.

— Vous a-t-il fait du mal ? Vous a-t-il frappée ? Mon Dieu ! Je n'aurais jamais cru cela de lui !

— Non, il ne m'a pas frappée, voyons.

— Alors, quoi ? Je pensais que vous vous entendiez très bien. Je ne comprends pas.

Ils s'entendaient en effet très bien, plus qu'Ella ne l'aurait cru possible.

Elle éprouva une vive bouffée de colère envers Decimus Pryor. Pourquoi lui avait-il demandé sa main ? Pourquoi avait-il détruit une si belle amitié ? Pourquoi avait-il tout gâché ?

Mais sa colère était injuste, elle le savait, car l'amour était un sentiment qu'on ne pouvait contrôler.

Elle soupira pour la centième fois de la matinée et pressa les doigts contre ses tempes douloureuses.

— Il voulait une chose, et j'en voulais une autre.

— Ah.

L'expression de Minette s'adoucit, et elle s'assit à côté d'Ella.

— Il voulait rompre ? *Ma pauvre chérie**, je ne l'aurais pas cru. Il paraissait… comment dire ? Tellement épris.

— Il l'était, et il l'est toujours. Il… il voulait que notre liaison se prolonge, mais de façon permanente.

Minette fronça les sourcils, comme si elle ne comprenait pas la signification de « permanente ».

— J'aurais aimé connaître ce que vous avez eu avec ma tante, expliqua Ella. Une liaison à long terme. Mais il voulait… quelque chose de plus.

L'expression de Minette s'éclaira, et elle se pencha en avant.

— Le mariage ? Vous a-t-il demandé votre main ? *Mon Dieu* !*

Confuse, elle se renversa contre le dossier de sa chaise.

— Mais c'est exactement ce que nous avions, Clara et moi ! enchaîna-t-elle.

— Non, pas tout à fait, ce n'était pas officiel. Ma tante ne prenait pas toutes les décisions à votre place. Vous n'étiez pas considérée comme un meuble. Vous auriez pu partir, si vous en aviez eu envie.

Minette hocha la tête d'un air résolu.

— J'ai choisi de me marier. Nous avons échangé nos vœux en privé. Ce n'était pas dans une église, nous n'avions pas de licence spéciale, mais pour Clara et moi, c'était un mariage.

Ella hocha la tête à son tour.

— Vous auriez pu la quitter. Vous étiez libre.

— Je n'aurais jamais pu partir. Clara était ma meilleure amie, pourquoi l'aurais-je quittée ?

— Si elle vous avait traitée comme l'une de ses possessions, comme un animal domestique ou comme un enfant, vous seriez partie ! Si elle avait contrôlé vos dépenses, pris toutes les décisions et essayé de vous enfermer dans une cage, vous seriez partie !

Minette écarquilla les yeux.

— Une cage ? Est-ce que Francis...

— C'est une métaphore.

— Ah bon, répondit sagement Minette. Mais bien entendu, Clara ne faisait rien de tout cela, et moi non plus. Nous nous aimions.

Elle inclina la tête de côté en fronçant les sourcils.

— Vous n'avez pas émis d'objection quand j'ai épousé Arthur.

— Parce que vous êtes amis. Aux yeux de la loi, vous lui appartenez, mais il n'abusera pas de son pouvoir.

— Vous pensez que M. Pryor en serait capable ?

Non, elle ne le pensait pas, mais elle ne lui donnerait jamais la possibilité de le faire.

— La question n'est pas là. Je n'ai pas l'intention de me remarier.

— Un mariage d'amour n'a rien à voir avec un mariage arrangé.

— Je ne suis pas amoureuse de Decimus Pryor, déclara Ella avec raideur.

— Non ? Pourtant, vous vous tournez vers lui comme une fleur se tourne vers le soleil.

— Non, c'est faux !

Minette pinça les lèvres, ne paraissant pas convaincue.

— C'est un ami, rien de plus. Mon cœur est incapable d'aimer.

Ella reprit la plume et la trempa dans l'encrier.

— Non ? répliqua Minette. Néanmoins, je pense que vous aimez Phillip.

— Je parlais d'amour au sens romantique. Je ne suis pas capable d'éprouver ce genre de sentiments.

Bon sang ! Elle venait de casser la pointe de sa plume.

Elle eut envie de la jeter par terre. Au lieu de cela, elle la reposa soigneusement sur la table.

— Vous me cherchiez pour une raison spéciale ? J'ai une lettre à écrire.

Le regard de Minette se posa sur la feuille de papier. En haut de la page, on voyait clairement qu'elle avait fait plusieurs essais pour trouver la salutation adéquate. Elle avait barré *Cher monsieur Pryor* ainsi que *Monsieur Pryor* et *Cher Decimus*. Elle s'était finalement décidée pour *Decimus*, reconnaissant l'intimité de leur relation tout en omettant un quelconque adjectif affectueux.

— Je n'ai pas été très polie avec lui, hier soir, avoua Ella. Il faut qu'il sache qu'il peut continuer de rendre visite à Phillip.

Minette écarquilla les yeux, l'air effarée. Elle n'avait pas envisagé que Pryor puisse complètement renoncer à venir à Old Burlington Street.

— Mais il doit continuer à nous rendre visite ! Je vais lui écrire immédiatement pour le lui dire. Phillip serait bouleversé s'il perdait un aussi bon ami.

Minette se leva et se dirigea en hâte vers la porte. Puis elle se retourna soudainement et lança à Ella un regard perçant.

— Et je pense que vous seriez bouleversée vous aussi de perdre un si bon ami, *ma chère**.

En réalité, Ella était déjà bouleversée de perdre l'amitié de Pryor et de perdre un amant. Decimus Pryor était quelqu'un d'exceptionnel, d'irremplaçable. Elle ne trouverait jamais un autre homme tel que lui.

— Je n'ai pas besoin d'un homme pour être heureuse. Je peux être heureuse toute seule.

Elle ouvrit un tiroir, cherchant une nouvelle plume.

Minette eut un petit grognement hautain.

— N'importe quel imbécile peut vous donner du plaisir, mais de l'amour, non !

Ella referma brutalement le tiroir.

— Ce n'est pas ce que je...

Mais Minette était déjà partie, pressée d'aller rédiger sa lettre à Decimus Pryor.

Ella poussa un profond soupir. Son mal de tête empirait, et elle posa les doigts sur ses tempes.

— Quel ennui...

32

— Un gentleman désire vous voir, monsieur.

Dex leva les yeux de la lettre d'Éloïse Fortrose.

— Je ne suis là pour personne.

Avec un petit grognement, Hicks se retira.

Dex relut la missive en l'inclinant vers la lumière qui filtrait par la fenêtre. Il aurait voulu que son message soit différent, mais il avait beau la lire encore et encore, les mots restaient les mêmes.

Hicks revint et lui présenta une carte de visite, avec autant de finesse qu'un boucher vous mettant sous le nez un morceau de viande avariée.

— Il insiste, monsieur.

— Je vous dis que je ne suis là pour personne ! s'exclama Dex dans un brusque accès de colère.

Puis il arracha la carte des mains de Hicks, avec l'intention de la jeter à l'autre bout de la chambre.

Le nom inscrit dessus attira son attention.

M. Arthur Blake.

Dex froissa la carte entre ses doigts, et le bristol lui entama la chair. Il voulait dire à Hicks d'envoyer Blake au diable. Mais s'il apportait des nouvelles d'Éloïse ? Si elle avait changé d'avis ?

Il laissa tomber la carte sur le sol, replia la lettre pour cacher tous ces mots d'excuses indigestes et se décida à sortir de son lit.

Il se rasa à la hâte, s'habilla et découvrit en entrant dans le salon que Blake avait apporté une autre lettre.

Celle-ci ne venait pas d'Éloïse, mais de Mme Blake. Elle exprimait ses regrets concernant la tournure qu'avaient prise les événements et l'invitait à passer voir Phillip dans l'après-midi.

En proie à une douloureuse déception, Dex replia la lettre.

— Remerciez madame de ma part, mais...

— Je joins mon invitation à la sienne, dit Blake. Phillip m'a parlé toute la matinée de ce fameux cheval à bascule.

Dex hésita. Il avait promis à Phillip de peindre des rayures de zèbre sur son cheval à bascule cet après-midi. Il ne voulait pas décevoir l'enfant, mais son cœur saignait abondamment. Mettre le pied dans la maison d'Old Burlington Street n'était pas envisageable aujourd'hui, ni demain, ni n'importe quel jour à venir.

— Je suis conscient que la situation est un peu embarrassante en ce moment, continua Blake avec franchise. Mais je veux que vous sachiez que vous serez toujours le bienvenu chez nous. Je vous considère comme un ami, et Minette également. Nous serions très peinés si vous arrêtiez vos visites, et mon petit-neveu...

Blake posa un genou à terre.

Il y eut un instant de silence – un silence horrifié du côté de Dex. Puis Blake plaqua une main sur sa poitrine et l'implora :

— Pryor, je vous supplie de ne pas cesser de rendre visite à Phillip.

Dex devina à sa voix que Blake jouait la comédie. Il perçut le moment exact où la scène bascula dans le ridicule. Avec un temps de retard, il remarqua la lueur dans le regard de l'acteur, une lueur sincère, passionnée, mais aussi un peu espiègle. Les comédiens étaient toujours mélodramatiques.

Dex leva un instant les yeux vers le plafond. Quand il les reposa sur Blake, celui-ci était toujours agenouillé, une main sur le cœur.

— Pour l'amour du ciel, relevez-vous.

— Vous viendrez ?

Dex poussa un soupir.

— Je viendrai, concéda-t-il avec un brin de réticence.

— Tout de suite ?

Il était presque 14 heures, l'heure à laquelle il se présentait généralement chez Éloïse Fortrose, et il avait promis à Phillip de peindre ce cheval à bascule.

— Tout de suite, marmonna-t-il avec encore plus de réticence.

S'il était malaisé de composer avec des comédiens trop théâtraux, se retrouver face à Éloïse Fortrose se révéla être une épreuve infiniment plus redoutable. La jeune femme pénétra dans la bibliothèque alors que Dex, Blake et Phillip préparaient le matériel de peinture.

— Monsieur Pryor ? Puis-je échanger rapidement un mot avec vous ?

Ses manières étaient gracieuses, et son sourire aussi figé que celui du cheval de bois.

Dex tapota l'épaule de Phillip.

— Je reviens dans quelques minutes.

Il suivit Éloïse dans le corridor et ils entrèrent dans un salon. Son angoisse grandissait à chaque pas. Il était tendu, en proie à une terrible nausée.

Il alla se camper devant la cheminée où, le cas échéant, il pourrait au moins vomir sur les carreaux de pierre et épargner le tapis.

Éloïse ferma la porte et pivota vers lui. Elle tenait les mains croisées devant elle, tel un petit bouclier qu'elle brandissait pour se protéger. Son sourire de façade avait disparu. Elle était plus pâle que d'habitude, son teint était cireux, ses lèvres pincées. Son regard rencontra le sien pendant une fraction de seconde, puis se posa sur son épaule. Elle inspira et sembla prendre son courage à deux mains.

— Je vous demande pardon pour mon comportement d'hier soir. Mon impolitesse est inexcusable.

— Il n'y a rien à pardonner, répondit Dex d'un ton aussi compassé que le sien. C'est à moi de vous présenter des excuses. Je ne me doutais pas que ma demande serait aussi déplaisante pour vous. Pardonnez-moi, je vous prie. Je n'avais pas l'intention de vous offenser.

Elle croisa une fois de plus son regard, puis se détourna.

— Vous ne m'avez pas offensée, monsieur Pryor. Je suis désolée si c'est ce que vous avez cru.

S'il ne l'avait pas offensée, il l'avait horrifiée. Elle avait littéralement pris ses jambes à son cou.

— Je suis consciente que vous m'avez fait un grand honneur, poursuivit-elle, les yeux toujours rivés sur son épaule. Mais je n'ai nullement l'intention de me remarier.

Oui, elle avait été très claire sur ce point la veille. Dex aurait préféré le savoir avant d'ouvrir stupidement la bouche.

Le regard d'Éloïse passa sur son nez et se fixa sur le manteau de la cheminée, derrière lui.

— Je suis désolée d'avoir répondu aussi brusquement. Mon comportement était inadmissible.

— Vous avez été surprise.

— Ce n'est pas une excuse. Je vous prie de croire que mon intention n'était pas de vous causer de la peine.

— Et la mienne n'était pas de vous mettre dans l'embarras.

— J'ai énormément d'estime pour vous, en tant qu'ami, dit-elle en s'adressant au manteau de la cheminée.

Ou peut-être à l'horloge qui faisait entendre son tic-tac régulier.

— Mais je regrette de ne pouvoir répondre à vos sentiments.

Dex le regrettait aussi.

— Je vous remercie d'être venu voir Phillip aujourd'hui. J'espère que vous continuerez à le faire.

— Vraiment ? demanda-t-il avec brusquerie.

Éloïse observa son visage. Pendant une seconde, il soutint son regard, puis elle se détourna.

— Oui, vraiment. Il a déjà perdu assez de gens dans sa vie. Je serais fâchée qu'il vous perde aussi, à cause de moi.

— Il ne me perdra pas.

— Merci.

Un silence gêné s'installa. Le tic-tac de la pendule parut plus sonore.

— Je devrais regagner la bibliothèque.

— Bien sûr, répondit-elle en allant ouvrir la porte. Je suis réellement désolée pour ma réaction d'hier soir, ajouta-t-elle alors qu'il passait devant elle. Je n'avais pas l'intention d'être cruelle, je vous prie de me croire.

Dex pivota vers elle.

— C'est oublié, déclara-t-il.

Ce n'était pas vrai, les événements de la veille étaient imprimés au fer rouge dans son âme, mais c'était ce qu'il fallait dire pour être poli.

Le regard d'Éloïse effleura son menton et se posa sur sa cravate. Sa main, crispée sur la poignée, était blanche.

— J'espère que nous pourrons rester amis, annonça-t-elle d'un ton formel.

Là encore, c'étaient des mots de politesse qu'il convenait de prononcer.

— Je l'espère aussi.

Il s'inclina avec courtoisie, grimaça un sourire qu'elle ne vit pas car elle était toujours concentrée sur sa cravate, et il repartit vers la bibliothèque.

Derrière lui, la porte se ferma avec un *clic*.

Éloïse était partie se réfugier dans le salon, loin de lui.

33

Dex s'arrêta dans le couloir et poussa un long soupir. Cette conversation avait été sans l'ombre d'un doute la plus douloureuse de toute son existence.

Il demeura un moment silencieux, essayant de réguler sa respiration. L'appréhension s'était muée en un sentiment d'abattement dans son cœur, dans sa poitrine, dans ses membres, dans ses poumons. Son estomac était lourd aussi, il avait toujours la nausée. Peut-être allait-il vomir, non d'anxiété, mais de mortification. Il ne s'était encore jamais senti aussi mortifié. Mortifié que son amour soit rejeté, que sa demande ait fait fuir Éloïse, qu'elle ne soit pas capable de soutenir son regard. Il allait devoir annoncer à sa mère qu'il avait essuyé un refus retentissant. Et aussi à son père, à son oncle et à son grand-père.

Dex émit un grognement sourd.

Pourquoi diable leur en avait-il parlé ? Qu'il se confie à sa mère, soit, mais il n'avait aucune raison de le dire à qui que ce soit d'autre.

Aucune raison, si ce n'est qu'il avait été trop sûr de lui, trop certain que lui, un Pryor, petit-fils d'un duc, ne pourrait jamais être repoussé. Par conséquent, il allait devoir informer quatre personnes que ses espoirs étaient anéantis, et ces quatre personnes – au lieu d'une – auraient pitié de lui.

C'était, sans nul doute, une leçon salutaire.

Pourtant, il ne voyait pas les choses ainsi. Il avait le cœur brisé, éprouvait du chagrin et du désespoir. La vraie leçon était qu'il fallait être fou pour se laisser prendre dans les filets de l'amour. Il aurait dû se tenir sur ses gardes, savoir qu'il ne pouvait répondre à la proposition d'Éloïse Fortrose de poursuivre leur liaison par une demande en mariage. Cette liaison était amusante et frivole, c'était tout le contraire d'un engagement pour la vie. C'était aussi opposé que le jour à la nuit.

Il était impossible de retourner la situation à présent, Éloïse et lui ne retrouveraient jamais ce qu'ils avaient eu. Il avait gâché toutes ses chances avec elle. Il ne lui restait plus qu'à aller de l'avant.

Aller de l'avant signifiait continuer de fréquenter cette maison, faire comme s'il n'avait pas offert son cœur à quelqu'un qui n'en voulait pas, comme s'il n'était pas ravagé par le chagrin, comme s'il était l'ami d'Éloïse Fortrose et non son amant éconduit.

Cela signifiait être l'ami des Blake – ce qui était réellement le cas – et continuer de rendre visite à Phillip. Entre passer ses après-midi au club ou avec Phillip, il choisirait ce dernier, donc cela ne serait pas difficile.

Dex poussa un soupir à fendre l'âme et repartit avec une démarche pesante, aussi disgracieuse que celle de Hicks. Devant la porte de la bibliothèque, il poussa un nouveau soupir.

Phillip leva les yeux quand il entra, le visage rouge d'excitation.

— Nous sommes prêts, monsieur Dex !

Dex eut l'impression que ses jambes étaient moins lourdes quand il se dirigea vers la table où Phillip et Blake l'attendaient. Il remarqua tout le matériel qui y avait été disposé : de vieux draps, un assortiment de couleurs de chez Ackermann, des pinceaux et des chiffons.

— Cela me semble parfait, dit-il en ébouriffant les cheveux de l'enfant.

Avec un sourire radieux, Phillip se pencha vers un chaton qui tentait de grimper le long du drap.

Blake écarta l'animal et le déposa sur un fauteuil près du feu. Dex et Phillip s'attelèrent alors à transformer le cheval à bascule en zèbre. Un zèbre à bascule aux rayures jaunes et rouges, et aux sabots bleus.

Cela leur prit tout l'après-midi. Quand on vint fermer les rideaux et allumer les lampes, Phillip demanda :

— Resterez-vous pour dîner, monsieur ?

Faire de la peinture dans le confort feutré de la bibliothèque s'était révélé une activité étonnamment agréable. Mais dîner à la même table qu'Éloïse Fortrose, faire la conversation, s'obliger à manger…

— Non, pas ce soir.

Le visage de Phillip se décomposa.

— Mais vous viendrez demain, n'est-ce pas, monsieur ?

Blake leva les yeux du recueil de poèmes de Wordsworth et de Coleridge qu'il lisait dans un fauteuil près du feu.

— Oui, Pryor, vous viendrez, n'est-ce pas ?

— Oui, renchérit Mme Blake, assise au piano. Vous êtes toujours le bienvenu, monsieur Pryor.

Éloïse n'était pas là pour argumenter – elle avait évité la bibliothèque tout l'après-midi –, mais elle lui avait demandé de continuer ses visites à Phillip.

Dex jeta un coup d'œil au garçon, qui le dévisageait d'un air implorant. Impossible de ne pas céder.

— Je viendrai demain après-midi.

— Hourra ! s'écria Phillip en esquissant quelques joyeux pas de danse.

À son grand étonnement, Dex ne put s'empêcher de rire. Son rire fut saccadé, aussi bref qu'inattendu et vite réprimé, mais authentique.

Il tint parole et fut de retour le lendemain. Il resta plusieurs heures, déclina une autre invitation à dîner, mais promit de se présenter le jour suivant. Ce n'était pas seulement pour ne pas décevoir Phillip ; il ne voulait pas se décevoir lui-même. La joie qu'éprouvait l'enfant en sa compagnie était un baume sur son cœur sanguinolent. Les heures avec Phillip étaient les meilleures de la journée, de rares rayons de lumière dans la grisaille humide et pénétrante de la saison qui basculait lentement vers l'hiver.

Les chatons l'aidaient aussi. Ils auraient éclairé la pire des journées avec leurs ronronnements, leurs petits cris et leurs acrobaties.

Il voyait peu Éloïse, seulement quelques minutes par-ci, par-là. Si elle se trouvait dans la bibliothèque quand il arrivait, elle le saluait avec une extrême politesse et une certaine réserve. Puis, au bout de quelques minutes, elle s'éclipsait. Ils ne passaient plus l'après-midi à dessiner côte à côte, ne se lançaient plus ni fléchettes ni boulettes de papier, n'échangeaient plus de regards, ne riaient plus ensemble. Leur conversation se limitait à un « bonjour » poli. Après quoi, elle ajoutait « Je vous prie de m'excuser, j'ai une lettre à écrire… », « Je dois dire un mot à ma femme de chambre » ou encore « J'ai rendez-vous chez la couturière ».

Chaque fois qu'elle fuyait sa présence, il éprouvait le même sentiment de rejet. Pourtant, Dex persistait à venir, car Phillip était si heureux en sa compagnie, et lui aussi, qu'il lui était impossible d'y renoncer.

Quatre jours après qu'Éloïse Fortrose avait repoussé sa déclaration avec la plus grande fermeté, le bal des Oliphant eut lieu.

Dex avait déployé un soin tout particulier à esquiver ses engagements. Il n'avait pas écrit à ses parents, ni son oncle, ni à son grand-père pour les informer que sa demande en mariage avait été déclinée. Il avait décommandé un rendez-vous avec son tailleur, et un autre avec son chausseur. Il n'avait pas répondu à la dernière lettre de sa sœur. Après une visite à son club, qu'il avait trouvée terriblement ennuyeuse, il avait pris l'habitude de passer ses soirées dans sa chambre, feuilletant de façon décousue *Le Château d'Otrante* de Walpole.

Il aurait ignoré ce bal si, lorsqu'il avait croisé lord Oliphant deux semaines plus tôt, il ne lui avait pas promis d'assister à cette satanée réception.

Il revêtit donc le costume qu'il avait demandé à Hicks de préparer, enfilant chaque vêtement comme un chevalier les différentes pièces de son armure, et se rendit à Grosvenor Square sans le moindre enthousiasme.

Il arriva assez tard pour que tous les invités soient déjà entrés. La musique lui parvenait depuis le hall, une lointaine mélodie qui s'amplifiait au fur et à mesure qu'il avançait dans la demeure. Il se retrouva sur le seuil de ce que certains appelaient une salle de bal, mais qui était en réalité une sorte de foire où les mères se mettaient en quête de bons partis pour leurs filles, où des gentlemen peu recommandables cherchaient des proies moins chastes que des débutantes et où les coureurs de dot traquaient les héritières.

Une vague de chaleur l'atteignit, en même temps que des odeurs de parfums, de pommades et de transpiration. Les voix formaient un bruit de fond confus et sourd, telles des vagues s'écrasant sur la plage. Lady Oliphant devait être ravie, le bal était un succès – du moins, autant qu'un bal pouvait l'être au début du mois de décembre.

Dex marqua une pause à l'entrée de la salle. C'était son terrain de chasse, son environnement habituel. Alors pourquoi trouvait-il qu'il y avait trop de bruit, trop de lumière, trop de monde ? Pourquoi avait-il envie de retourner dans le hall, de demander son chapeau et de disparaître dans la nuit ? Quand diable s'était-il transformé en une personne réservée et solitaire ?

Agacé, Dex tira sur ses manchettes de dentelle et plongea dans la mêlée. En temps normal, il se serait pavané, mais ses jambes ne semblaient plus avoir une démarche aussi assurée qu'autrefois. Il se contenta donc de déambuler tranquillement.

Une main s'abattit soudain sur son épaule.

— Vigueur ! Où diable te cachais-tu ? Sous un rocher ?

Oui, sous le lourd rocher du rejet, fut-il tenté de répondre.

— Pas du tout, rétorqua Dex d'un ton léger, prenant un verre de punch sur le plateau qu'un valet lui présentait.

Dehors, c'était l'hiver. Dans cette pièce, c'était une chaude journée d'été. Les lustres étincelaient au-dessus de leurs têtes, et les musiciens n'étaient pas les seuls à avoir le front en sueur. Le verre de Dex était tiède. Il but une gorgée et s'aperçut que le punch manquait également de fraîcheur.

— Avez-vous entendu parler de la mésaventure de Bayton ? demanda son interlocuteur d'un ton guilleret. Il a perdu toute son écurie dans une partie de piquet avec Henderson.

Dex se moquait comme d'une guigne des chevaux de Bayton, mais il répondit en simulant un certain intérêt :

— Oh ? Il ne doit pas être content.

— Il est fou de rage ! confirma son compagnon avec entrain. Il n'a jamais été doué pour le piquet. C'était idiot de jouer contre Henderson.

Dex hocha la tête et s'efforça de ne pas chercher une chevelure blond pâle dans la foule.

Deux dandys s'approchèrent.

— Nous pensions que vous aviez quitté la ville, Pryor, dit l'un d'eux.

— Est-il vrai que vous avez rompu avec lady Fortrose ?

Non, ce n'était pas vrai. C'était elle qui avait rompu avec lui, mais sa fierté l'empêchait de l'admettre parce que sa réputation dans le monde en souffrirait.

— Nous nous sommes séparés d'un commun accord, dit-il avec une jovialité forcée avant d'avaler une grande gorgée de ce punch insipide.

Un débauché notoire vint se joindre au petit groupe.

— J'ai appris que vous étiez de nouveau en quête d'une proie, Vigueur ?

— Nous devrions peut-être l'appeler Finesse, à présent ? suggéra le premier dandy en ricanant.

Dex se balança sur ses pieds. Bon sang, où était passée son arrogance ?

— Vous vous trompez tous les deux, déclara-t-il avec hauteur. C'est Vigueur *et* Finesse.

Cette repartie suscita un joyeux éclat de rire.

— Je me demande qui sera le prochain à s'attaquer à la Forteresse, dit le deuxième dandy, pensif, en lançant un regard de biais au débauché notoire.

Ce dernier eut un sourire narquois.

Dex éprouva l'envie presque irrépressible de leur donner à tous deux un coup de poing sur le nez.

— Veuillez m'excuser, je vois quelqu'un à qui je souhaiterais parler.

Dex ne mentait pas, il avait repéré deux visages familiers dans la foule, les Blake, ce qui signifiait qu'Éloïse Fortrose ne devait pas se trouver loin.

Elle était bien là, comme le découvrit Dex moins d'une minute plus tard. Il venait à peine de déposer son verre de punch sur un plateau lorsqu'il tomba nez à nez avec elle. La vicomtesse douairière de Fortrose affichait un air froid mais était d'une beauté à couper le souffle dans sa robe de bal rouge comme un coquelicot, exactement de la même nuance que le gilet qu'il portait ce soir.

Dex songea qu'elle avait opté pour ce rouge vif pour la même raison que lui. C'était une sorte d'armure, afin de détourner l'attention de la haute société.

Il eut conscience que les conversations cessaient parmi les gens qui les entouraient. Des têtes se tournèrent, des coups d'œil furent lancés dans leur direction. Il se sentit oppressé et vit les muscles du visage d'Éloïse se crisper. Le sourire chaleureux dont elle le gratifia était aussi faux que le sien.

— Monsieur Pryor, quelle joie de vous croiser.

Dex s'inclina profondément.

— Tout le plaisir est pour moi, lady Fortrose.

Ils échangèrent quelques banalités sous les regards curieux, puis déambulèrent ensemble dans la salle, la main gantée de la jeune femme posée sur le bras de Dex. Puis ils se quittèrent avec des sourires hypocrites.

Rien n'obligeait Éloïse à discuter avec lui, mais il savait pourquoi elle avait fait cela. Elle confirmait en public qu'ils s'étaient séparés de façon amicale, et qu'elle ne l'avait pas mis à la porte de sa chambre. C'était un acte charitable de sa part, ainsi il pourrait garder la tête haute dans la bonne société. Ce trait de générosité était aussi cuisant pour lui qu'un coup de fouet, une autre humiliation à ajouter à une longue liste.

La même comédie se déroula trois jours plus tard à la réception des Winstanley, et encore cinq jours après à la soirée des Endicott. Lors d'une conversation pleine de sourires, ils échangèrent des amabilités pour montrer que leur liaison s'était bien terminée, une nouvelle morsure infligée à l'orgueil de Dex, déjà à vif.

Éloïse ne se contentait pas de parler avec lui, elle parlait aussi *de* lui, glissant çà et là quelques allusions à ses talents, comme elle lui avait promis de le faire au début de leur liaison. Dex n'avait jamais été aussi populaire auprès des jeunes veuves. Il avait dû repousser aussi plusieurs femmes mariées, ainsi que quelques débutantes audacieuses.

Nul doute que ces éloges étaient un acte de bonté supplémentaire, mais Dex aurait pu s'en passer. Il n'avait aucune envie de flirter, d'échanger des coups d'œil aguicheurs, de voler des baisers dans des alcôves secrètes.

Il quitta la soirée des Endicott assez tôt, après avoir échappé aux griffes de trois veuves, et erra sans but dans les rues pavées et luisantes d'humidité.

Il aurait pu faire le tour des tavernes, dilapider sa fortune au jeu, s'enivrer de bordeaux dans les salons de son club et inventer des défis absurdes pour les consigner dans le registre des paris. Il aurait également pu se rendre dans des bordels de luxe, dans l'espoir de retrouver son appétit sexuel.

Au lieu de cela, Dex rentra chez lui et se recroquevilla dans un fauteuil près du feu, comme une tortue dans sa carapace, avant de parcourir sans conviction les pages du roman de Walpole.

Il était le jouet des jeunes veuves, il avait la vigueur et la finesse, mais il n'avait pas envie de flirter ni de coucher avec une femme. Il n'avait même pas envie de se procurer lui-même du plaisir, ce qu'il aurait trouvé inquiétant s'il avait eu assez d'énergie pour s'en soucier.

Dex était nerveux, agité, maussade, et lisait des livres qui ne l'intéressaient pas. Il éprouvait un sentiment nouveau pour lui : l'ennui.

Il posa son livre et alla se coucher.

Le lendemain matin, son ennui ne s'était pas dissipé. Il entendit les pas lourds de Hicks venant ouvrir les rideaux, remplir le broc d'eau chaude, disposer le rasoir et une serviette sur la table de toilette. Puis son valet alla chercher des vêtements et les installa sur le fauteuil.

Dex ne voulait pas sortir du lit. Il ne voulait pas se raser. Il ne voulait pas s'habiller.

Il repoussa les draps avec un grognement.

— Bonjour, monsieur, grommela Hicks.

Même ce grommellement lui parut trop enjoué.

Dex s'extirpa du lit sans enthousiasme.

À quoi bon se débarbouiller et se brosser les dents ? À quoi bon se donner la peine de nouer une cravate autour de son cou ? Cela ne servait à rien, mais il le fit, car il l'avait toujours fait. Il prit son petit déjeuner, bien qu'il n'ait pas faim du tout, et lut le journal sans éprouver le moindre intérêt pour ce qui se passait dans le monde. Une fois cela terminé, il se sentit désœuvré. Aller faire une promenade à cheval sous la pluie froide de décembre ne lui disait rien. Il ne voulait pas se rendre à son club ni s'aventurer jusqu'à Tattersalls ou chez son tailleur. Il n'avait envie d'aller nulle part.

Il n'avait pas l'énergie d'écrire à sa sœur et de remplir une feuille d'anecdotes, de plaisanteries et de stupides petites caricatures.

Il ne souhaitait pas apprendre à ses parents qu'Éloïse Fortrose avait refusé sa demande, et il se sentait encore moins prêt à l'annoncer à son oncle et à son grand-père.

Le dessin avait toujours été son passe-temps de prédilection, mais il n'avait même pas le goût à dessiner.

Dex n'avait jamais souffert d'oisiveté mais, depuis treize jours, c'est-à-dire depuis le refus d'Éloïse Fortrose, il éprouvait une sensation de vide. Il aurait donné n'importe quoi pour avoir un but, une raison de sortir de sa chambre, quelque chose à faire de son temps.

Toutefois, quand la pendule indiqua qu'il était 14 h 15, il sut qu'il avait un but, une raison de sortir.

Il se rendit à Old Burlington Street en repoussant les gouttes de pluie et en faisant des bonds pour éviter les flaques. Il frappa à la porte et un valet l'escorta jusqu'à la bibliothèque.

— M. Pryor, annonça celui-ci.

Dex fit le tour de la pièce du regard. Il aperçut Phillip et les Blake, mais pas Éloïse. Sa tension disparut, mais la douleur dans sa poitrine s'accrut.

— Monsieur Dex ! s'écria Phillip en sautant à bas de son fauteuil.

Dex se pencha pour serrer l'enfant dans ses bras, et son cœur se gonfla de joie. L'espace d'une seconde, il fut partagé entre les larmes et le rire. Il choisit de rire et fit tournoyer Phillip.

— Qu'allons-nous faire aujourd'hui, mon cher Flip ? demanda-t-il en le reposant.

— Des pirates ?

Phillip le prit par la main et l'entraîna vers la table sur laquelle étaient étalés des livres, des encyclopédies, des cartes et des feuilles de dessin.

— Allons-nous les dessiner, ou nous déguiser en pirates ?

— Les deux !

Éloïse ne se joignit pas à leurs pitreries, mais cela ne faisait rien. Dex fut heureux de passer l'après-midi avec Phillip et les Blake, cela donnait un sens à sa vie. Il avait une raison de dessiner, de plaisanter, de faire l'idiot et de jouer à des jeux, une raison de faire rire les autres.

34

Ella se tenait devant la porte de la chambre d'Arthur. De l'autre côté de celle-ci se livrait une bataille. Elle entendait des cris, des « ohé », des « halte » et des rires. Les batailles de pirates n'avaient généralement pas lieu dans les chambres, mais celle d'Arthur était décorée d'une symphonie de bleus : cobalt profond, bleu tendre, smalt éclatant, gentiane, indigo et toute une palette de nuances s'entrelaçant. C'était une chambre aux allures de grotte marine, ce qui justifiait sans doute qu'elle ait été choisie comme champ de bataille pour la joyeuse escarmouche qui semblait s'y dérouler à l'instant même. Le lit à baldaquin était probablement le navire des pirates.

Ella fut tentée de jeter un coup d'œil dans la pièce. Elle voulait voir ce que manigançaient ces pirates.

L'un des chatons paraissait avoir envie de participer à la mêlée. Il grattait désespérément à la porte, mais le bruit de ses griffes était étouffé par le vacarme à l'intérieur.

Ella le prit dans ses bras.

— Les batailles de pirates ne sont pas pour les chatons, déclara-t-elle doucement. Tu risques de te faire écraser.

Quelqu'un, dans la chambre, se mit à chanter à tue-tête. Cela dura plusieurs secondes et se termina par des hurlements de rire.

Ella mourait d'envie de se joindre aux pirates, de jouer et de rire avec eux, mais elle se retira dans le salon d'hiver en emmenant le chaton.

Toutefois, le chaton ne souhaitait pas rester enfermé. Il gratta encore à la porte. Une fois libéré, il partit en gambadant dans le couloir à la recherche d'aventures.

Ella referma derrière lui en soupirant et s'approcha de la fenêtre battue par la pluie. Le jardin était sinistre avec ses branches nues et ses feuilles mortes.

En se concentrant, elle put apercevoir son reflet dans la vitre. On aurait dit qu'Ella était transparente, incolore.

Se détournant de la fenêtre, elle s'avança vers la cheminée, où l'attendait son petit coin douillet, avec ses livres, ses coussins et une théière fumante.

— Ma vie, mon choix.

Elle avait décidé de s'installer dans ce salon pendant que les autres jouaient aux pirates dans la chambre d'Arthur. C'était son choix.

Elle était libre, indépendante et *heureuse*.

Le lendemain, au moment où Decimus Pryor devait leur rendre visite, Ella se rendit chez Hatchards. Elle passa une heure à regarder les livres, escortée par un valet. Cela faisait partie de son travail de l'accompagner quand elle faisait des courses et de porter ses achats. Il était payé pour cela, ce qui n'empêchait pas Ella de se sentir coupable. Elle pouvait sans problème consacrer des heures à se cacher entre des étagères de livres, et c'était une terrible perte de temps pour son valet.

Au retour, Ella transforma les cinq minutes de marche qui la séparaient de chez elle en une promenade de plus d'une demi-heure comprenant un tour complet de Berkeley Square mais, là encore, c'était du temps perdu pour son valet. La pluie leur cinglait le visage, et une rafale soudaine les poussa sans ménagement vers la maison.

Quand ils entrèrent, un rire distant lui parvint aux oreilles. Qu'avaient donc inventé Phillip et Decimus Pryor cette fois-ci ?

Elle refusa de s'attarder dans le hall pour écouter. Pas question d'aller voir ce qui provoquait ces rires. Ella monta d'un pas ferme, pénétra dans son cabinet de toilette, puis échangea sa cape et sa robe trempées contre une ample robe de laine et un châle en cachemire. La robe était rouge framboise, et le châle avait la couleur du soleil levant, un rose légèrement teinté d'orange.

Ella lança un coup d'œil à son reflet dans le miroir. Sa tenue était gaie, mais son visage était terne et pâle, comme les statues de cire de Westminster.

De quelle couleur est mon cœur aujourd'hui ?

Il n'était pas rouge comme une framboise, ni orange et rose comme le soleil levant.

Si le mois précédent son cœur était comme une rose épanouie, à présent il n'était plus qu'un tas de pétales bruns et fanés.

Ella ricana pour elle-même. *Un tas de pétales de rose brunis ?*

— C'est ridicule, marmonna-t-elle en tournant le dos au miroir.

— Je vous demande pardon, madame ?

— Non, rien, Hedgepeth.

Et ce n'était vraiment rien. Elle était libre, indépendante, et elle menait la vie qu'elle avait choisie.

Ella descendit, le livre qu'elle avait acheté sous le bras. Il s'agissait de *Lettres écrites durant un court séjour en Suède, en Norvège et au Danemark*, de Mary Wollstonecraft. Quand elle passa devant la bibliothèque pour se rendre au salon d'hiver, un rire enfantin capta son attention.

Ella n'avait pas l'intention de s'arrêter, mais ses pieds s'immobilisèrent sans qu'elle leur en donne l'ordre.

La porte de la pièce était fermée, mais elle entendit quelqu'un parler de façon indistincte. Toutefois, elle reconnut immédiatement cette voix de baryton : c'était celle de Decimus Pryor.

Phillip lui répondit avec enthousiasme.

Ella se pencha vers le battant.

Pryor dit quelque chose. Phillip répondit encore. Une troisième voix retentit, celle d'Arthur. Il y eut une pause, puis ils se mirent à rire tous les trois.

Ella aurait tant aimé se trouver dans la bibliothèque et rire avec eux. Son cœur de pétales flétris en mourait d'envie.

— *Ma chère**, pourquoi restez-vous plantée dans le couloir ?

Ella sursauta brusquement. Le livre lui échappa et tomba sur le sol avec un bruit sourd. Elle pivota en pressant les mains contre son cœur.

Minette la regardait en haussant les sourcils, les yeux brillants de curiosité.

— La porte est-elle fermée à clé ?

— Oh, non ! Je ne faisais que passer, expliqua Ella en se baissant pour ramasser son livre.

— Vous devriez venir avec nous, dit Minette, la main sur la poignée de la porte.

— Une autre fois, peut-être.

Ella serra le livre contre sa poitrine et courut vers le salon. Malheureusement, Minette la suivit.

— Cette pièce est très confortable, dit-elle d'un ton approbateur.

En effet, les domestiques étaient déjà passés par là. Des lampes étaient allumées et répandaient une lumière chaude. Un feu crépitait dans l'âtre, et un plateau de thé était posé sur la table. De la vapeur s'échappait du bec de la théière. Ce salon était une oasis, paisible et douillette, à l'écart du monde, une pièce faite pour la solitude.

Minette alla s'asseoir sur le canapé, près du feu.

— Allons, dites-moi, pourquoi ne voulez-vous pas venir avec nous dans la bibliothèque ?

— Parce que je veux lire, répondit Ella en montrant le livre de Mary Wollstonecraft.

Minette accorda un bref coup d'œil au recueil.

— Rien ne vous oblige à vous exiler. Nous serions tous très heureux de vous avoir avec nous.

— Je ne m'exile pas, protesta Ella. J'ai envie d'être ici, c'est mon choix.

Sur ces mots, elle prit place dans le fauteuil, face à Minette.

— Vous évitez M. Pryor.

— Je le fais par égard pour lui, pas pour moi. Je me moque de le voir ou non.

— Ah ?

— C'est lui qui éprouve des sentiments, pas moi.

— Vous n'éprouvez rien pour lui ? J'ai l'impression que c'est le contraire, *ma chère**, sinon vous ne vous cacheriez pas dans ce salon.

— Je ne me cache pas, répliqua sèchement Ella. En réalité, c'était exactement ce qu'elle faisait. Elle croisa fermement les mains sur son livre et déclara :

— Je ne puis répondre aux sentiments amoureux de M. Pryor. Par conséquent, il me semble plus charitable de me soustraire à sa présence.

— Vous ne pouvez répondre à ses sentiments ? releva Minette en fronçant les sourcils. Je ne comprends pas toujours très bien l'anglais. Voulez-vous dire que vous n'en êtes pas capable, ou bien que vous refusez de le faire ?

Ella lui lança un regard noir.

Minette sourit tranquillement, souleva la théière et les servit toutes les deux.

— M. Pryor n'est pas un despote, dit-elle en plaçant la tasse de porcelaine chinoise devant Ella. Ce n'est ni Francis ni votre père. Et ce n'est pas une brute, comme le Norman de ma pauvre Clara.

Elle avala une gorgée de thé, puis reposa la tasse sur la soucoupe bleu et doré.

— Moi, je pense qu'il ferait un très bon mari.

Certainement, mais ce ne serait pas le sien.

— Je ne veux pas d'un autre mari. Je n'en ai pas besoin. Je suis libre et heureuse.

— Êtes-vous heureuse, ma chère ? Ce n'est pas mon impression.

Les yeux de Minette étaient aussi aiguisés que les couteaux dont la cuisinière se servait. Ella eut la sensation d'être transpercée, son cœur brun et fané coupé en deux et exposé au regard impitoyable de son amie.

Elle hocha la tête.

— Mais bien sûr que je suis heureuse !

Minette ne parut pas convaincue. Elle reprit sa tasse, but une gorgée, puis une deuxième et une troisième, avant de déclarer :

— Il est très rare de rencontrer une personne capable d'éclairer votre vie.

— Il n'éclaire pas ma vie ! Et je ne veux plus parler de cela.

Minette reposa sa tasse et haussa les épaules avec une élégance bien française.

— Comme vous voudrez.

Elle se leva, tapota la joue d'Ella, puis regagna la porte.

— Ne sciez pas la branche sur laquelle vous êtes assise, *ma chère**. Ce ne serait pas raisonnable.

35

Il y avait des limites à la procrastination que même Dex ne pouvait franchir. Quinze jours après la fin de sa liaison avec Éloïse Fortrose, il dut se résoudre, non sans une grande réticence, à écrire à ses parents pour leur annoncer que sa cour n'avait pas rencontré de succès.

Ensuite, il écrivit à son oncle. Au bas de cette brève missive, il ajouta : *Pourriez-vous, s'il vous plaît, en informer Grand-père ?*

Et ainsi, en un clin d'œil, l'épreuve qu'il avait tant redoutée fut derrière lui.

Toutefois, il ne fut pas soulagé d'avoir rédigé ces plis. Cela ne fit qu'assombrir son humeur. Le fait d'avoir appris la nouvelle à sa famille ne fit que mettre l'accent sur sa réalité. Il avait offert son cœur à Éloïse Fortrose, et elle n'en avait pas voulu. Elle l'avait repoussé et s'était enfuie, mais ils étaient les seuls, elle et lui, à savoir avec quelle force elle l'avait rejeté.

Dex écarta les lettres et referma l'encrier, puis se posta à la fenêtre. La pluie tombait sans cesse. Après avoir regardé pendant dix minutes les gouttes glisser sur les carreaux, il gagna la cheminée et remua mollement les braises. Enfin il s'affala dans le fauteuil, prit *Le Château d'Otrante*, jeta un coup d'œil à la page à laquelle il avait interrompu sa lecture et reposa le volume. Il scruta la pendule de la cheminée. Encore deux heures à attendre avant qu'il se rende à Old Burlington Street.

Il aurait pu faire un saut à son club.

Ou écrire à sa sœur.

Ou faire un somme dans son fauteuil, comme un vieil homme.

Dex opta pour cette dernière option. C'était la plus adaptée à son état léthargique et à son dégoût de la vie en général. Mais avant qu'il ait pu s'installer dans son fauteuil, on cogna énergiquement à la porte.

Dex ne connaissait qu'une seule personne capable de frapper avec autant d'insistance.

Avec un grognement, il finit par se lever.

Les coups reprirent, plus forts, secouant le battant.

Dex ouvrit. Son cousin, Ned, se tenait dans le couloir. Avec sa longue cape, il ressemblait à l'un des géants des *Voyages de Gulliver.*

— Formidable, tu es chez toi ! J'ai besoin de ton aide.

— Quelle bêtise mijotes-tu encore ? demanda Dex avec lassitude.

— Le fantôme du Cavalier de Londres. Le costume est à la bonne taille, mais il ne me paraît pas tout à fait ajusté.

— Je t'ai déjà dit que je ne t'aiderais pas à te faire passer pour un fantôme. Grand-père n'aimerait pas que…

— Je veux juste que le cavalier ait belle allure.

Ned sourit de toutes ses dents, un sourire qui n'inspirait aucune confiance à Dex.

— À quoi bon avoir ce costume et ne jamais l'utiliser ?

— Nous pourrions le remettre dans la malle où nous l'avons trouvé, suggéra Dex.

Ned fronça le nez.

— Depuis quand es-tu aussi rabat-joie ?

Sa remarque le piqua au vif, car elle était juste. Ce n'était pas parce qu'il broyait du noir qu'il devait empêcher les autres de s'amuser.

— Désolé. Je ne suis pas dans un bon jour. C'est à cause de la pluie, tu vois.

Il recula et fit signe à Ned d'entrer.

— Ce mauvais temps n'en finit plus, n'est-ce pas ? lança joyeusement Ned en s'ébrouant.

Dex referma la porte.

— Quand es-tu arrivé en ville ?

— Hier soir. Il m'a fallu deux jours et demi pour faire le voyage. Incroyable, non ? Je serais allé plus vite en bateau.

Ned ôta son chapeau de castor et le secoua, projetant de l'eau dans toute la pièce.

— Alors, tu veux bien m'aider ?

Dex hésita. Tant qu'il ne faisait pas voler le cavalier, il n'y avait pas de mal à aider son cousin, n'est-ce pas ?

— Je veux juste que tu m'aides à ajuster le costume. Je te promets de ne pas te demander...

Ned regarda autour de lui, comme s'il s'attendait à voir Hicks se cacher dans un recoin.

— ... tu sais quoi..., ajouta-t-il en soulevant la main pour faire allusion à son pouvoir de lévitation.

— D'accord. Laisse-moi enfiler mon manteau.

Ned le suivit dans la chambre, dégoulinant de pluie. Ses pas étaient encore plus lourds que ceux de Hicks.

Cela rassura Dex. Ned était un grand dadais tellement bruyant qu'il ne pourrait jamais marcher avec assez de discrétion pour se faire passer pour un fantôme.

Ned ouvrit une armoire, n'y dénicha que des gilets et la referma brusquement avant d'en ouvrir une autre et de passer en revue les redingotes.

— Hicks ! hurla-t-il. Où sont les pardessus ?

— Hicks est sorti, lui indiqua Dex en poussant son cousin pour prendre un manteau.

Cinq minutes plus tard, ils étaient à Piccadilly et se dirigeaient vers l'Albany, où Ned avait une suite.

L'Albany, naguère connu sous le nom de York House, avait été le logis du prince Frédéric jusqu'à ce que celui-ci, se trouvant en mauvaise posture financière, juge bon de s'en défaire. La demeure avait été divisée en plusieurs logements pour célibataires. C'était un dédale de halls, d'escaliers et de passages, mais les plafonds étaient hauts et les chambres spacieuses. Les femmes n'étaient pas autorisées à y pénétrer, et c'était la raison pour laquelle Dex n'avait pas cherché à y habiter. Il ne vivrait jamais dans un lieu où sa sœur ne pourrait lui rendre visite.

Ils abandonnèrent leurs manteaux trempés dans le vestibule, traversèrent le salon et entrèrent dans la chambre. Le costume du cavalier était étalé sur le lit.

— Où est ton valet ? demanda Dex.

— Je lui ai donné sa journée.

Dex attrapa le chapeau à larges bords du cavalier, orné d'une plume d'autruche. Il aurait dû pousser Ned à remettre ce costume dans la malle, mais…

C'était un très beau costume. Bien qu'il ait passé les trente dernières années dans un grenier, il n'avait aucune trace de moisissure. Les galons d'or du pourpoint conservaient tout leur éclat.

Il n'y avait pas de mal à aider Ned à se déguiser, n'est-ce pas ? Ce n'était qu'une petite distraction pour faire passer le temps. Ned ne promènerait jamais le fantôme du cavalier à travers la ville, ni aujourd'hui ni aucun autre jour. Il pouvait peut-être se rendre invisible, mais il faisait autant de raffut qu'un troupeau de bovins. Sans l'aide de quelqu'un pour l'élever dans les airs, il ne pourrait jamais passer pour un esprit.

Vingt minutes plus tard, Ned avait revêtu le pourpoint de velours bleu, le pantalon brun, le large col de dentelle et les bottes à revers pourvues de talons hauts. Il avait aussi les gants de cuir, le chapeau à plume et la cape. Et il avait même ajouté le baudrier de cuir, l'épée et la perruque. Des boucles noires cascadaient dans son dos et sur ses épaules. Les seules choses qu'il avait laissées de côté étaient la fausse barbe et la moustache aux pointes retroussées.

— Tu vois mon problème ? dit-il en se regardant d'un air désolé dans le miroir.

Dex voyait très bien. Le costume était authentique, mais Ned était loin de ressembler aux hommes qui avaient autrefois porté ce genre de vêtements. Il avait l'allure d'un gentleman jouant à se déguiser, une imitation de cavalier.

Ned tint la barbe et la moustache devant son visage, mais cela n'arrangea rien. Il soupira lourdement et ses larges épaules s'affaissèrent.

— Personne ne me prendra pour un vrai fantôme.

— Tu ne comptais tout de même pas faire semblant d'en être un ?

Dex grimaça intérieurement. C'était exactement le genre de remarque acerbe que leur cousin Quintus aurait pu faire.

— Bien sûr que non, pas avec cette apparence ! s'exclama Ned en jetant la barbe et la moustache postiches sur le lit. Tu m'aiderais ?

Dex l'examina de la tête aux pieds et tourna plusieurs fois autour de lui. L'ensemble était convenable, et pourtant il semblait factice.

Arthur Blake était un maître du déguisement, capable de se transformer en majordome à la silhouette noueuse ou en baron russe corpulent. Il pourrait porter ce costume avec aplomb. Il ressemblerait tellement à un cavalier que personne ne soupçonnerait la supercherie.

Comment faisait-il ? Et surtout, comment Ned pourrait-il accomplir le même exploit ?

— J'ai un ami qui connaît très bien le théâtre, l'art du costume et du déguisement. Il n'habite pas loin d'ici, dans Old Burlington Street.

— Va le chercher ! s'exclama Ned en désignant la porte d'un geste impérieux.

— Quoi ? Tout de suite ?

— Bien sûr. Il pleut, et nous n'avons rien d'autre à faire.

Dex haussa les épaules. Ned avait raison, il n'y avait pas grand-chose à faire à Londres par un temps aussi froid et pluvieux.

— Je ne peux pas te garantir qu'il viendra, mais je vais lui demander.

Dex fit quelques pas vers la porte, puis se retourna.

— Si tu as donné une journée de congé à Kettley, tu devrais ranger toi-même tout ce désordre.

Ned regarda les vêtements éparpillés sur le sol d'un air hagard, comme s'il ignorait comment ils étaient arrivés jusque-là.

Dans le vestibule, Dex secoua son pardessus et l'enfila. Alors qu'il lissait les pans du manteau, il perçut un discret bruit de pas, puis un autre. Il jeta un coup d'œil par-dessus son épaule et vit que la chambre était vide.

— Je t'entends !

— Non, ce n'est pas possible, rétorqua Ned d'un ton boudeur.

La voix semblait provenir du salon. Dex enfila un gant et discerna un autre bruit furtif.

— Je t'entends.

— Nom de nom !

En un clin d'œil, Ned réapparut, le visage sombre.

— Je t'en prie, dis-moi que tu ne t'es pas entraîné quand Kettley était là.

Le valet de Ned avait la cinquantaine, mais il entendait parfaitement.

— Bien sûr que non ! répliqua Ned avec indignation. Je ne fais cela qu'en famille, et tu m'entends toujours. Mais, un jour, je parviendrai à te surprendre, tu verras !

— Cela n'arrivera jamais, dit Dex en enfilant l'autre gant.

— Si ! Je vais prendre des leçons. C'est pour cela que je suis en ville.

Dex éclata de rire.

— Des leçons pour marcher sans bruit ? Qui peut t'apprendre ce genre de choses ?

— Je vais prendre des leçons de danse, d'escrime et de maintien, répondit Ned avec hauteur.

Dex haussa les sourcils.

— Danse, escrime et maintien ? Tout ce que tu détestes.

— C'était l'idée de Pip, concéda Ned en fronçant le nez. Elle dit que je dois apprendre à me mouvoir avec élégance.

Pip était la jeune épouse de leur cousin Octavius. Elle avait été gouvernante et était beaucoup plus intelligente que Ned.

— Elle n'a pas tort, tu dois apprendre. Tu es un gros balourd bruyant et maladroit.

Ned eut un reniflement de mépris, mais ne protesta pas.

— Tu ne perds rien pour attendre. Dans un an, aucun de vous ne pourra m'entendre.

— Je suis sûr que dans dix ans, je t'entendrai toujours, affirma Dex en mettant son chapeau. Franchement, Ned, je ne comprends pas pourquoi tu as choisi ce pouvoir d'invisibilité, c'était stupide.

— La lévitation, c'est stupide aussi !

— Non, c'est faux.

À vrai dire, ils avaient tous deux choisi des dons assez futiles. Ils ne pouvaient demander quelque chose de très important. Débarrasser le monde de la famine ou de la peste dépassait les possibilités de la magie des fées, mais ils auraient pu opter pour quelque chose d'utile, comme Quintus et Sextus.

Mais Quintus et Sextus étaient des garçons sérieux, contrairement à Ned et lui.

Dex sortit de l'appartement, abandonnant son cousin renfrogné dans le vestibule.

Quand il revint, un quart d'heure plus tard, un Blake intrigué sur les talons, Ned ne boudait plus. Il les accueillit avec enthousiasme, écrasa la main de Blake dans la sienne et fit une pirouette pour montrer son costume.

— Eh bien, qu'en pensez-vous ?

Les mains sur les hanches, Blake observa Ned songeusement.

— Pourquoi voulez-vous porter ce costume ? Pour un bal masqué ?

— Un spectacle, et je ne suis pas un simple cavalier, je suis un fantôme. Il faudra que je mette du blanc sur mon visage, mais plus tard. Avant tout, je dois ressembler à un cavalier, et ce n'est pas le cas. Je ressemble à... à...

— À une côte de bœuf essayant de se faire passer pour une dinde ? suggéra Dex.

— Exactement, reconnut Ned en se regardant dans le miroir avec une expression penaude. Je n'ai pas l'air réel.

— C'est parce que vous êtes toujours vous-même, déclara Blake. Vous ne vous êtes pas mis dans la peau d'un cavalier.

Ned le dévisagea avec un semblant d'espoir.

— Comment dois-je faire ? Vous pouvez me montrer ?

Blake haussa les épaules.

— Je peux essayer.

— Maintenant ?

Blake lança un coup d'œil à la pendule, puis à Dex.

— Pourrions-nous aller chez moi ? Il est presque 14 heures.

— Cela ne vous ennuie pas ? demanda Dex.

— Pas du tout, cela fera plaisir à Flip.

— Qui est Flip ? voulut savoir Ned.

— Tu verras, dit Dex en poussant son cousin dans la chambre. Débarrasse-toi de ces vêtements.

Ned ôta rapidement son costume et remit les habits qu'il avait laissés éparpillés sur le sol. Le déguisement fut prestement rangé dans une malle et ils repartirent tous les trois d'un pas vif, sautant par-dessus les flaques, le col de leur manteau relevé pour se protéger de la pluie et du froid, bien que Dex repousse la plus grande partie des gouttes avec son pouvoir.

Moins de cinq minutes plus tard, ils gravirent les marches de la maison d'Old Burlington Street. Ned resta bouche bée en découvrant le hall d'entrée. Il pivota pour tout observer, les murs jaunes, le tapis rouge, le ciel en trompe-l'œil.

— C'est très joli.

C'était plus que joli, c'était joyeux, vibrant, accueillant. Dex avait l'impression de rentrer chez lui, ce qui n'était pas le cas.

Un chaton miaula dans l'escalier et s'enfuit en courant. Le rire de Phillip résonna dans l'une des pièces.

L'impression de Dex de revenir chez lui se renforça. Il le ressentait au plus profond de lui, dans sa chair : sa place était dans cette maison, et ses occupants étaient sa famille.

Bien entendu, c'était faux. Ce n'était ni sa maison ni sa famille, mais les habitants de la demeure étaient ses amis, et ils étaient très importants pour lui. Et voilà qu'il leur présentait son balourd de cousin, avec sa cervelle de grelot.

Il espéra qu'il ne commettait pas une erreur irréparable.

36

La veille, Ella avait passé en revue tous les livres de chez Hatchards. Ce jour-là, elle poussa sa promenade jusqu'au dépôt des arts d'Ackermann, sur le Strand. La voiture les déposa, elle et un valet, sur le trottoir dallé, puis repartit dans un éclaboussement de roues, avec ordre de revenir deux heures plus tard.

En pleine saison, la boutique d'Ackermann fourmillait de monde, mais en cet après-midi pluvieux de mi-décembre, seuls quelques rares clients s'y étaient aventurés. Les lieux étaient éclairés par des lampes permettant de mieux voir les tableaux sur les murs, les gravures exposées, les bustes, les miniatures, les frises décoratives, les encadrements, les ouvrages illustrés... Deux dames examinaient des miniatures en échangeant des remarques à voix basse, et un jeune commis s'affairait auprès d'un couple âgé au comptoir.

Un vendeur s'avança vers elle d'un pas feutré.

— Puis-je vous aider, madame ?

— Non, merci, je souhaite juste jeter un coup d'œil.

Ella confia son manchon en plumes de cygne à son valet, s'approcha du rayon des gravures et les passa en revue soigneusement, scrutant les détails, leur accordant toute l'attention qu'elles méritaient, et que méritait l'artiste. Et que son cocher et le valet auraient méritée aussi, d'ailleurs. Pourquoi les avait-elle obligés à sortir sous cette pluie battante ?

Elle essaya de repérer au moins une chose qui lui plaisait dans chaque image : une lampe derrière une fenêtre, la pente d'une colline, une fleur, un sourire, une pomme rouge. Elle tomba sur un ensemble de quatre gravures illustrant les quatre saisons, toutes peintes à la main.

Ella contempla *L'Hiver* : les branches nues, les champs en friche, la neige, le givre, le paysage gris et glacial. *C'est moi*, se dit-elle. Puis elle passa au *Printemps*, avec ses feuilles d'un vert délicat, ses fleurs roses et blanches. Elle avait été ainsi trois mois plus tôt, quand Decimus Pryor lui avait appris à rire dans le lit et que son cœur avait pris des couleurs.

La gravure suivante, *L'Été*, lui fit monter aux yeux des larmes brûlantes. Son cœur se serra de chagrin. Ella battit rapidement des paupières et chercha un mouchoir dans son sac. Elle s'essuya plusieurs fois le visage en se morigénant intérieurement. Ce dessin d'un jardin qu'elle n'avait jamais vu n'aurait pas dû la faire pleurer. Cette sensation dans la poitrine n'était pas due au chagrin, c'était... de la fatigue. De la fatigue et la nostalgie du soleil d'été. Elle ne dormait pas très bien, cette pluie était sinistre, et la gravure avait touché une corde sensible, rien de plus.

Elle remit son mouchoir dans son réticule et regarda de nouveau ce paysage d'été, résolue à se prouver qu'elle avait raison. Il n'y avait rien dans cette image pour la rendre triste, rien du tout. La scène était joyeuse, avec des couleurs éclatantes, des fleurs épanouies, un papillon voletant dans la brise, le tout baignant dans des rayons de soleil dorés.

Ses yeux s'embuèrent quand elle fixa le papillon avec ses ailes colorées, et elle chercha de nouveau son mouchoir.

Elle avait été ce papillon. Son cœur avait été exubérant, joyeux, aussi coloré que ce jardin.

Avec un petit reniflement, elle tourna le dos aux gravures et passa dans l'allée des livres illustrés. Leurs pages débordaient de beauté et de sagesse. Elle consulta un ouvrage sur l'architecture classique, un autre sur des grands voyages en Europe, un autre encore avec des planches botaniques, et le suivant avec des images d'animaux exotiques. Dont… un crocodile !

Elle décida qu'elle reviendrait ici avec Phillip. Il allait adorer ces livres. Il pourrait en choisir quelques-uns pour sa bibliothèque. Celui-ci peut-être, sur les voyages dans le Pacifique, ou bien celui-là, sur les insectes d'Angleterre.

Fascinée, Ella tourna les pages de ce dernier : des sauterelles, des libellules, des abeilles…

Inévitablement, dans un ouvrage sur les insectes, on trouvait des papillons. Ella en observa les moindres détails et se réjouit de ne verser aucune larme en admirant le citron, le vulcain, l'empereur pourpre ou la zygène à six taches. À aucun moment son cœur ne se serra.

Elle tourna la page et tomba sur le cycle de vie du paon-de-jour. D'un œuf vert pâle sortait une chenille noire, qui se transformait en chrysalide verte, puis en papillon fragile accroché à une brindille, avant de devenir une beauté éclatante aux yeux d'azur et aux ailes brun-orangé.

Ella posa délicatement le bout de son doigt sur l'illustration.

Elle avait été cette chenille noire. Elle avait été enfermée dans cette chrysalide verte. Elle avait déployé ses ailes et s'était envolée, libre et chatoyante. *C'est moi, ce papillon qui vole.*

Non, répondit son cœur. *Toi, tu es accrochée à cette brindille.*

Ella referma brusquement le livre et passa dans le rayon des aquarelles : bleu de Brême, vermillon de

Chine, jaune d'orpiment, bleu de Prusse, bleu azur et sang-dragon.

Elle étudia les différentes nuances en essayant de déterminer quelles étaient ses préférées. Ce godet de peinture était exactement la couleur rouille des ailes du paon-de-jour, ce bleu clair était celui de ses yeux. Il y avait aussi les couleurs de l'été : des verts délicats, des roses pâles et des jaunes. D'autres godets avaient des tons vifs, audacieux, ceux dont elle s'entourait et qu'elle portait.

Le regard d'Ella passa sur les bruns : bistre, marron, ocre, terre de Cassel, brun Van Dyck et brun momie. Il s'agissait des teintes des feuilles mortes, de l'herbe sèche et des pétales de rose fanés.

Ella parcourut des yeux les myriades de nuances disponibles. Il y avait là plus de variété que dans un arc-en-ciel ou dans un jardin, des camaïeux pour toutes les saisons et toutes les ambiances, des couleurs pour ce qu'elle était à l'extérieur, mais aussi à l'intérieur.

Elle aurait voulu que celles de son cœur soient les mêmes que celles de sa garde-robe, mais ce n'était pas le cas. Elles étaient totalement opposées, comme l'été et l'hiver.

Elle scrutait les godets, mais elle voyait un lugubre paysage d'hiver : des branches nues, des vallons couverts de givre, des champs arides. Ces gris, ces bruns tristes, ces noirs, ces blancs n'étaient pas ce qu'elle voulait avoir en elle.

Elle retourna au rayon des livres, ouvrit celui sur les insectes et retrouva la page sur l'évolution du paon-de-jour. Elle l'aplatit avec sa paume et étudia l'illustration, non seulement avec les yeux, mais aussi avec le cœur.

Cette chenille noire était celle qu'elle avait été pendant son adolescence et son mariage, une petite chose timide et effacée.

Sa première année de veuvage l'avait vue enfermée dans une chrysalide.

Elle en était sortie métamorphosée, tel un papillon aux ailes colorées mais fragiles, accroché à une brindille, mais pas encore assez fort pour s'envoler.

Puis elle s'était mise à battre des ailes. Depuis cinq ans, elle volait, libre et chatoyante comme un papillon.

À moins qu'elle n'ait passé ces cinq années à s'accrocher à une brindille en agitant les ailes sans réellement voler ? N'avait-elle vraiment commencé à voler que lorsqu'elle avait laissé Decimus Pryor entrer dans sa vie ?

Son cœur lui soufflait que c'était le cas.

Et maintenant, elle ne volait plus. Elle s'accrochait de nouveau à cette brindille.

Ma vie, mon choix, songea Ella en observant le papillon.

Que choisirait-elle ? De se cramponner à la brindille ou de s'envoler ?

De s'envoler, bien sûr, mais cela signifiait qu'elle devait inviter Decimus Pryor à revenir dans son existence, dans son lit, dans son cœur.

Qu'elle devait accepter sa demande en mariage, car elle ne voulait pas voler sans enthousiasme. Si elle volait, elle devait le faire pour de bon, sans réserve, sans s'accrocher à la sécurité que lui offrait sa brindille. Elle devait s'engager pleinement, de tout son cœur.

Envisager de se marier de nouveau, de laisser un homme contrôler sa vie et son bonheur… C'était terrifiant. Mais Decimus n'avait-il pas déjà ce pouvoir ? Non pas comme mari, mais comme amant. Son absence rendait le monde gris, et elle-même devenait terne.

L'idée du mariage était à la fois effrayante et exaltante car, avec Decimus, elle ne serait plus un papillon craintif. Son cœur prendrait des couleurs, ses ailes seraient fortes, et elle serait libre, libre de voler, de rire, d'aimer.

Mais aussi, elle serait enchaînée, enchaînée à Decimus, car toute épouse était enchaînée à son mari, comme Minette l'était à Arthur. Cependant, Minette ne considérait pas qu'elle était entravée, car Arthur était son ami et il n'abuserait jamais de son pouvoir marital.

Decimus n'en abuserait jamais non plus. Il était son ami, de même qu'Arthur était celui de Minette. Il était le soleil à la lumière duquel elle s'épanouissait. Il n'essaierait pas de la contrôler. Il la laisserait s'épanouir, être elle-même. Il l'aiderait même à être libre.

Ella referma le livre d'un geste décidé. Un coup d'œil à la pendule lui apprit que le carrosse ne reviendrait pas la chercher avant une heure. Elle ne pouvait pas attendre aussi longtemps.

Le fiacre s'arrêta dans Old Burlington Street. Ella et le valet gravirent les marches du perron en courant.

— Chisnall, interpella-t-elle le majordome, allez porter le message à l'écurie que je n'aurai plus besoin du carrosse.

— Oui, madame.

Ella tendit son manchon et son chapeau au valet, puis ôta sa cape rouge et la lui posa sur les bras.

— Allez donner cela à Hedgepeth, ajouta-t-elle avant de se diriger vers la bibliothèque.

La pièce était vide, mais des rires s'échappaient de la salle des costumes d'Arthur. Ella frappa légèrement à la porte. La montée des marches du perron ne justifiait pas les battements accélérés de son cœur. Elle était un peu hors d'haleine.

Les occupants de la salle des costumes ne l'entendirent pas, aussi les rires continuèrent-ils gaiement. Ella ouvrit et regarda à l'intérieur. Elle aperçut un grand cavalier à la barbe noire et pointue, avec une moustache aux extrémités retroussées. Son visage était d'une pâleur mortelle.

Le cavalier se battait à l'épée avec un petit pirate, qui avait aussi une barbe, une moustache et le visage pâle. Les lames cliquetaient, tandis que les bretteurs étouffaient des cris et sautillaient pour échapper aux coups.

Ella se dit qu'elle devait connaître ce cavalier. Il y avait quelque chose de familier chez lui. Toutefois, il ne s'agissait pas de Decimus Pryor, car celui-ci se tenait à côté de Minette et d'Arthur. Ils riaient tous les trois en tapant dans leurs mains et en poussant des exclamations.

Le chaos régnait dans la salle jonchée de costumes et pleine de bruit, de couleurs et de joie. Son défunt mari aurait été horrifié en contemplant cette scène. Ella, au contraire, avait envie de participer à ce divertissement. Un chaton fila à côté d'elle et se précipita dans la mêlée.

Ella franchit le seuil résolument, ferma la porte derrière elle et s'adossa au battant. Son cœur battait encore un peu trop fort. Elle avait l'impression d'être sur le parapet de Westminster Bridge et de s'apprêter à sauter à l'eau.

Non, à s'envoler.

Clac ! Les épées de bois s'entrechoquèrent. Phillip, le cavalier, Arthur, Minette et Decimus riaient à gorge déployée.

Ella voulait rire avec eux, en se tenant non pas près de la porte, mais parmi eux.

Ma vie, mon choix.

Elle s'écarta de la porte et s'approcha des autres.

Decimus fut le premier à la remarquer. Il jeta un regard par-dessus son épaule, et son rire s'éteignit. Il parut tressaillir, détourna brièvement les yeux et les reporta aussitôt sur elle. Un sourire courtois étira ses lèvres, et il s'inclina poliment.

— Lady Fortrose.

Sa voix était à peine audible sous le vacarme. Le cœur d'Ella battit plus vite encore, et elle eut l'impression que la tête lui tournait.

— Monsieur Pryor.

— *Ma chère* !* Je croyais que vous passiez l'après-midi chez Ackermann ! s'exclama Minette.

— J'ai changé d'avis, dit Ella sans lâcher Decimus du regard.

Avait-il compris le sens de ses paroles ? Elle avait changé d'avis, mais pas seulement au sujet de sa visite chez Ackermann.

— Je me suis rendu compte que je m'étais trompée.

Elle avança d'un pas, assez près de Decimus pour toucher son bras ou lui prendre la main si elle en avait envie.

Clac ! firent les épées de bois. Phillip poussa un petit cri aigu et le cavalier inconnu laissa échapper un rire tonitruant.

— Bravo ! s'exclama Arthur en applaudissant de bon cœur.

Decimus n'accorda pas un regard aux combattants. Immobile, il avait les yeux fixés sur elle. Il semblait hésitant, sur ses gardes, se préparant à être repoussé.

Le mariage n'était pas synonyme d'asservissement. Arthur et Minette étaient amis, égaux, partenaires. Decimus et elle pouvaient l'être également, et être amants aussi, ce que Minette et Arthur n'étaient pas. Amis, égaux, partenaires, amants.

Ella s'approcha encore, et la manche de sa robe effleura celle de la veste de Dex.

— J'ai changé d'avis, répéta-t-elle en attrapant sa main.

La surprise s'inscrivit sur les traits de Decimus, suivie par l'espoir. Il referma les doigts sur les siens et chercha son regard.

Ella lui sourit et raffermit son étreinte.

Le contact de Decimus sembla remplir son cœur, le réchauffant comme un rayon de soleil, et la couleur se déploya de nouveau en elle.

— Tante Ella ! s'écria Phillip. Regardez-moi ! Je suis un pirate fantôme !

Ella s'obligea à détourner le regard de celui empli d'espoir de Decimus.

— Je vois. Qui est ton adversaire ?

Le cavalier ôta son chapeau à plume et fit une impeccable révérence.

— Nonus Pryor, madame. À votre service.

C'était donc Nonus Pryor qui se cachait derrière ce visage blanc, cette barbe pointue et ces longues boucles noires.

— Bonté divine, je ne vous avais pas reconnu.

Le cavalier remit son chapeau, bomba le torse et fit quelques pas en paradant. La ressemblance entre les deux cousins sautait aux yeux. Puis le cavalier tournoya sur lui-même, émit un cri strident et se précipita vers Phillip. La bataille reprit.

Ella pivota vers Decimus.

— Il faut que nous parlions, murmura-t-elle.

— Maintenant ?

— Plus tard. Ce soir.

Pour le moment, elle voulait lui tenir la main, savourer sa présence et sentir les couleurs revenir dans son cœur.

C'était sa vie, et c'était ce qu'elle choisissait : la couleur, le rire, l'amitié et l'amour.

Elle choisissait Decimus Pryor.

37

Une fois que Ned fut tombé au combat, dans un énorme fracas et de manière très théâtrale, Blake tenta de lui apprendre à marcher comme un cavalier fantôme, sans grand succès.

Grâce aux crèmes blanchissantes de l'ancien acteur, Ned avait vraiment un visage spectral, mais il était incapable de se mouvoir comme un cavalier, ou comme un fantôme. Blake avançait avec élégance en souliers de cour à talons, Ned progressait lourdement avec ses bottes de cavalier. Blake flânait, avec l'air de flotter au-dessus du sol, tandis que Ned restait un lourdaud au pas pesant.

Dex contemplait la scène en tenant la main d'Éloïse. D'un côté, il avait envie que Ned s'en aille, afin de pouvoir s'éclipser avec Éloïse. D'un autre, il aurait voulu que la leçon ne finisse jamais, car il craignait qu'un enchantement ne règne sur la salle des costumes et que, dès l'instant où ils franchiraient le seuil pour gagner le couloir, le charme se dissipe. Alors, Éloïse cesserait de lui tenir la main, de lui glisser des regards timides et complices, de lui sourire tendrement.

« J'ai changé d'avis. »

« Je me suis rendu compte que je m'étais trompée. »

Qu'est-ce que cela signifiait ? Souhaitait-elle qu'ils redeviennent amants… ou voulait-elle l'épouser ?

Dex lui serra les doigts, le cœur plein d'espoir.

Les perruques, les barbes, les moustaches et les cosmétiques furent mis de côté. Les dames se retirèrent afin que les acteurs puissent ôter leur costume. Dex lâcha avec réticence la main d'Éloïse, la regarda sortir, puis alla aider Ned à enlever son déguisement de cavalier. Pendant tout ce temps, Ned ne cessa de parler avec Blake, qui aidait Phillip à abandonner son personnage de pirate pour redevenir un petit garçon de sept ans. Lorsque Ned eut enfin revêtu ses habits ordinaires, il avait déjà été décidé qu'après avoir pris ses leçons de maintien, de danse et d'escrime, il viendrait voir Blake pour des cours de théâtre.

Dex aurait sans doute dû s'inquiéter. Ned ne serait jamais assez fou et imprudent pour ressusciter le fantôme du Cavalier de Londres, n'est-ce pas ? Mais il avait des soucis plus importants en tête. Par exemple, le changement d'avis d'Éloïse Fortrose. Il prêta peu d'attention à la conversation entre Blake et Ned, et aux éventuelles conséquences d'une collaboration entre un comédien émérite et son cousin, aussi incorrigible qu'incontrôlable.

Blake les invita à rester pour dîner, et ils acceptèrent.

La salle à manger n'était rien d'autre qu'une pièce où on prenait ses repas, plus colorée certes que la plupart des salles à manger d'Angleterre, mais cela restait une salle à manger. Alors pourquoi son cœur se gonfla-t-il de joie quand il en franchit le seuil ? Pourquoi éprouva-t-il un tel soulagement en s'installant à cette table familière ? Et pourquoi fut-il aussi heureux de voir Ned assis en face de lui, et s'entendant aussi bien avec tout le monde ?

Ils dînaient en famille. Ce mot suffisait à expliquer son bonheur d'être là : la « famille ». Il voulait faire partie de la famille vivant dans cette maison d'Old Burlington Street, tout comme il faisait partie de la famille à Linwood Castle. Le fait d'avoir Ned près de lui lui donnait un aperçu d'un futur qu'il désirait désespérément.

« J'ai changé d'avis », avait dit Éloïse, puis elle lui avait tenu la main pendant une demi-heure.

Est-ce que cela signifiait ce dont il rêvait ?

Son espoir grandissait. Il prenait toute la place dans son cœur et l'empêchait de manger. Il picora un morceau de poulet, grignota une bouchée de brocolis à la flamande et oublia de goûter au sabayon. Est-ce que Ned, Éloïse, les Blake et Phillip se retrouveraient bientôt autour d'une autre table ? Celle de Linwood Castle ?

Il l'espérait. Seigneur, comme il l'espérait !

Il avait envie de lever les yeux et de voir sa famille dîner avec Éloïse, ses parents et ses cousins riant et bavardant ensemble.

Tout en jouant du bout de sa fourchette avec un gâteau de Savoie, Dex décida que si Éloïse préférait une liaison plutôt qu'un mariage, il l'accepterait. À eux deux, ils avaient assez de poids dans le monde pour réussir ce tour de force. Après tout, elle était vicomtesse et il était le petit-fils d'un duc. Ils pourraient devenir un couple iconique de la haute société, leur secret serait connu de tous mais jamais mentionné. Elle serait reçue à Linwood en tant qu'amie, l'intendante leur fournirait des chambres voisines, et il n'y aurait pas de scandale.

Ce n'était pas ce qu'il souhaitait, mais c'était envisageable. Ce serait supportable.

Après le dîner, ils jouèrent à plusieurs jeux de société, jusqu'à ce qu'il soit l'heure pour Phillip de monter se coucher.

— Reviendrez-vous demain, monsieur Dex ?

— Oui, je viendrai, promit-il.

Phillip sortit en donnant la main à Mme Blake et en discutant avec son grand-oncle des histoires qu'ils allaient lire. Des chatons les suivirent en sautillant.

Dex croisa le regard de Ned et lui désigna discrètement la porte, ce que son cousin ne comprit pas.

Dex se rembrunit et fit un signe de son pouce vers la sortie qui ne laissait planer aucun doute.

Cette fois, Ned saisit le message. Il sourit, se leva et prit congé, s'enfonçant dans la nuit avec, sous son bras, le sac qui contenait l'habit du cavalier.

Dex et Éloïse se retrouvèrent enfin seuls. Soudain, il eut la sensation d'avoir la gorge sèche.

— Vous vouliez parler ?

— Oui, mais pas ici. Quelque part où nous ne serons pas dérangés.

Cet endroit se révéla être la chambre rouge et or, ce que Dex interpréta comme un signe d'espoir. Toutefois, Éloïse ne se dirigea pas vers le lit. Elle alla se camper devant la cheminée et lui désigna un fauteuil.

Dex aurait préféré rester debout, mais il était plus grand qu'elle et elle ne semblait pas disposée à être dominée en ce moment précis. Elle paraissait un peu nerveuse, un peu anxieuse, ce qui reflétait assez bien les sentiments de Dex.

Il s'assit.

Éloïse croisa les doigts, inspira et déclara :

— Si votre offre tient toujours, j'accepte.

Elle n'était pas folle de joie. Elle avait l'air de quelqu'un qui se préparait à affronter une épreuve. Ce n'était pas exactement ce à quoi Dex s'attendait après lui avoir demandé sa main. Il ressentit un léger malaise.

— Vos sentiments pour moi ont-ils changé ? s'enquit-il.

— Non.

Son malaise se transforma en mauvais pressentiment.

— Mes sentiments pour vous sont toujours les mêmes, continua Ella, visiblement embarrassée.

Elle observa la cravate de Dex, puis fixa son épaule, et ses doigts se crispèrent.

— Je ne pensais pas être capable d'éprouver de l'amour romantique, avoua-t-elle. Je ne crois toujours pas être capable de ce genre de sentiments. Ce que j'éprouve pour vous n'est pas romantique, c'est…

Elle pressa les lèvres, le regarda dans les yeux et dit avec brusquerie :

— Vous donnez des couleurs à mon cœur.

Dex eut le souffle coupé. Il lui donnait des couleurs !

Il poussa un soupir. Éloïse se concentra sur l'accoudoir de soie damassée du fauteuil dans lequel il était assis. Ses joues pâles étaient enflammées, ses mains croisées devant sa poitrine.

— Vous aussi, vous donnez des couleurs à mon cœur, déclara-t-il avec sincérité.

Leurs regards se rencontrèrent. De longues secondes s'écoulèrent, pendant lesquelles on n'entendit que le crépitement du feu. Puis Éloïse ajouta avec gravité :

— Je pense que cela signifie que je vous aime.

Dex sourit.

— Moi, je sais que cela signifie que je vous aime.

Elle rougit davantage et lui rendit timidement son sourire.

Dex se leva et lui saisit les mains.

— Nous ne sommes pas obligés de nous marier. Nous pouvons rester amants…

— Je veux vous épouser. Ainsi, vous pourrez vivre avec nous, et c'est ce que je désire.

— Moi aussi.

Éloïse baissa les yeux, fixant les revers de sa veste.

— J'ai peur du mariage, chuchota-t-elle.

Dex la prit dans ses bras avec tendresse. Son étreinte était douce, réconfortante, et elle aurait pu se libérer si elle l'avait voulu.

— Je ne suis pas Francis Fortrose, murmura-t-il à son oreille. Je ne vous garderai pas prisonnière. Vous avez ma parole.

Elle laissa échapper un soupir. Ses épaules se détendirent, et elle se lova contre lui, posant le front sur sa poitrine.

— Je sais.

— Je ne vous dirai pas ce que vous devez lire, manger, porter ou faire. Et je ne vous appellerai jamais Louise, je vous le promets.

— Vous pouvez m'appeler Ella, si vous voulez, murmura-t-elle timidement.

— Et vous pouvez m'appeler Dex.

Ils demeurèrent ainsi plusieurs minutes en silence. Des minutes pendant lesquelles Dex ne pensa pas du tout au futur, à son mariage avec Éloïse et au fait de l'emmener à Linwood Castle pour la présenter à sa famille. Des minutes pendant lesquelles il n'exista que dans le présent et ne songea qu'à la douceur de ses cheveux sous ses lèvres, à la chaleur de son corps entre ses bras, à la façon dont elle s'abandonnait avec confiance.

— Je suis désolée pour les dernières semaines, finit-elle par dire. J'étais paniquée.

— J'aurais dû aborder le sujet avec plus de précautions.

Ella protesta en secouant la tête.

— J'aurais paniqué de toute façon.

Elle s'écarta suffisamment pour l'observer.

— Je pensais que je regretterais de vous épouser, mais en fait, j'ai regretté de ne pas avoir accepté. Minette avait raison. On ne rencontre pas souvent quelqu'un qui illumine sa vie.

Dex sentit une rougeur envahir ses joues et un sourire idiot se former sur ses lèvres.

— J'illumine votre vie ?

Elle sourit à son tour et acquiesça.

— Tant mieux, parce que c'est réciproque, continua-t-il. Vous ne ressemblez à aucune des personnes que j'ai connues jusqu'ici.

Elle l'enchantait, le défiait, enrichissait son existence, la rendait meilleure et plus lumineuse. Grâce à elle, il avait appris des choses sur lui qu'il n'aurait jamais soupçonnées.

Le sourire de Dex se transforma en rire. Il serra Éloïse contre lui et la fit tourbillonner puis, d'un tour de magie, les souleva tous les deux au-dessus du sol, dans une exubérante pirouette. Il rit de nouveau, d'un rire sonore et joyeux, et elle l'imita en se cramponnant à lui. Puis il la redéposa délicatement par terre et l'embrassa. Ce n'était pas un baiser fébrile et étourdi, mais un geste empreint de douceur et de respect.

Ils se déshabillèrent sans hâte, s'aidant mutuellement, parlant à mi-voix et échangeant des baisers légers et des caresses. Ils firent l'amour simplement et en silence. Il n'y eut pas d'ébats fantaisistes, pas de poignets attachés aux montants du lit, juste de la tendresse et de la complicité.

Ensuite, ils demeurèrent enlacés.

— Je m'entoure de couleurs, mais il n'y en a jamais eu dans mon cœur avant toi, dit Éloïse. J'étais incolore à l'intérieur, mais c'est fini.

Dex sentit des larmes d'émotion lui piquer les yeux et, instinctivement, il chercha à se réfugier dans l'impertinence. Il dut se mordre la langue pour empêcher une plaisanterie de franchir ses lèvres. Ce n'était pas le moment.

Avant qu'il ait pu trouver une réponse convenable, elle reprit :

— Quand je suis avec toi, je vole, et cela n'a rien à voir avec tes dons de magicien. Ta seule présence me donne l'impression de voler dans les airs.

Dex saisit un coin de drap et s'essuya les yeux. Il riait et pleurait en même temps.

— Tout ce que tu viens de dire, je le ressens aussi pour toi. Je n'aurais jamais cru tomber un jour amoureux, confia-t-il avec une soudaine timidité.

— Moi non plus.

Ils échangèrent un sourire dans la lueur tremblotante des bougies. Le feu crépitait dans l'âtre. Les cheveux d'Éloïse formaient un halo argenté, et sa peau paraissait dorée dans la lumière douce. Elle ressemblait à un ange, une déesse, une nymphe.

Sa nymphe.

— Mes années de débauche sont terminées, annonça Dex. Tu as ma parole. À partir de maintenant, le seul lit dans lequel je dormirai, ce sera le tien, ajouta-t-il en tapotant le matelas.

— Ce n'est pas mon lit. Ma vraie chambre est derrière cette porte, dit Éloïse en désignant la porte derrière laquelle elle avait disparu après la désastreuse demande en mariage. Veux-tu la voir ?

Dex le voulait. Il sortit du grand lit à baldaquin et saisit la main qu'elle lui tendait.

Derrière la porte se trouvait un cabinet de toilette décoré dans des tons de bleu et de vert marin. Il eut l'impression de pénétrer dans un univers aquatique magique, illuminé par la douce lueur des bougies.

Une baignoire était disposée devant la cheminée, dans laquelle des braises rougeoyaient.

— Veux-tu prendre un bain ? proposa Éloïse.

— Non. Et toi ?

Elle secoua la tête et l'entraîna vers une seconde porte, qui ouvrait sur sa vraie chambre. Celle-ci n'était pas un sanctuaire rouge et or dédié au plaisir ni un monde sous-marin bleu et vert. Elle avait les couleurs d'un lever de soleil, de l'été, du cœur d'une rose. Des couleurs riches, luxuriantes et chaudes. C'était le refuge rose et apaisant d'Éloïse.

— Aimerais-tu passer la nuit ici ?

— As-tu envie que je reste ?

— Oui.

Dex eut l'impression que son cœur se gonflait de bonheur et doublait de volume.

— Alors, je veux bien rester.

Les couvertures étaient rabattues, et une bassinoire avait été placée entre les draps. Dex la saisit et la posa sur le sol.

— Quel côté préfères-tu ?

— Je ne sais pas. Francis et moi occupions des chambres différentes. Je n'ai jamais dormi avec quelqu'un.

Elle était si perplexe et adorable que Dex rit en l'embrassant sur le bout du nez.

— Nous verrons bien.

— D'accord, répondit-elle avec un grand sourire.

Dex eut le sentiment que ce moment était primordial, qu'il allait changer toute son existence. Ils se glissèrent entre les draps et se lovèrent confortablement dans les bras l'un de l'autre. Le cœur de Dex se gonfla encore, et il eut l'impression qu'il allait exploser de bonheur. Il se sentait étourdi, grisé. Son avenir se dessinait en cet instant. Il partagerait le lit de la femme qu'il aimait, et aussi sa vie.

Il déposa un baiser sur ses cheveux soyeux et sur la peau douce de son épaule. Sa joie était trop forte pour être contenue. Il avait envie de soulever le lit et de le faire danser dans les airs, mais il ne pensait pas que cela plairait à Éloïse, alors il se contenta de l'embrasser encore sur l'épaule pour lui communiquer son enthousiasme.

Elle étouffa un rire.

— Tu es ridicule, dit-elle en lui embrassant le torse. Et j'adore cela. Ne change jamais.

Une fois de plus, des larmes piquèrent les yeux de Dex. Il lui fallut plusieurs minutes pour reprendre le contrôle de ses émotions. Éloïse était déjà endormie dans ses bras, bien au chaud et détendue. Ce moment aussi lui parut capital, déterminant.

Éloïse Fortrose allait devenir Éloïse Pryor.

Ce nom lui plaisait. Éloïse Pryor.

Dex soupira de contentement et s'assoupit presque aussitôt à côté de sa future épouse.

38

S'éveiller avec un homme dans son lit, dans ses bras, aurait dû lui sembler étouffant, comme si une cage s'était refermée sur elle. Ce ne fut pas le cas. Ella n'éprouva aucune panique, seulement de la joie, du soulagement et du bien-être. Aujourd'hui, son cœur contenait un arc-en-ciel, un sentiment de bonheur et de liberté.

Ils avaient changé de position en dormant. À présent, ils étaient lovés l'un contre l'autre, le dos d'Éloïse pressé contre le torse de Dex. Celui-ci lui avait passé un bras autour de la taille, et leurs doigts étaient entremêlés.

Hedgepeth avait dû venir dans la chambre, car les rideaux étaient tirés. Une douce lumière matinale éclairait la pièce.

Ella admira plusieurs minutes la main de Decimus. C'était une main très masculine, forte, mais la plus belle qu'elle ait jamais vue.

Sa bouche aussi était la plus belle du monde quand il souriait, riait, faisait la moue. Et son cœur était son préféré parmi tous.

Ella dégagea ses doigts, se libéra avec précaution de l'étreinte de Dex et sortit du lit. Elle n'avait pas envie de quitter ce lit douillet, mais elle voulait voir… elle *avait besoin* de voir…

Hedgepeth avait posé sa robe de chambre au pied du lit, et elle en avait ajouté une pour Decimus.

Ella enfila la sienne, noua la ceinture et contourna le lit sur la pointe des pieds. La couverture était remontée sur l'épaule de Decimus, formant un cocon douillet. Ses cheveux de jais se détachaient sur l'oreiller blanc. Et là, derrière ses boucles noires se trouvait sa nuque : une peau douce et des muscles fermes prolongeant les vertèbres.

Ella ressentit un pincement au cœur. Elle eut envie de couvrir cette nuque vulnérable de sa paume, de la protéger, de protéger Decimus. Elle se pencha pour y déposer un baiser.

Decimus s'agita, souffla, puis roula vers elle. Ses paupières se soulevèrent, et il lui adressa un sourire ensommeillé.

— Bonjour.

— Bonjour, répondit-elle avec un regard enamouré.

Il se massa le visage, passa la main dans ses cheveux. Une barbe naissante ombrait ses joues. Il n'avait pas du tout l'allure d'un séducteur mondain ni d'un dandy élégant. Il était échevelé, à moitié éveillé, d'une beauté à couper le souffle.

Ella l'embrassa de nouveau, sur les lèvres. C'était la première fois de sa vie qu'elle embrassait un homme le matin au réveil.

Elle aurait aimé prolonger ce baiser, mais un besoin pressant l'en empêcha.

— Veux-tu prendre le petit déjeuner avec nous ?

Sortant brusquement du sommeil, il s'assit au milieu des draps froissés, nu, décoiffé et splendide.

— Le petit déjeuner ?

— Oui.

Il cligna des paupières avant de répondre :

— Oui, merci, je veux bien.

Ella sourit, radieuse.

— Bien. Il y a une robe de chambre au pied du lit. Passe par le cabinet de toilette quand tu seras prêt.

Elle se dirigea vers la porte. Si Hedgepeth avait pensé à apporter une robe de chambre supplémentaire, elle avait sans doute eu la présence d'esprit de préparer des vêtements et un rasoir pour lui.

— Éloïse ?

Elle se retourna.

Complètement éveillé, les muscles de son torse et de ses bras exposés, il n'avait plus du tout l'air vulnérable. Néanmoins, il semblait tout à la fois timide, méfiant et plein d'espoir.

— Tu es toujours sûre, pour nous ? Tu veux te marier ?

— Oui, j'en suis certaine. Je t'épouserais ce matin même si c'était possible.

Un sourire éclaira le visage de Decimus.

— Nous pourrions nous marier demain, si tu le souhaites ? J'irai acheter une licence spéciale aujourd'hui.

— Tu ne préfères pas te marier dans le Gloucestershire ? Ta famille...

— Ils connaissent déjà mes intentions. Si tu veux te marier cette semaine à Londres, c'est faisable.

Tous les gens qu'elle aimait se trouvaient dans cette maison, mais ce n'était pas le cas pour Decimus.

— Achète une licence spéciale, mais nous nous marierons dans le Gloucestershire.

— Mais nous habiterons ici, d'accord ? dit-il en tapotant le lit du plat de la main.

— Cette maison te plaît ?

— Je m'y sens chez moi.

Ella retourna vers lui et l'embrassa rapidement sur la bouche.

— Alors, nous vivrons ici, dit-elle avant de sortir.

Ella revêtit sa robe de laine rouge framboise, et son châle de cachemire rose et orange, des couleurs assorties à son humeur. Puis elle confia Decimus aux soins d'un valet.

La salle du petit déjeuner était pleine. Minette sirotait son chocolat chaud, Arthur venait de s'attaquer à un faux-filet et Phillip coupait ses saucisses. Chaque domestique était probablement déjà averti de la présence de Pryor dans sa chambre, mais Minette ne lui lança pas de regard complice par-dessus le bord de sa tasse, et Arthur ne lui fit pas de clin d'œil furtif. Les commérages qui circulaient sans doute dans le quartier des domestiques n'étaient pas encore arrivés jusque-là.

Ella salua tout le monde et se dirigea vers le buffet. Les plats étaient davantage garnis qu'en temps normal. Un cinquième couvert avait été ajouté à table. Comment Minette et Arthur avaient-ils pu ne pas s'en apercevoir ? Peut-être avaient-ils remarqué ces détails, mais attendaient-ils qu'elle dise quelque chose ?

Elle s'assit à sa place habituelle.

Minette continua de boire son chocolat, et Arthur de manger son steak.

Phillip lui adressa un sourire.

Ella le lui rendit, puis étala une serviette sur ses genoux, se servit une tasse de thé et but à petites gorgées.

Les premières fois qu'elle avait invité Decimus dans son lit, Minette lui avait demandé si elle avait appris quelque chose. Il y avait longtemps qu'elle ne lui avait pas posé cette question, mais Ella aurait aimé qu'elle le fasse aujourd'hui. Si cela avait été le cas, Ella aurait répondu qu'elle avait appris que son cœur pouvait contenir un arc-en-ciel, que le bonheur lui donnait l'impression de flotter dans les nuages et que l'amour lui donnait des ailes.

Elle avait appris qu'offrir son cœur à quelqu'un ne signifiait pas qu'on le mettait en cage. Cela signifiait qu'elle était libre de voler.

Minette choisit une brioche et la coupa en deux. Des arômes de vanille et de cannelle se répandirent au-dessus de la table.

Demandez-moi, songea Ella. *Demandez-moi ce que j'ai appris.*

Minette la dévisagea et plissa légèrement les yeux.

— Vous avez l'air différente ce matin, *ma chère**. Vous avez une nouvelle coiffure ?

Ella rit.

— Non. Je ne sais pas. Peut-être ?

Elle n'avait pas prêté attention à la façon dont Hedgepeth l'avait coiffée.

— Ce n'est pas ma coiffure qui est différente.

Minette arqua les sourcils.

— Oh ? dit-elle en portant sa tasse à ses lèvres.

Ella entendit la porte du salon s'ouvrir derrière elle.

Minette interrompit son geste et écarquilla les yeux.

Ella se retourna. Decimus se tenait sur le seuil. Ils échangèrent un sourire, puis il entra et referma la porte derrière lui. Il n'y avait là pas de frivolité de dandy, de sourire en coin de libertin ou de démarche fanfaronne propre aux séducteurs, seulement la simplicité tranquille et banale d'un homme pénétrant dans son propre salon, sans éclat, sans faire de manières. Cependant, c'était un instant à graver dans les mémoires. Pour la première fois, Decimus prenait son petit déjeuner dans cette maison. C'était la première matinée de leur vie qu'ils passaient ensemble.

Le cœur d'Ella fut plus léger, plus libre, plus joyeux.

Minette reposa sa tasse en la faisant tinter contre la soucoupe.

Arthur leva les yeux et eut un haut-le-corps de surprise. Le valet d'Arthur avait sans doute fourni à Decimus des bas, une chemise, une cravate et un rasoir mais, de toute évidence, il l'avait fait très discrètement. Si discrètement que son maître ne s'en était pas rendu compte.

— Monsieur Dex ! s'exclama Phillip. Vous êtes venu pour le petit déjeuner !

— Bientôt, il sera là chaque matin pour le petit déjeuner, annonça Ella. Il va habiter avec nous.

Phillip poussa un cri de joie, sauta de sa chaise, courut vers Decimus et l'entoura de ses bras. L'espace d'un instant, Decimus parut sur le point de pleurer, puis il souleva le garçon en riant et le fit tournoyer. Peut-être usa-t-il d'un brin de magie, mais Phillip ne s'en aperçut pas.

Ella se retourna et constata que Minette et Arthur la regardaient fixement.

— Nous allons nous marier, leur annonça-t-elle.

— *Oh là, là** ! s'exclama Minette, enchantée.

Elle se redressa et vint serrer Ella dans ses bras, l'enveloppant d'un nuage de soie et de luxueux parfum français.

Arthur la serra aussi contre lui, ainsi que Phillip. Quand tout le monde eut exprimé sa joie, ils s'installèrent de nouveau autour de la table.

Et ils prirent leur premier petit déjeuner en famille.

Épilogue

Le surlendemain de Noël, Ella se rendit dans l'écurie de Linwood Castle avec son mari. Son *mari* ! Decimus Pryor. Dex. L'homme qui avait non seulement empli son cœur de couleurs chatoyantes, mais lui avait aussi donné des ailes.

La journée était froide, grise, sinistre, mais le cœur d'Ella resplendissait comme en été. Des odeurs de chevaux, de foin et de fumier planaient dans les écuries. Des senteurs rurales et brutes, certes, mais nullement désagréables, pas même celle du fumier. Dex appela l'un des palefreniers.

— Bryce, pourriez-vous aller chercher M. Conran, s'il vous plaît ?

L'employé prit le chemin des jardins potagers, un gigantesque domaine de parterres soignés, de treillages ordonnés et de serres en enfilade qu'Ella espérait pouvoir explorer sous peu.

Dex lui saisit la main et l'attira à l'intérieur de l'écurie où régnait une douce chaleur. L'endroit était immense, bien plus vaste que l'écurie de Hanover Square où étaient nés les chatons. Il y avait des dizaines de stalles, de chevaux, de voitures, de cabriolets, de chariots, et des dizaines de garçons d'écurie et de palefreniers pour en prendre soin.

Dex les connaissait presque tous par leur nom, et il salua joyeusement chacun d'eux. Ils avancèrent en flânant tout le long de l'allée plongée dans la pénombre, regardant les chevaux, leur flattant l'encolure ou leur caressant les naseaux, jusqu'à ce qu'ils aient atteint l'extrémité du bâtiment.

Le responsable de l'écurie les rejoignit à mi-chemin. Woodrow était un homme maigre au visage buriné et surmonté d'une tignasse grise.

— Vous êtes là pour voir les chiots, n'est-ce pas ?

— Oui ! répondit Ella avec enthousiasme.

Ce n'était pas la première fois qu'ils venaient. Elle les avait aperçus rapidement le jour de leur arrivée à Linwood Castle, puis encore la veille de leur mariage, et une troisième fois le lendemain. Cependant, c'était la première fois qu'elle pourrait prendre le temps de les caresser, de jouer avec eux et de faire réellement leur connaissance. Les quinze derniers jours étaient passés dans un tourbillon, mais le tumulte des préparatifs du départ, du voyage lui-même, de l'arrivée, des présentations et des effusions, des arrangements pour le mariage, puis de la cérémonie proprement dite, tout cela suivi, sans un instant de répit, par les festivités de Noël, s'était enfin apaisé. Elle pouvait enfin souffler, se détendre, explorer les lieux, jouer avec les chiots.

La découverte du domaine prendrait des semaines. Linwood Castle était plus vaste et plus splendide qu'elle ne s'y attendait, mais aussi beaucoup plus accueillant. Le château et ses occupants avaient ouvert les bras à Ella, Minette, Arthur et Phillip.

Sa première entrevue avec Maximus Pryor, duc de Linwood, avait été impressionnante, pour ne pas dire intimidante. Parce qu'il était duc, et parce que Dex avait recommandé à Arthur et à Minette d'être honnêtes au sujet de leur passé car, leur avait-il confié, son grand-père avait le don de détecter les mensonges. Au début Ella avait eu l'estomac noué, puis elle avait compris qu'elle n'avait rien à redouter. Arthur et Minette avaient immédiatement perçu chez le vieux duc un esprit éclairé, semblable au leur. Linwood, bien que surpris, et parfois même choqué par certaines révélations, avait choisi d'en rire, sans les condamner. À la fin de l'entrevue, la danseuse française, l'acteur de Bristol et le duc de Linwood s'étaient liés d'amitié, et Ella avait gagné un grand-père.

Le vieil homme était certainement remarquable, et ne correspondait pas du tout à l'image qu'Ella se faisait d'un duc. Loin d'être sévère, distant et hautain, il se montrait chaleureux et plein de sagesse. De toute évidence, il aimait profondément sa famille, qui le lui rendait bien. Et maintenant, son affection englobait également Ella, Phillip, Arthur et Minette. L'approbation du duc était tout ce qu'il fallait pour que le clan des Pryor leur ouvre les bras. La famille d'Ella comprenait à présent les parents de Decimus Pryor, sa sœur, ses oncles et ses tantes, ses cousins, ses grands-parents, qui étaient tous aussi accueillants et affectueux. Ella avait désormais tout ce qui lui avait manqué pendant les années qu'elle avait passées seule et triste à la nursery, sous les toits de la maison de son père. Elle avait un beau-père qui la taquinait, une belle-mère à laquelle elle pouvait se confier, une sœur avec laquelle rire en toute confiance. Et, pour la première fois de sa vie, elle avait une amie de son âge, car si Arthur et Minette avaient trouvé un être de la même essence qu'eux chez le vieux duc, elle avait rencontré une âme sœur en la personne de Pip, l'épouse de lord Octavius.

Cela dépassait tout ce qu'Ella avait imaginé, c'était une profusion inespérée de bonheur.

Ils continuèrent d'avancer pendant que Woodrow et Dex discutaient familièrement, comme deux hommes qui se connaissaient depuis des années. Alors qu'ils approchaient du dernier box, le chef jardinier apparut.

— Vous souhaitiez me voir, monsieur ?

— Oui, répondit Dex en faisant un signe de tête à Ella.

Celle-ci prit dès lors les rênes de la conversation.

— Nous venons voir les chiots, monsieur Conran. Voulez-vous nous dire lesquels vous souhaitez garder et lesquels nous pouvons prendre ?

Le jardinier lui sourit.

— Bien sûr, madame.

Ils entrèrent dans un box qui sentait le foin et les chevaux, mais qui était occupé en ce moment par Bess et ses chiots de six semaines.

Ella s'agenouilla dans la paille, sans se soucier de salir sa robe. Dex s'agenouilla à côté d'elle, et ils observèrent ensemble la portée de chiots exubérants.

Ella était radieuse et fascinée. Tout son visage exprimait la joie.

Dex l'enlaça en riant et la serra contre lui.

— J'ai l'impression que tu voudrais tous les prendre.

— C'est vrai, avoua-t-elle.

Six chiots et trois chatons. Était-ce trop pour une maison ?

Probablement. Il valait mieux commencer par un seul chiot. Mais lequel choisir ?

Bess était de taille moyenne, brune et haute sur pattes. Ses chiots étaient aussi bruns, du chocolat jusqu'au miel en passant par le caramel, mais pour le moment ils avaient tous des pattes courtes. Ils étaient petits, maladroits, adorables, pelucheux, avec des langues roses et des oreilles tombantes. Même leurs minuscules dents pointues étaient ravissantes.

Bess était affectueuse et léchait autant les mains des humains que ses petits. Elle laissa Conran les prendre les uns après les autres, pour vérifier lesquels étaient des mâles et lesquels des femelles.

— Les chiens sont comme les gens. Certains sont timides, comme celui-ci, et d'autres audacieux, comme celle-ci. Ils peuvent se montrer aussi curieux que des chats.

— Vous distinguez déjà leur caractère ? demanda Ella, surprise.

— Oh oui.

Woodrow hocha la tête.

— Leur personnalité commence à apparaître vers cinq semaines.

Il s'accroupit dans la paille avec eux. Le chiot que Conran avait désigné comme audacieux vint mordre le bas de son pantalon. Woodrow lui caressa les oreilles en riant.

— Allez-vous garder seulement les plus énergiques ? s'enquit Ella.

— Ils sont meilleurs pour la chasse, confirma Conran. Mais les plus timides sont utiles aussi. Un chien timide peut empêcher les lapins de pénétrer dans le carré de salades aussi bien qu'un autre.

Ella hocha la tête.

— Qu'est-ce qui est mieux pour un enfant ? Un chien timide ou un chien plus énergique ?

— Il faut qu'il soit doux, répondit Woodrow.

Conran approuva.

— Certains chiens sont doux, d'autres sont plus durs. Les plus doux voudront toujours vous faire plaisir, comme Bess. Les autres essaieront de franchir les limites que vous leur imposez. Vous pouvez les dresser, et ils comprennent très vite, mais il faudra sans cesse les dominer.

— Oh, dit Ella, songeuse. Pouvons-nous avoir un chiot doux, mais pas trop timide ? S'il y en a un dans cette portée, sauriez-vous le dire ?

Conran se fendit d'un sourire et tendit la main vers l'un d'eux.

— Celle-ci, c'est la plus douce de la portée. Elle ne sera pas difficile à élever.

Ella prit la chienne dans ses bras.

— Est-elle timide ou audacieuse ?

— Ni l'un ni l'autre, elle est affectueuse. Si vous la laissez faire, elle ne cessera pas de lécher le petit maître.

Ella voulait bien le croire, car la chienne lui léchait déjà le visage. Elle rit et la serra contre elle. Son cœur semblait sur le point d'exploser.

— Quelqu'un nous vole nos chiots ! cria une voix derrière eux. Au voleur !

Nonus Pryor venait d'arriver, portant Phillip sur ses épaules.

— Ce sont les chiens de Conran, répliqua Dex. Nous ne les volons pas, nous en choisissons un. Montrons notre nouveau chien à Flip, ajouta-t-il à l'intention d'Ella.

Nonus posa le garçon à terre, et Phillip vint s'accroupir à côté d'Ella, les yeux brillants. Elle lui remit le chiot avec précaution. La petite créature commença à lécher Phillip en remuant la queue.

Phillip gloussa, fou de joie, et le cœur d'Ella s'emplit de couleurs chatoyantes. Un arc-en-ciel se répandit dans tout son être.

Dex passa un bras sur ses épaules, et elle s'abandonna contre la chaleur de son corps robuste. *Ma vie*, songea-t-elle, *mon choix*.

Mais maintenant, c'était encore mieux que cela.

Notre vie, notre choix.

Decimus Pryor et elle.

Le Nouvel An n'était plus très loin, et il marquerait leur première année de vie ensemble. Il y avait de la magie dans cette complicité, ainsi que de la liberté et de la couleur, plus qu'Ella n'en avait jamais espéré.

— Tu es heureuse ? chuchota Dex, tandis que Phillip riait et que Nonus discutait avec Woodrow et Conran.

— Oui. Et toi ?

Il lui sourit. Decimus Pryor, jouet des jeunes veuves et vainqueur des bandits de grand chemin, ami, amant et mari, possesseur de son cœur.

— Oui, murmura-t-il.

Note de l'autrice

La phrase « Mon postillon a été frappé par la foudre » aurait, dit-on, figuré dans un manuel de conversation hongrois du XIXe siècle. Il paraît que cette phrase aurait aussi été incluse dans des manuels de conversation néerlandais, norvégien, portugais, russe et français, mais aucun exemplaire la contenant n'a jamais été retrouvé, et cette anecdote relève donc sans doute du folklore. Quoi qu'il en soit, cela reste une phrase joliment absurde que l'on retrouve dans les pages de *Punch* ou du *New Yorker*, et qui a même inspiré un poème comique.

L'expression savoureuse « monter saint Georges » figure dans le dictionnaire d'argot de Francis Grose, publié en 1811. En revanche, la délicieuse « diligence de Lyon » trouve sa source dans un autre ouvrage, le *Dictionnaire érotique moderne* d'Alfred Delvau, publié en 1864.

L'histoire de l'Albany, où loge Ned, est des plus intéressantes. L'édifice, qui a été construit en 1771 pour le vicomte Melbourne, portait alors le nom de Melbourne House. En 1791, le vicomte a échangé sa demeure avec le prince Frédéric, duc d'York et d'Albany. (Oui, ils ont échangé leurs maisons !) Melbourne House est donc devenu York House. Hélas, le prince Frédéric s'est montré quelque peu prodigue et a dû resserrer les cordons de sa bourse peu après. C'est ainsi qu'en 1802, il s'est résolu à vendre York House. Henry Holland a transformé la demeure en soixante-neuf appartements pour célibataires, et le bâtiment a pris alors le nom que nous lui connaissons : l'Albany. Durant la période Régence, l'endroit était une résidence très en vogue, et il l'est encore aujourd'hui. Car oui, l'Albany existe toujours !

À ses débuts, les femmes n'étaient pas admises dans l'enceinte de l'Albany. Il sera donc fort intéressant de voir si je parviens à en faire entrer une en douce dans les appartements de Ned lorsque j'écrirai son histoire. (Son livre sera le dernier de la série, car ce cher garçon a encore pas mal de chemin à parcourir.)

Parmi les résidents de l'Albany ayant réellement existé, on compte lord Byron et Georgette Heyer, la pionnière de la romance de la période Régence.

Miss in Her Teens (ou *The Medley of Lovers*) est une farce en deux actes, écrite en 1747 par l'acteur et dramaturge David Garrick. La pièce a été adaptée à l'écran en 2014.

Les noms des godets d'aquarelle qu'Ella regarde chez Ackermann sont tous authentiques. Oui, « sang-dragon » est bel et bien une couleur !

La peinture de la *fritillaria imperialis* jaune faite par la mère de Dex existe réellement. Il s'agit d'une œuvre de 1827 due à l'illustrateur botanique Pierre-Joseph Redouté.

Remerciements

Plusieurs personnes ont contribué à faire de ce livre ce qu'il est. En tête de cette liste se trouve l'éditrice qui m'a aidée à développer mes idées, Laura Cifelli Stibich. Je tiens également à exprimer ma profonde gratitude à Maria Fairchild, ma correctrice, ainsi qu'à Martin O'Hearn, relecteur attentif.

POUR elle

Si vous souhaitez être informée en avant-première
de nos parutions et tout savoir sur vos autrices préférées,
retrouvez-nous ici :

www.jailu.com

Abonnez-vous à notre newsletter
et rejoignez-nous sur Facebook !

14550

Composition
FACOMPO

Achevé d'imprimer en Italie
par GRAFICA VENETA
le 3 novembre 2025

Dépôt légal : décembre 2025
EAN 9782290396438
OTP L21EPSN002582-616307

ÉDITIONS J'AI LU
82, rue Saint-Lazare, 75009 Paris

Diffusion France et étranger : Flammarion